编委会（以姓氏笔画为序）：

飞　白　朱炯强　沈念驹　吴　笛　张德明　范捷平

殷企平　蒋承勇　彭少健　郭建中　傅守祥　蔡玉辉

飞　白　著名翻译家，浙江大学教授

朱炯强　著名翻译家，浙江大学教授

沈念驹　著名翻译家，浙江文艺出版社编审

吴　笛　著名翻译家，浙江大学教授、博导

张德明　著名外国文学专家，浙江大学教授、博导

范捷平　著名外国文学专家，浙江大学教授、博导

殷企平　著名外国文学专家，杭州师范大学教授、博导

蒋承勇　著名外国文学专家，浙江省社科联主席、浙江工商大学教授、博导

彭少健　著名外国文学专家，浙江传媒学院校长、教授

郭建中　著名翻译家，浙江大学教授

傅守祥　著名外国文学专家，浙江大学教授

蔡玉辉　著名外国文学专家，安徽师范大学教授

教师顾问团（以姓氏笔画为序）：

马　龙　王波芬　毛卫华　毛然馨　刘飞耀　许　涛

孙叶花　杨晓迪　沈　华　张祖庆　陈晓英　金　铃

周选杰　耿锋贤　钱胜武　章林华　傅少来　鲍红瑛

滕春友

想经典

吴笛 主编

希腊罗马神话

GREEK AND ROMAN MYTHOLOGY

［美］塔特洛克 著

蔡海燕 译

ZHEJIANG UNIVERSITY PRESS
浙江大学出版社

总　序

优秀的外国文学经典作品,是人类共同的文化遗产,对于中华民族的现代化进程、中华民族文化的振兴和发展以及文化强国战略,都具有重要的意义。注重外国文学经典在中国的普及和传播,其目的是探究"外国的文学"怎样成为我国民族文学的有机组成,并且在文化中国形象塑造方面发挥应有的重要作用。

浙江外国文学团队在 2010 年获得国家社会科学基金重大招标项目"外国文学经典生成与传播研究"立项,实现浙江省人文类国家社科基金重大项目的零的突破,充分展现了浙江外国文学团队在国内的研究实力和影响。在项目实施过程中,处理好学术研究与文化普及两者之间的关系,同样显得重要,应该让文化研究者成为合格的文化传播者或文化使者,并充分发挥文化使者的作用。尤其是研究外国文学经典的传播,不仅具有重要的理论意义,而且更具有重要的传播和普及等现实意义。外国文学经典在文化普及方面有着独特的优势,我们不可忽略。译介、推广、普及外国文学经典,同样是我们的使命,因为优秀的文化遗产不仅应该在审美的层次上,而且应该在认知的层面上引导人们树立正确的价值观和人生观,摒弃低俗,积极向上。

正是基于这一目的,我们拟编一套适于经典普及,尤其适合青少年阅读的外国文学经典作品书系,译介外国文学经典佳作,特别是被我国所忽略、尚未在中文世界传播的国外各个民族、各个时代的文学经典。

外国文学经典,是各个民族文化的精华,是灿若群星的作家想象力的体现,阅读经典的过程是想象力得到完美展现的过程。超凡脱俗的构思、出乎意料的情节、优美生动的描述、异彩纷呈的形象,对于想象力的开发和思维的启迪,往往具有独特的效用。

外国文学经典,也是人类智慧的结晶,阅读的过程,是陶冶情操、净化心灵,获得精神享受的过程。经典阅读,不是一般意义上的"悦"读,而是一种认知的过程,是与圣贤对话的过程。因此,经典阅读,不仅获得享受和愉悦,而且需要用心灵去想,去思考。

　　外国文学经典,更是人类思想文化的浓缩,阅读的过程,是求知的过程，是接受启蒙、思想形成和发展的过程，是参与作者创造和提升智性的过程。因此，文学经典，是我们整个人生的"教科书"，是我们取之不尽的思想的源泉。

　　所以，文学经典的阅读有着不可取代的特殊的功能，至少包括审美功能、认知功能、教诲功能、净化功能。因此，期待广大读者在获得审美"享"受的同时，汲取可资借鉴的"想"象和智慧，服务于自身的思"想"的形成和文化的需求。这便是我们从世界文学宝库中精心选译经典佳作，以"飨"读者的初衷。

吴　笛

2013 年 11 月于浙江大学

目 录
CONTENTS

第二部分　英雄传说

希腊罗马神话

2

第一部分

神的故事

神话世界

神话地理

我们生活的世界是一个球体，就像不计其数的其他球体那样，正以惊人的速度在宇宙空间里飞快旋转。我们并非生来就知道这个科学事实，也并非凭借经验习得，而是被说服的。当我们环顾四周或者抬头远眺的时候，会觉得自己似乎处在环形的中心，头顶是一片蓝天，而在其无限苍茫的穹顶，白日里太阳出现了，到了晚上就换成了月亮。远古时期的希腊人就是这么认为的。在他们看来，世界是扁而圆的，其圆盘的中心位置就在他们本土——中部希腊的德尔斐。这是所有希腊人心目中的神圣之地，所有地方，无论远近，都必须以德尔斐为起点计算距离。神谕指引他

们将城邦建在此处，骁勇的殖民者从此地出发，将古希腊的边界扩展到小亚细亚、非洲和意大利。

遥远之地

希腊人认为，除了他们的野心和文明所渗透的地方，在那些遥远的土地上居住着各类离奇罕见的人和怪物，比如侏儒、独眼怪和大蛇。有一群善良而又欢乐的人住在离得很远的北方，他们是"极北之人"；还有一群人住在离得很远的南方，他们是"无可指摘的埃塞俄比亚人"。这两个地方的人过着与世隔绝的生活，诸神特别眷顾他们，经常去拜访他们，还与他们同桌吃饭。在大地外围，在扁而圆的地球边缘，环绕着一条名为"大洋之流"的河。人们只见这条充满神秘色彩的泱泱大河奔流不息，却永远也望不到河的对岸。

世界之始

希腊人对世界起源的描述，比如希腊诗人的记述，与《圣经·创世记》中的某些描述存在很大分歧。希伯来人认为，上帝自始至终都存在，他创造了天空、大地、海洋和所有生命形式，最后又创造了人；而希腊人相信，自然世界生生不息，即使他们顶礼膜拜的神灵，也是更早期、更基本的存在形式的后代或者承继者。

老辈诸神

太初之时，宇宙是一片漆黑而虚渺的"混沌"。在这一片"混沌"中，首先出现了大地女神盖亚和最美的爱神埃

罗斯。随后，"混沌"孕育了隐藏至深的黑暗之神厄瑞玻斯和黑夜女神尼克斯。这两者结合生出了太空之神埃忒耳和白昼之神赫莫拉。盖亚与埃罗斯结合，生育了天空之神乌拉诺斯，以及江河湖海和山川峭壁。在埃罗斯的推动下，盖亚与乌拉诺斯结合，生育了众多后代，包括象征着不受约束的自然之伟力的提坦神族，三位独眼巨神——雷鸣者、闪电者和霹雳者，以及象征着海洋之暴力的三位百手巨神。乌拉诺斯对自己的后代独眼巨神和百手巨神戒心重重，将他们强行送回盖亚的腹中。盖亚在痛苦中向提坦神子女们求助。提坦神中最伟大的克罗诺斯，遵从了母亲的号召。他在黑夜中向父亲袭去，用一把镰刀阉割了父亲，然后夺取了他的权力。

新辈诸神

克罗诺斯与自己的姐姐瑞亚结合，共同孕育了六个孩子。他曾得到预言，他的统治有朝一日将被自己的孩子推翻，正如他当年推翻自己的父亲那样。于是，他把每一位新生孩子吞进肚里，以绝后患。这样一来，三个女儿赫斯提亚、黛墨忒耳和赫拉，两个儿子波塞冬和哈得斯，他们刚一出生就被吞食了。

瑞亚生下小儿子宙斯后，为了防止厄运继续降临到他的头上，便把一块石头包裹在襁褓里，而将小宙斯安全地送往克里特岛。在那里，甜美的蜂蜜和山羊阿玛尔忒亚的乳汁成为小宙斯的食物。另外，库瑞忒斯（克里特岛的山

之精灵，也被认为是瑞亚的随从侍者们）用兵器敲打盾牌的喧闹声掩盖了他的啼哭声。

战胜提坦

宙斯长大后，设法让克罗诺斯吃下了一种催吐毒药，迫使他把吞到肚子里的孩子们一个接一个地吐出来。随后，宙斯向父亲宣战。宙斯联合自己的哥哥们和姐姐们，占据了塞萨利的奥林波斯山，与父亲及其阵营展开了殊死搏斗。战争持续了十年，仍然是胜负难分，塞萨利的崇山峻岭和嶙峋怪石见证了战事的惨烈程度。最后，宙斯采纳了盖亚的建议，将囚禁在深渊之地的独眼巨神和百手巨神释放出来，为他战斗。独眼巨神提供了雷电，百手巨神令大海浪涛汹涌、大地山崩地裂，最终帮助宙斯赢得了战争。宙斯把协助克罗诺斯的提坦神们关进了暗无天日的地底深处，即塔尔塔罗斯深渊。

划分世界

宙斯与两位哥哥三分天下。宙斯取得了世界的统治权，掌管天空和陆地，成为像他祖父那样的天空之神。波塞冬掌管所有的江河湖海，哈得斯掌管地下世界以及亡灵。

堤 丰

盖亚虽然协助新辈诸神推翻了克罗诺斯的统治，但是对宙斯严厉惩罚她的孩子们的行为非常不满。为此，她生下了一个强大而恐怖的怪物堤丰。他的肩上长有一百个蛇头，个个口里吐着可怕的蛇信，眼睛喷着灼热的火焰，喉

咙口发出牛的吼声、狗的吠声、狮的咆哮声以及蛇的嘶嘶声。他所到之处，地动山摇，浪涛翻滚，即使远在地下的哈得斯也吓得不轻。不过，宙斯已经从独眼巨神那儿学会了驾驭雷电，所以能够将堤丰彻底击败，并且烧焦了他的一百个脑袋，把他关在了地底下。即便如此，这个怪物在地下偶尔翻动身体还是会引起大地震动，而他鼻孔里喷出的火焰也会导致火山喷发。

战胜巨人

宙斯拥有很多孩子，所以当其他敌人觊觎他的权威统治的时候，他便能集合他们的力量来加以对抗。一场新的战争由巨人们挑起，他们从乌拉诺斯被自己的儿子克罗诺斯阉割时滴出的血液里诞生。人们对于这些巨人的形态并没有统一的说法，不过艺术家们有时候将他们描绘成人身蛇尾的样子，就像一群野蛮人，用树干和石块当武器。宙斯在他的兄长和孩子们的帮助下，也彻底击垮了他们，并把他们关押在地底下。从此以后，宙斯安稳地坐在他的宝座上了。

神话的寓意

这些关于世界的故事绝大部分是寓言性质的，比如，白昼从黑夜中产生，天空和大地是各种自然力的父母。这些故事的内在发展线索，总是从低级走向高级，从自然的混乱无序走向自然经由思维、公义和美干预后所呈现的井然有序。这条发展线索，是爱与生生不息的结果，是艰苦

卓绝奋斗的结果，总是伴随着高级形态彻底击败低级形态并最终夺取统治权的过程。这是以寓言的形式讲述的关乎科学、历史、精神生活的故事。

人类的起源

希腊人对于人的起源有三种解说。有人说，人是大地繁衍的，比如雅典城的第一个国王便是从大地中诞生，拥有半人半蛇的形态。有人说，人是神祇的后代，因为宙斯被称为"诸神和人类之父"。当然，最广为流传的说法是，提坦神族的子孙普罗米修斯用泥土捏出了人的模型，宙斯的女儿智慧女神雅典娜给予人类生命。据说，公元2世纪，一位希腊绅士在祖国漫游时，被带进了一座砖石小屋。当地人告诉他，普罗米修斯创造了人类始祖。正巧小屋里摆放着很多泥土色泽的石块，这位轻信的游客似乎从中闻到了人类肉体的气息。

盗取天火

普罗米修斯创造了人类后，又送给人类天火。人类凭借火而凌驾于所有其他动物之上，并且能够借此将周遭的资源锻造成武器和工具，开展农业生产。火，是创造文明的途径，也是文明本身的象征。然而，宙斯却对普罗米修斯维护人类的行为非常不满，因为在决定将献祭的野兽如何分配给神祇和人类的联合会议上，普罗米修斯为维护人类的利益而耍了计谋。他宰杀了一头公牛，将其分成两堆：一堆是牛肉，上面盖着牛皮；另一堆是牛骨，不过表面巧

妙地盖着牛板油。宙斯看穿了普罗米修斯的把戏，却决定将计就计，以此惩罚普罗米修斯及其造物——人类。他故意选择了摆放着牛骨和脂肪的那一堆，然后借此大发雷霆，收回了火，也剥夺了人类谋生的手段。后来，普罗米修斯偷偷地用一根空心的芦苇点燃了天火，再一次送给人类。宙斯对于普罗米修斯违抗自己权威的行为非常恼怒，下令将他锁在高加索山上的一块岩石上，又让一只老鹰年复一年地啄食他的肝脏，肝脏被吃掉后又很快重新长了出来，然后又被老鹰啄食。普罗米修斯掌握着一个关乎天帝宝座的秘密，任何时候只要他屈服于宙斯说出那个秘密，他就可以重获自由，然而这位具有非凡忍耐力的提坦神宁愿承受经年累月的折磨，也不愿意低头。宙斯与普罗米修斯最终达成了和解，其调解人就是半人半神的宙斯之子赫拉克勒斯。赫拉克勒斯在一次冒险活动中解救了普罗米修斯，也缓解了诸神与甘为人类牺牲的护佑者之间的矛盾。

潘多拉

既然普罗米修斯盗取天火解决了人类的生存问题，宙斯便想出了另一个方法来惩罚人类。

　　　　我将给人类一件他们都为之兴高采烈而又导致厄运降临的不幸礼品，作为获得火种的代价。人类和诸神之父宙斯说过这话，哈哈大笑。他吩咐著名的赫淮斯托斯赶快把土与水掺和起来，在里面加进人类的语

言和力气，创造了一位温柔可爱的少女，模样像永生女神。他吩咐雅典娜教她做针线活和编织各种不同的织物，吩咐金色的阿佛洛狄忒在她头上倾洒优雅的风韵以及恼人的欲望和倦人的操心，吩咐神使赫尔墨斯（斩杀怪物阿古斯者）给她一颗不知羞耻的心和欺诈的天性。①

——赫西俄德·《工作与时日》

匠神既已创造了这个漂亮的灾星报复人类获得火种，把她送到别的神灵和人类所在的地方……虽然这完全是个圈套，但不朽的神灵和会死的凡人见到她时都不由得惊奇，凡人更不能抵挡这个尤物的诱惑。她是娇气女性的起源，是可怕的一类妇女的起源，这类女人和会死的凡人生活在一起，给他们带来不幸，只能同享富裕，不能共熬可恨的贫穷。②

——赫西俄德·《神谱》

虽然普罗米修斯（预知者）已经告诫过自己的弟弟厄庇墨透斯（后知者）千万不要接受宙斯赠送的任何礼物，

---

① 赫西俄德：《工作与时日·神谱》，张竹明等译，商务印书馆1996年版，第3页。译者为了配合杰西·塔特洛克的《希腊罗马神话》的原文，稍作改动。

② 赫西俄德：《工作与时日·神谱》，张竹明等译，商务印书馆1996年版，第44页。

愚蠢的厄庇墨透斯还是从神使赫尔墨斯那里接纳了这个女人——潘多拉。她带了一只盒子，并被警告在任何情况下都不能将其打开。然而，她最终还是敌不过自己好奇心。她刚一掀开盖子，就从里面飞出了成千上万的灾祸。疾病、痛苦和罪恶纷纷扑向人类，无人能幸免，只有希望依然留在盒子里，始终没有飞出来。这则希腊故事告诉我们，第一个女人的好奇心将和平纯真的世界变成了灾祸连连的世界，正巧《圣经》故事里也认为是夏娃造成了人类的堕落，从而失去了伊甸园里的天真生活。

人类的四个时代

关于世界的罪恶和困境的来源，希腊人的解说并非总是一致。有时候，他们认为它们来自潘多拉打开的盒子，然而四个时代的说法又记述了人类世界逐渐恶化的演变过程。这第一个时代被称为黄金时代，出现在克罗诺斯统治时期（罗马人称呼克罗诺斯为萨图恩）。那时，人类像神灵一样生活，没有忧愁，也没有劳苦。丰饶的大地结出各种果实，既不会出现严酷的冷，也不会有灼人的热。人类与大自然融为一体，无需筑建庇护所。他们不会衰老或衰弱，当死亡来临时，他们消失于大地就仿佛长眠于无边的祥和之中。随后，宙斯把他们变成了善良的精灵，守护着人类。第二个时代被称为白银时代。较之黄金时代，这时的人类在肉体和精神上都要差一些。人类的婴孩期被极度延长，待到长大成人时，他们也只剩下短短几年的余生了。他们

从不克制自己的情感，而且互相伤害，困难重重。他们对众神不屑一顾，不再向众神献祭供品。尽管如此，这时的人类还是有一定尊严的，在肉体死亡后，他们变成了地下的幽灵。第三个时代是青铜时代，人类变得更加野蛮，沉溺于战争。他们使用青铜武器，居住在青铜搭建的房子里，内心也像青铜一样冷酷无情。最后一个时代是黑铁时代。白日里是无止无尽的倦乏和愁苦，夜晚则是无边无际的焦虑。亲情沦丧，父母被孩子们冷落，友谊和热心肠也已经荡然无存。变得正直、追寻真理和虔诚信奉都不再具有意义。尊严和正义女神蒙上了面纱，转身回到奥林波斯山，不再理会这样的人类。

大洪水中的丢卡利翁

宙斯见人类是如此劣迹斑斑，便决定彻底根除他们。在天庭会议上，由于深恐大火会殃及天国，众神转而附议用洪水淹没人类。为此，宙斯让北风和所有能够吹散云朵的风都别出来，然后下令南风尽情吹送雨水，又呼唤弟弟波塞冬出面操控各路水系。洪水向田野奔涌，卷倒了一片片庄稼，冲走了羊群和牧羊人，冲垮了一座座庙宇和房舍。顷刻之间，水陆难辨，整个大地陷入汪洋之中。鱼儿在枝桠间挣扎游动，笨手笨脚的海豹趴在山羊们曾经嬉戏的地方。水中仙女们惊慌失措地游荡在屋顶之间。鸟儿们飞个不停，一直找不到可以歇脚之处，精疲力竭地跌落在漫漫大水里。人类遭到了毁灭性的打击，只有普罗米修斯的儿

子丢卡利翁及其妻子皮拉幸存了下来。这对善良的夫妇，事先得到了那位充满智慧的提坦神的警告，制造了一个可以容纳所有生活必需品的大箱子，在大洪水来临之际躲了进去，漂浮了整整九天九夜，最后在帕尔那索斯山顶重新触碰到了地面。宙斯从天上俯瞰人间，发现野蛮的人类已经全部被洪水吞噬，只剩下这位本性正直而又敬畏神灵的男人及其妻子，便召唤北风驱散了黑压压的乌云，又让波塞冬喝令洪水退去。丢卡利翁和皮拉走出箱子，面对荒无人烟的大地，他们备感凄凉。他们祈求神灵的指点和保佑，神谕提示他们将母亲的骨头扔在身后。丢卡利翁相信神灵不可能命令他们去骚扰亲生母亲的坟墓，去做那种违背孝道的大不敬之事，因而猜测到了这份神谕的真正含义。事实上，大地是所有生灵的母亲，石头便是她的骨头。他们恭敬地罩上面纱，下了山，将沿路的石块从肩头抛向了身后。丢卡利翁扔出的石块变成了男人，皮拉扔出的石块则变成了女人。人类再一次在大地上生生不息。

奥林波斯大神：宙斯

奥林波斯山

希腊诸神虽然是自然力量的化身，但是被赋予了人类的形态，而且具有与人类相似的情感和需求。他们出生、成长、结婚，甚至还会遭受创伤和承受苦痛，只不过死亡永远不会降临到他们头上。因此，当希腊人虔诚地抬头眺望那亘古巍峨、祥云缭绕的奥林波斯山时，他们似乎看见苍穹的拱顶有一处神圣的天庭，在那中间矗立着黄金大殿。

奥林波斯，传说那里是神明们的居地，
永存不朽，从不刮狂风，从不下暴雨，
也不见雪花飘零，一片太空延展，

无任何云丝拂动，笼罩在明亮的白光里，

常乐的神明们在那里居住，终日乐融融。①

——荷马·《奥德赛》

希腊人根据希腊城邦的规模和布局构想了这座天空之城，并认为它是真实存在于奥林波斯山上的。三位时序女神守卫在奥林波斯山云遮雾绕的入口处；穿过重重围墙之后便到了众神居住的宫殿；宫殿的最高处坐落着雄伟的黄金大殿，奥林波斯众神们在此商议事务，或是尽情欢宴。他们吃的是美味仙肴，喝的是琼浆玉液。青春女神赫柏时不时地为他们斟满酒杯，滋养他们身体里流动的灵液。人类供奉的祭品阵阵飘香，令他们心旷神怡。阿波罗用他的竖琴弹奏美妙的曲子，缪斯女神们则合着节拍吟唱。

宙　斯

宙斯坐在天庭的宝座上，是最高统治者。赫拉坐在宙斯身边，是宙斯的姐姐和妻子。他们身前围坐着其余十位奥林波斯主神，均是"人类和诸神之父"的哥哥、姐姐和子女们。在战胜提坦神族之后，宙斯已经成为天空和大地的主宰。他丝毫不担心其他奥林波斯主神会威胁到自己的统治地位：

你们会知道，我比全体天神强得多。

---

① 荷马：《荷马史诗·奥德赛》，王焕生译，人民文学出版社 2008年版，第105页。

奥林波斯大神：宙斯

你们这些神前来试试，就会清楚。

你们把一根黄金的索子从天上吊下去，

你们全体天神和女神抓住索子，

可是你们不能把最高的主谋神从天上

拖到地上，尽管你们费尽力气。

在我有心想往上面拉起来的时候，

我会把你们连同大地、大海一起拖上来，

然后把索子系在奥林波斯山上，

把全部东西一起吊在天空中间。

我比天神和凡人就是强大这样多。①

               ——荷马·《伊利亚特》

希腊罗马神话

    作为天空之神，宙斯是风的吹送者，是细雨或暴雨的播撒者与调节者，有时他驱散风云雨雪，像一位仁慈的父亲那样俯视着地上苍生。而愤怒的时候，他会大发雷霆，抛掷雷电。胜利女神站在他的右手上。尽管拥有绝对的权威，宙斯却不是一个任意妄为的暴力统治者。他是司法和正义的创建者与推动者，在人类世界推行文明而有序的交往体系，希望人与人之间能够和睦相处。赫西俄德呼唤缪斯女神们来歌唱他：

---

① 荷马：《荷马史诗·伊利亚特》，罗念生等译，人民文学出版社2006年版，第168—169页。

　　皮埃里亚善唱赞歌的缪斯神女，请你们来这里，向你们的父神宙斯倾吐心曲，向你们的父神歌颂。所有死的凡人能不能出名，能不能得到荣誉，全依伟大宙斯的意愿。因为，他既能轻易地使人成为强有力者，也能轻易地压抑强有力者。他能轻易地压低高傲者、抬高微贱者，也能轻易地变曲为直，打倒高傲者。——这就是那位住在高山，从高处发出雷电的宙斯。[①]

——赫西俄德·《工作与时日》

与赫拉成婚

　　宙斯与被誉为"金座赫拉"的姐姐成婚。赫拉是一位美貌而高贵的女神，但是根据古希腊诗人荷马的描绘，她也有类似于凡间女子的喜怒哀乐。她生性善妒，对宙斯的风流韵事耿耿于怀，常常利用传统女性的诸多手段来破坏宙斯的偷情，以此捍卫自己的地位。宙斯虽然拥有无上的权力，却仍然需要顾忌妻子的怨言和固执。每当他背着妻子向其她女神或凡间女子展开爱情攻势的时候，便会唤来浓云做掩护。赫拉熟知丈夫的不忠行为，无可奈何之下只能选择妥协。不过，她从不掩饰自己的愤怒与嫉妒，总是回报以冷言冷语和阴沉表情。有一次，宙斯答应了一位女

---

　　① 赫西俄德：《工作与时日·神谱》，张竹明等译，商务印书馆1996年版，第1页。

神的请求，于是便引发了一场天帝与天后的争吵：

> 她立刻讥笑克罗诺斯之子宙斯：
> "狡猾的东西，是哪一位神同你商谈？
> 你总是远远地离开我，对你偷偷地
> 考虑的事情下判断。你从来不高高兴兴地
> 把你心里想做的事情老实告诉我。"
>
> 凡人和天神的父亲这样回答她说：
> "赫拉，别想知道我说的每一句话，
> 那会使你难堪，尽管你身为天后。
> 凡是你宜于听见的事情，没有哪位神明
> 或世间凡人会先于你更早地知道；
> 凡是我想躲开众神考虑的事情，
> 你便不要详细询问，也不要探听。"
>
> ……
>
> 他这样说，牛眼睛的可敬的赫拉惊恐，
> 她默默无言坐下来，压住自己的心跳。[①]
>
> ——荷马·《伊利亚特》

① 荷马：《荷马史诗·伊利亚特》，罗念生等译，人民文学出版社
2006年版，第23—24页。

希腊罗马神话

其他情人们

尽管赫拉是天帝宙斯的天后和合法妻子，宙斯还是处处留情，有时是跟女神，有时是跟凡间女子。这些结合，往往象征着自然力量的融合，或是体现了哲学领域的真谛。作为天空之神，掌管着太阳和雨的宙斯必须与谷物女神黛墨忒耳结合，才生育了代表新作物生长的春天女神珀尔塞福涅。作为拥有创造力和调节性的强大心智的代表，宙斯必须与记忆女神谟涅摩辛涅结合，才生下了司掌诗歌、音乐和科学的九位缪斯女神。她们从父母那里继承了开展创造性活动所需要的全部能力。宙斯之所以被描绘成好色的形象，根源在于希腊神话并非由一方水土及其民众创造并延续的神话，而是融合了众多风格各异的地方生活以及当地的宗教与传统。希腊人在与其他民族交流的过程中，逐步吸收了那些民族的宗教传统，然后纳入到自身的神话体系中。另外值得一提的是，每个希腊城邦都有自己的部落英雄，他们是各个部落的祖先或者早期国王，往往具有神的血统，而且绝大多数是宙斯与凡间女子的结晶。比如，阿卡迪亚人就认为，他们的祖先阿尔卡斯是宙斯与卡丽丝托的儿子。我们现在就来看看这段爱情故事。

宙斯和卡丽丝托

卡丽丝托是月亮与狩猎女神阿尔忒弥斯最为宠爱的侍女。一天，她独自在树林里漫步，累了就仰面躺在草地上休息。宙斯发现了她，于是悄悄躲过赫拉饱含嫉妒的双眼，

飘然降临到这位侍女身边，向她求爱。对于卡丽丝托来说，或许没有引起宙斯的注意反而更好，或许重新回到阿尔忒弥斯及其侍女们身边就不会发生后续的悲惨故事了。但是，谁又能抵挡得住宙斯的魅力呢！而阿尔忒弥斯作为贞洁的女神，只允许处女追随左右，失去了贞洁的卡丽丝托显然不可能再侍奉她了。陷入悲伤与孤独的美丽少女，被独自留在了森林里，为宙斯生下了儿子阿尔卡斯。到了此刻，宙斯与卡丽丝托的恋情再也瞒不住赫拉了。

"你必须受到惩罚，"赫拉对这位姑娘说，"我将取走你用来迷惑我丈夫的美貌。"尽管卡丽丝托苦苦哀求，赫拉仍然不为所动。只见姑娘的双臂长出了粗糙的黑毛，纤纤玉手变成了弯曲的熊掌，曾经令宙斯着迷的容颜变形为丑陋的熊脸。正当她乞求怜悯时，她的说话能力也被剥夺了，取而代之的是令人惊恐的咆哮声。但是在熊的外形下，她依然保留了她的心灵、悲痛和爱。多少次，孤寂而痛苦的她不敢独自留在黑暗的森林里，想要找寻回家的路！多少次，她被嗷嗷吠叫的狗群驱逐！曾经，她自己就是一名猎手，而现在，她必须时时提防猎人的追捕。在山林里瞧见其他熊的时候，她总是慌不择路地躲藏起来，压根忘了自己已经是它们的同类。她就这样胆战心惊地度过了十五年。

一天，她的儿子阿尔卡斯外出捕熊，在森林里遇到了他的母亲。她认出了自己的儿子，想要上前拥抱他。但在阿尔卡斯眼里，迎面扑过来的只是一头粗壮的熊，便急忙

举起长矛向她瞄准。在这千钧一发的时候，宙斯及时出现了，将他们母子送往天上，变成了大熊星座和小熊星座。赫拉见自己的情敌变成了万众景仰的星座，怒不可遏地说："我禁止她拥有人形，结果她却成了女神！这就是对有罪女子的惩罚吗！这就是我的权力吗！"赫拉于是向海洋的神灵们求助，禁止卡丽丝托母子进入他们的水域。她的请求得到了应允，因而那两个星座永远在天空上移动，却不能沉到海平面以下。

宙斯和伊娥

赫拉对宙斯的花心行为充满了愤怒，锲而不舍地惩罚着他所钟爱的情人们。伊娥的故事是另一个典型。

伊娥是河神因纳克斯的女儿。宙斯爱上了她，向她求爱，赢得到了少女的芳心，于是下凡与她幽会。宙斯在他们幽会场所的上空散播了一片浓密的云，以此遮蔽赫拉警觉的双眼。然而，当善妒的天后俯视地面上的阿尔戈斯区域时，惊讶地发现有一片云低低地悬挂在湛蓝天空下，她当即就猜到准是自己的丈夫在做苟且之事了。她从天空飘然而下，拂去那一片云。宙斯已经预见到妻子的到来，抢先一步将因纳克斯的女儿变成了一头漂亮的白色小母牛。赫拉看到小母牛后，怀疑这又是丈夫的小把戏，因而要求丈夫把小母牛送给自己。宙斯不得不再三衡量，最终决定与其承认自己的恋情，不如向妻子妥协。

随后，天后将伊娥交托给百眼巨人阿古斯看管。阿古

21

斯长有一百只眼睛，每次睡觉，只会闭上两只眼睛。伊娥想伸出手臂向阿古斯求情，但她没有手臂可以伸出。当她试图说话的时候，发出的"哞哞"声把她自己吓了一跳。她来到昔日经常逗留的因纳克斯河畔，看到水中的自己长着一张大嘴、两根新牛角，惊恐地飞奔而去。水泉女神纳伊阿德丝认不出她，她自己的父亲因纳克斯也认不出她。她跟随在父亲和姐姐们身旁，任由他们爱抚她、夸赞她。她舔舐着他们的双手，亲吻父亲的手掌，豆大的泪珠情不自禁地滑落。她用前蹄在河边沙地上写出了自己的名字，可怜的父亲叹息着"我好悲苦啊"，一下子就抱住了小母牛的脖子。正当他们失声痛哭之际，百眼巨人强行将父女分开，把小母牛牵到了新的草场上。宙斯不忍心见情人如此悲伤，于是派遣自己的儿子——神使赫尔墨斯（最诡计多端的神），前去干掉一直保持警惕的阿古斯。赫尔墨斯收起了飞行鞋，装扮成一个牧羊人接近阿古斯。阿古斯正觉得看管伊娥百无聊赖，便喊赫尔墨斯过去坐在他身旁，共享一片树荫。赫尔墨斯坐过去后，用牧笛吹出美妙的曲子，并随着故事的起承转合变换悠扬的曲调。阿古斯听得如痴如醉，一双双眼睛渐渐都闭上了。当他全部眼睛都闭上了后，赫尔墨斯眼明手快地把他杀了，然后还了伊娥自由。赫拉取走了阿古斯的百眼，把它们点缀在她那神圣的孔雀的尾巴上。直到今天，我们都可以在孔雀的尾巴上看到这些眼睛。

可是，赫拉的嫉妒和愤怒并没有平息。她继续惩罚不幸的伊娥，派了一只牛虻去折磨她，令她一路飞奔。小母牛从一个地方跑到另一个地方，片刻不得安宁：她穿过了横亘在欧洲和亚洲之间的海峡，于是这海峡被后人命名为博斯普鲁斯（又称为伊斯坦布尔海峡），意为"牛渡"；她还横渡了一片后来以她的名字命名的海洋，伊奥尼亚海；她四处奔跑，最终来到了埃及。在那里，她恢复了人形，生下了一个儿子，这孩子便是伊奥尼亚希腊人的祖先。

宙斯和安提俄珀

安提俄珀是底比斯国王的女儿。她为宙斯生了两个儿子：安菲翁和泽图斯。两个孩子刚一出生，就被带离了母亲，由西塞隆山的牧羊人抚养。安提俄珀落到了自己的叔叔莱克斯的手中，婶婶狄尔丝对她残酷至极。几年后，安提俄珀设法逃了出来，爬上西塞隆山，恰巧躲进了两个儿子的小木屋里。作为酒神狄奥尼索斯的追随者和女祭司，狄尔丝很偶然地也来到了这里，遇上了令她深恶痛绝的安提俄珀。她命令安菲翁和泽图斯把安提俄珀绑在一头凶猛的公牛身后，准备活活地拖死她。正当他们要施行这一残暴的指令时，一位牧羊人过来告诉他们，可怜的受害者正是他们的亲生母亲。他们解救了母亲，然后让狄尔丝自食恶果。狄尔丝被绑在愤怒的公牛身后，很快就粉身碎骨了。他们随后杀死了莱克斯，做了底比斯的国王。据说，他们曾经修筑城墙，泽图斯凭借自身的力大无穷将大石头一块

块地垒起来，但是当音乐家安菲翁弹奏起竖琴的时候，石头们被他的琴声打动，纷纷移动了起来，自动砌成了墙。

葆西丝和菲勒蒙

葆西丝和菲勒蒙的故事表明，宙斯会褒奖热情好客的人，同时严惩没有善心的人。

有一片野鸟聚集的沼泽地，原本是一座村庄。一天，宙斯装扮成一个凡人，与收起了飞行鞋的赫尔墨斯一道来到了这座村庄。他们敲响了许多户人家的大门，寻求休息和庇护之所，可惜这些人家都不愿意打开房门。最后，一间狭小的茅草屋接纳了他们。女主人葆西丝是个虔诚的老妪，她的丈夫菲勒蒙也已经年迈。他们性情和善，日子虽然过得清贫，却是知足常乐。当两位神灵走过低矮的门框时，不得不低着头才能进去。老翁搬来凳子，老妪慌忙在凳子上铺了一层粗糙的布，请他们坐下。随后，老妪耙出快要燃灭的木块，加了一些干燥的树叶，废了九牛二虎之力才点着了火。老翁到小菜园里拔了一棵卷心菜，从一块珍藏了许久的熏肉上切下了最好的部位，放到锅里煮。他们拍平了牧草叶填充的坐垫，放到餐桌旁的长榻上，又在上面铺了一块打满补丁的布。虽然这些东西很简陋，但只有招待贵客的时候他们才舍得拿出来用。两位神灵就坐后，老妪挽起袖子，颤颤巍巍地摆好了桌子。因为一条桌腿要短些，于是她在下面垫了一块石头。等桌子平稳后，她用绿色叶子刷干净桌面，摆放上橄榄、腌浆果、苣菜、萝卜、

24

农家干酪、煎熟的鸡蛋，所有这些菜肴都小心翼翼地盛放在陶碟里。接着，她摆上一口大碗和几个杯子。这些器皿用山毛榉木制成，并且打了蜡。随后，她又上了酒，虽然不是陈酿，却是他们拥有的最好的酒了。果篮里摆满了坚果、无花果、干枣、李子、香喷喷的苹果以及刚从葡萄藤上采摘下来的紫葡萄，餐桌中央还有新鲜的蜂蜜。两位老人流露出热情好客的表情和充满善意的眼神。

在就餐过程中，这对老夫妇惊讶地发现，那酒刚从大碗里倒出来，又自动注满了。他们浑身打颤，伸出双手哀求天神原谅他们的招待不周。他们养有一只看家护院的鹅，于是就想把那只鹅宰杀了供奉给尊贵的客人。对于年迈的老人来说，那只鹅实在是太敏捷了。它双脚和翅膀并用，逃出了老两口的追捕，最后竟然躲在了天神的脚边。天神不让杀它，说："我们是神。这村子里的村民因为既不善良也不虔诚，将受到致命的惩罚，只有你俩可以逃过这次劫难。赶快离开你们的家，跟上我们。"老夫妇听从了指令，蹒跚地跟着两位天神的脚步，往山上走去。快到山顶时，他们回头眺望村庄，发现整个村子都变成了沼泽地，只有他们自己的屋子还留着。正当他俩为邻居们的命运而忧心忡忡的时候，他们的小屋发生了变化：支撑茅草屋顶的开裂柱子变成了大理石圆柱，房梁也被镀了金。

克罗诺斯的儿子宙斯说："正直的老头，还有你，可敬的老婆婆，说说你们的愿望吧。"

菲勒蒙与葆西丝商量了一会儿，回答说："请让我们做您的神庙的祭司和守门人。我们俩幸福快乐地生活了这么久，希望有朝一日能够一起死去。我不想看到我妻子的坟墓，也不想由她将我埋葬。"

宙斯同意了他们的祈求。他们成为神庙的守门人。一天，当他俩一块儿站在神庙前的时候，发现彼此正在发生变化。他们因为年事已高而伛偻的身形，渐渐伸直了，变得强壮了，深深地扎根在泥土里。他们的头顶长出了随风摇摆的树冠，当他们说完"再见了，亲爱的妻子"和"再见了，亲爱的丈夫"时，树皮封住了他们的嘴巴。

在随后的岁月里，牧羊人会指着肩并肩站在一起的橡树和菩提树对异乡人说："神灵眷顾善良的人，他们会护佑敬神的虔诚之人。"

宙斯：形象与敬拜

艺术家们往往如此刻画宙斯：壮硕的体格，威严的仪态，腰部以下罩着一块布。他长着一颗大脑袋，有一对浓眉，头发和胡须都很浓密，以至于他的面庞似乎是藏匿在一片浓云之中。在突出的浓眉之下，一双眼睛发出闪电般的光芒。前额非常饱满，若是眉头皱一下，整个天庭都为之震颤。他的整个形象威风凛凛，俨然是天空和大地的主宰。人们往往描绘宙斯坐在精致的宝座上，一只手握着权杖或者长矛，另一只手拿着他的武器——雷电。一只鹰总是跟随在天帝身边，或勇猛地飞向高空，或闪电般径直扑

雅典娜降生，震撼众神

《赫拉、雅典娜和赫淮斯托斯》插图

向猎物。一位长着翅膀的女性形象——胜利女神，或是站在他的权杖上面，或是站在他身旁，因为他需要均衡命运，把胜利赐给他欢喜的英雄。

希腊人最为尊崇的宙斯雕像，位于希腊南部奥林匹亚山的宙斯神庙，由黄金和象牙做成。在完成这座天帝雕像之前，希腊人每四年举行一次盛大的祭祀性竞技活动。希腊各个城邦的人纷涌而至，以完美的操控力展现健美的体格，从中体现他们对天帝的敬拜。胜利的竞技者将获得至高的荣誉，希腊最闻名遐迩的诗人们纷纷施展天赋，把他们写进诗篇里。当他们回到各自欢天喜地的城邦时，歌队们将在竖琴或长笛的伴奏下歌唱他们的丰功伟绩。更为重要的是，伟大的雕塑家们也来为他们增光添彩。对于奥林匹克竞赛胜利者来说，最值得骄傲的荣耀便是自己的雕像能够树立在神庙周围。而今，若是我们步行在奥林匹亚遗址，仍然可以辨认出当年十分开阔的竞技场的模样。希腊年轻人们曾在这儿开展竞技项目，或摔跤，或跑步，或掷铁饼。高悬的拱廊下，屹立的柱廊边，诗人们声情并茂地朗读着作品。在他们前方，年轻胜利者们的裸体雕像站成了长长一排，就仿佛是刚刚赢得了竞技的胜利。这里凝聚了希腊所有城邦的宝藏，而在其中心位置，赫然矗立着底座甚高的宙斯神庙。即使历经岁月沧桑和地震摧毁，我们也依然能够从倒塌的巨型神庙立柱中窥见当年惊人的建筑规模。

27

位于伊庇鲁斯的多多纳神谕殿，是一座著名的宙斯神谕殿，也是希腊最为古老的圣地之一。这里生长着一棵参天橡树，被认为是宙斯的神圣象征。女祭司通过树叶簌簌作响的声音参悟天帝的旨意。希腊各个地方都有敬拜宙斯的神庙，每个城邦都宣称自己拥有宙斯独特的眷顾。到了后期，也就是早期基督徒活动的时代，人们居然在克里特岛发现了宙斯的坟墓。永生的神灵居然与死亡联系到了一块儿，真是怪哉！

朱庇特

罗马人将宙斯与他们古老的拉丁神祇朱庇特联系在一起，并渐渐地把宙斯的故事转移到朱庇特身上。跟宙斯一样，朱庇特也是天空之神，也是"诸神和人类之父"。供奉他的神庙遍布意大利各大山峰，每逢干旱时节，人们纷纷前去向他祈求雨水。位于阿尔本山的朱庇特神庙，是拉丁民族各个城邦的宗教中心。位于卡匹托尔山的神庙，敬奉着"至善和至大者朱庇特"。罗马人认为他是城邦的护卫者和战争胜利的保障者，凯旋的统帅们往往将最好的战利品供奉给他，以此庆祝战争的胜利。此外，如同宙斯，罗马的朱庇特也是正义、真理和神圣誓约的维护者。

赫拉、雅典娜和赫淮斯托斯

第一节 赫 拉

　　我为金冠赫拉歌唱，瑞亚的女儿，永生的天后，雷电之神宙斯的姐姐和妻子，拥有无与伦比的美貌和众人皆知的美名，在奥林波斯山享有的荣誉和尊贵绝不亚于她那喜欢投掷雷电的丈夫。

——荷马式的赫拉赞歌

宙斯的妻子

作为至高无上的天帝的妻子，赫拉自然而然地成为婚姻的保护神。新娘们供奉她，已婚妇人才能成为她的神庙

的祭司。在萨摩斯岛，一年一度纪念赫拉与宙斯成婚的庆典，是当地最为重要的节日活动。赫拉与宙斯生有三个孩子：战神阿瑞斯、火神赫淮斯托斯、青春女神赫柏。赫柏还是天庭的斟酒女神，后来可能是因为给众神斟酒时碰洒了杯子而被开除，由一位名叫甘尼米德的特洛伊王子继任。有一回，宙斯见甘尼米德在伊达山峰眺望山下的子民，一下子就喜欢上了他那充满孩子气的天真与俊俏，于是化身为一只鹰，一把抓住他返回奥林波斯山，让他成为自己的斟酒者。为此，赫拉不但懊恼于丈夫，还迁怒于特洛伊人民，这股怨气一直没有消停。事实上，只要宙斯喜欢的凡人，或者宙斯与凡间女子生育的孩子，赫拉都是又妒又恨。

伊里斯

伊里斯驾风而行。她是赫拉的使者，将赫拉的旨意传达给诸神和凡人。她还是彩虹女神，是连接天与地的象征；每当她从奥林波斯山飞向人间，身后总会留下色彩缤纷的踪迹。

形象与特征

因为天后赫拉是婚姻和家庭的保护神，所以希腊艺术家们在构想赫拉的形象时，往往认为她正值花样年华，面庞姣好，雍容华贵，风姿绰约。作为已婚女神，她身穿长袍，头戴桂冠。有时她手持权杖，有时则握有象征着多子和丰产的石榴。她的身边常常伴随着一只孔雀，这鸟儿的尾巴上装饰着阿古斯的一百只眼睛。

朱 诺

正如赫拉是宙斯的妻子，在罗马神话里，朱诺是朱庇特的妻子。对于古罗马人来说，朱诺也是妇女和婚姻的保护神。

第二节　雅典娜

雅典娜的诞生

帕拉斯·雅典娜一直是处女。较之其他兄弟姐妹，雅典娜无论是在性格还是在力量上都最像他们的父亲，而且也最得父亲的尊重和信任。她诞生的故事，很好地说明了这一点，因为她是从宙斯的脑袋里蹦出来的，一出生就已成年，全身武装披挂。

> 她从主谋神宙斯神圣的头颅中站起身，全副武装，金光照人，众神充满敬畏地看着她的出现。她一下子就跳出了宙斯的头颅，立在宙斯面前，挥舞着长矛，整个奥林波斯山在这位灰眼睛的少女的威严面前颤抖，大地发出惊恐的回响，大海卷起黑色的浪涛，浪花飞溅。许佩里翁的儿子费了好长时间才控制住四处乱窜的飞马，直到少女从肩头取下她那神圣的盾。主谋神宙斯满意地笑了。向您致敬，天神宙斯的孩子！

> ——荷马式的雅典娜赞歌

雅典娜的诞生故事吸引了无数希腊艺术家。在他们的描述中，宙斯坐在他的宝座上，奥林波斯众神围在他的身边。宙斯的面前站着锻造神赫淮斯托斯，他手执斧子劈开了宙斯的头颅，这才促成了雅典娜神奇的诞生。雅典娜站在父亲身边，雄赳赳气昂昂地挥舞着手中的长矛，胸前佩戴着埃吉斯神盾，或者是绘有蛇发女妖美杜莎头像的胸甲。在远古时期的自然神话中，雅典娜原本象征着雷电划过云朵时所释放的天空之水（云即宙斯的头颅，雷电可以理解为赫淮斯托斯劈开宙斯的头颅），胸甲上的蛇发女妖美杜莎则暗示了雷暴云和闪电。后来，雅典娜不再是自然女神了，逐渐成为理性和智慧女神，是工艺的保护神。她还是战术女神，是城市（尤其是雅典）的保护神。作为文明和正义的拥护者，万能的天父准许她佩戴他的埃吉斯神盾。因此，雅典娜也被广泛理解为"尚武的胆识蕴藏着和平，智慧的言行孕育着硕果"。

帕特农神庙

帕特农神庙供奉着雅典城的保护神雅典娜女神，坐落在雅典卫城中心位置的最高处。庙内存放着一尊黄金和象牙镶嵌的雅典娜女神像（出自雕塑家菲迪亚斯之手），雅典人每年都会列队前来参拜女神像，并将雅典妇女们献给这位工艺女神的长袍或者罩衣也一并奉上。

形象与特征

雅典娜的形象高贵而威武，身穿一件垂坠的长袍。精

心雕铸的雅典娜神像往往彰显了勇气与智慧。除了佩戴埃吉斯神盾以外，她还戴着头盔，上面绘着狮身人面像和狮身鹫首兽。她手持长矛，或者在很多情况下，也会手持展开翅膀的胜利女神小雕像。她的其他象征物为蛇和猫头鹰，而橄榄树意味着她是雅典城的保护神。

争当雅典城的保护神

规模庞大的雅典城建成后，众神争做该城的保护神。雅典娜和波塞冬被认为是最有资格的两位神祇，因此他们最终达成协议，即谁能为这座城市提供最好的礼物，谁就成为该城的保护神。十二位神灵聚集一堂充当裁判，雅典城的第一位国王刻克洛普斯充当见证人，比赛地点设在雅典卫城的最高处。波塞冬用三叉戟敲打石块变出了一汪咸海水，而雅典娜上前来用长矛敲打石块变出了一棵橄榄树。比赛结果以雅典娜的胜利告终，因为橄榄树是雅典城邦和平与富裕的象征。在这之后，神圣的橄榄树就被保存在神庙里。据希腊历史学家们描述，与波斯人结束大战的雅典人，重返故土修建历经战火焚烧的城堡，而这棵橄榄树居然在一夜之间奇迹般地抽芽长叶了。

直到今天，我们似乎仍然能够在古老神庙下方的石块上辨析出波塞冬的三叉戟标致。当然，也有人说，波塞冬参加比赛时变出的礼物，并不是海水，而是战马。

阿拉克涅

在阿拉克涅的故事里，雅典娜主要以工艺女神的身份

33

出现。

阿拉克涅是一位凡间少女，比任何其她女子都善于编织。她的手艺是如此远近闻名，以至于当她干活儿的时候，连林中和溪水中的仙女们都前来观看，而她的作品赢来了阵阵艳羡的声音。人们会说，她是帕拉斯·雅典娜的学徒，但是阿拉克涅对此矢口否认，并试图与女神一争高低。阿拉克涅的挑衅激怒了雅典娜，女神决定让少女有自知之明。

雅典娜变成了一位白发苍苍的老婆婆的模样，颤悠悠地拄着拐杖走到阿拉克涅那儿说："请接受我这样一位老太婆的忠告。你要是喜欢，就和你的人类同胞去比试，但鲁莽的姑娘啊，千万不要和女神争高低，为你的那些浮夸言论忏悔吧。"

阿拉克涅怒视着来者，粗暴地回答说："你又老又迟钝，收起你的忠告，留给你自己的女儿吧！我的事情会自行处理，不用你来管。为什么那位女神自己不来？为什么她不接受挑战，展示一下她的技术？"

"她已经来了。"雅典娜说完就丢下了伪装，站在那里证实了自己的身份。

仙女和看客们赶忙参拜，只有这位少女毫无惧色，一再坚持要与女神比赛一场。宙斯的女儿接受了。阿拉克涅开始编织了，像蜘蛛一样手脚利索。她的织物色彩斑斓，各个颜色相互映衬，烘托出一幅如彩虹般绚烂的图案。雅典娜在布料上织出了她与波塞冬竞赛的场面：图案上出现

了十二位神灵，宙斯威风凛凛地坐在中间，波塞冬手持三叉戟，雅典娜自己则佩戴着埃吉斯神盾，身旁立着一棵新诞生的橄榄树；图案的四角织了一些妄图与神灵竞争的凡人，他们最终都自食恶果。雅典娜希望这位自以为是的少女能够从中吸取教训，及时放弃比赛，但阿拉克涅丝毫没有退缩的意思。她在自己的织物上织出了神灵们的缺点和错误，比如好色的宙斯、善妒的赫拉，他们身上的小毛病引致了人们的讪笑。最后，她给织物做了精美的收边。

雅典娜不得不佩服少女的手艺，但是她的傲慢令她心生愤怒。她用梭子猛击少女的织物，后者顿时化为碎片。之后，她摸了一下少女的前额，令她感到内疚和羞愧。少女承受不住内心涌上来的感受，便用一束丝带上吊了。但是雅典娜并不愿意看到这样一位技艺超群的手工艺者死去，她截断了丝带，将乌头汁洒在少女身上，将她变成了一只蜘蛛。于是，阿拉克涅继续年复一年地编织她那无与伦比的织物。

密涅瓦

密涅瓦是古伊特鲁里亚地区的女神，罗马人尊奉她为工艺女神和智慧女神。每年的特定时日，能工巧匠们都会为她举办庆典，孩子们因此也可以放大假。后来，她与希腊的雅典娜女神合而为一，成为战术女神和城市的保护者。卡匹托尔山的神庙里供奉着三大神：朱庇特、朱诺和密涅瓦。

第三节　赫淮斯托斯

火　神

雅典娜同父异母的兄弟赫淮斯托斯，是宙斯与赫拉的儿子。这位跛足的火神，是锻造和冶炼等方面的保护神。他与雅典娜一起，为人类文明的发展做出了巨大贡献。古希腊人这样歌颂他：

> 歌唱吧，高亢的缪斯，请歌唱能工巧匠赫淮斯托斯。他与灰眼睛的雅典娜一起，教会人类各种技艺。这些人，早些年还像野兽那样生活在洞穴里，现在经由能工巧匠赫淮斯托斯的调教，学会了建房而居，轻松地应对季节的变迁。
>
> ——荷马式的赫淮斯托斯赞歌

赫淮斯托斯天生跛足。不过，两种关于他从天上摔到人间的说法，或许更好地说明了他身体残疾的缘由。一种说法认为，赫拉懊恼地发现自己的儿子体格不健全，于是将他从天庭扔了出去。为了惩罚母亲对自己的冷酷无情，赫淮斯托斯精心打造了一把金椅，将它送给了母亲。赫拉刚坐上金椅，无形的锁链就将她牢牢地固定在椅子上，任她施展千方百计也挣脱不了。赫淮斯托斯对于众神的求情无动于衷，最后还是酒神狄奥尼索斯将他灌醉，把他带到

奥林波斯山，才劝诱他松开了自己的杰作。另一种说法认为，在宙斯与赫拉的一次次争吵中，赫淮斯托斯总是维护母亲的利益，宙斯忍无可忍，一把提起儿子的脚，直接将他从奥林波斯山扔了下去。

> 我整天脑袋朝下地坠落，直到日落时，
> 才坠到利姆诺斯岛，只剩下一点性命。①
> ——荷马·《伊利亚特》

形象与特征

赫淮斯托斯在奥林波斯山为众神打造了辉煌的宫殿。他为宙斯制作了权杖，为阿基琉斯打造了盾牌，还受命创造了潘多拉。他在许多火山岛下面设置作坊，锻冶过程中产生的火焰经由火山口喷发出来，如利姆诺斯火山岛、西西里岛附近的埃特纳火山、意大利南部的里帕瑞岛。意大利南部和西西里岛附近的人相信，只要将金属放在火山口，彻夜虔诚地向火神祈祷，第二天早上就可以在原地看到制作精良的剑了。赫淮斯托斯打造了一群黄金侍女来协助自己的工作，荷马是如此描绘他的作坊的：

> 赫淮斯托斯怪物似的浑身冒着火星，

---

① 荷马：《荷马史诗·伊利亚特》，罗念生等译，人民文学出版社2006年版，第25页。

从砧座上站起来迅速挪动跛瘸的细腿。

他把风箱移开火炉，把各种应用的

工具细心地收起放进一只银箱笼，

再用海绵仔细地擦净脸面、双手

和他强健的颈脖以及毛茸茸的胸口，

穿上短衫，捡起一根结实的手杖，

瘸拐着走出锻工场，黄金制作的侍女们

迅速跑向主人，少女般栩栩如生。

那些黄金侍女胸中有智慧会说话，

不朽的神明教会她们干各种事情。①

——荷马·《伊利亚特》

赫淮斯托斯是个温和友善、乐于助人、爱好和平的神祇。尽管他的跛足常令他陷入窘境，但诸神和人类都很喜欢他：

他从调缸里舀出甜蜜的红色神液，

从左到右——斟给别的天神。

那些永乐的天神看见赫淮斯托斯

在宫廷忙忙碌碌，个个大笑不停。②

——荷马·《伊利亚特》

---

① 荷马：《荷马史诗·伊利亚特》，罗念生等译，人民文学出版社2006年版，第435页。

② 荷马：《荷马史诗·伊利亚特》，罗念生等译，人民文学出版社2006年版，第25页。

赫淮斯托斯很少出现在艺术作品里。通过有限的描绘，我们看到他身材强壮，跛足并不明显。他身穿匠人的短衫，头戴匠人的保护盔。另外，他原本可能是闪电的象征，所以才传说他从天庭摔了下来。

伏尔坎

在罗马，火神伏尔坎往往令人畏惧，而不是喜爱。纵横交错的街道和鳞次栉比的屋宅，使罗马城完全臣服于火神的威严之下。对他的敬拜，正如一开始对战神马尔斯的敬拜，总是设立在城市的远郊区域。

阿波罗和阿尔忒弥斯

第一节 阿波罗

光明与医药之神

希腊人最虔诚地歌颂、最真诚地膜拜的神灵，很有可能就是福玻斯·阿波罗了。这位赫赫有名的光明之神，取代了更古老的神话体系里的提坦神赫利奥斯的位置。他驾着太阳车横穿天国，时序女神和季节女神随驾在侧，到了傍晚，便把太阳车停靠在金灿灿的西边。他从不说谎，光明磊落，具有净化和启蒙的能力。古希腊太阳的光辉是他的箭，他百发百中，从未射失。那些罪有应得的人，将被他施以瘟疫和死亡的惩罚。只有在被激怒的时候，他才会

施展破坏力；而在绝大多数情况下，他是治愈和医药之神。在他的帮助下，医生们发现了疾病的隐秘根源。阿波罗的儿子——神医阿斯克勒庇俄斯，最得这位医药之神的真传，甚至能够起死回生，因而激怒了宙斯，招致自己死亡的厄运。

德尔斐的神谕

阿波罗之所以在希腊人心目中有着重要的地位，主要是因为他是预言之神，能够给出神谕。在所有阿波罗神谕殿中，位于德尔斐的神谕殿最为著名。德尔斐坐落在中部希腊，是一座倚帕尔那索斯山而建的城镇。在这儿，女祭司坐在岩石裂开的三脚香炉上，从周围散发的水蒸气里汲取灵感，陷入一阵迷狂之中，断断续续地说出一些不连贯的话语，然后由神庙的祭司进行解读和诠释。四面八方的人前来寻求庇护，不仅仅局限于希腊人，还有来自远方的异乡人。任何人若想开展伟大的事业，必定来此寻求阿波罗的准许与庇护，尤其是那些想要扩展殖民地的征服者们，肯定会来此祈求阿波罗的神谕。因此，阿波罗也成了城市的建立者，殖民化进程的推动者，以及善法和文明的订立者。

俊美与音乐之神

阿波罗的形象既英俊又雄健，是形体和智慧最完美、最纯粹的协调与融合，体现了希腊人对男性形象的最高想象。他不仅将医术传给人们、将预言告诉人们，还给予诗

41

人和音乐家丰富的灵感。他是所有美与和谐的赠予者。在帕尔那索斯山，他领导缪斯女神们齐声欢唱，而在众神欢宴上，他用黄金竖琴弹起的飘飘仙乐令众神们如痴如醉。

形象与特征

阿波罗常被刻画为血气方刚的年轻人，面庞明朗，面容俊俏（后期的艺术家有时候将他描绘得过于女性化了）。作为精通箭术的神，他常常衣着简单，手执弯弓。作为太阳神，他常常坐在飞马牵引的太阳车里，黎明女神飞在前头忙着打开东方大门，时序女神和季节女神则随驾在侧。作为音乐之神和缪斯女神的统领者，他常常像古希腊诗人般身穿曳地长袍。他的额头戴着用月桂枝叶编织的花环，月桂是他的圣物，也是他赐给诗人的奖赏。

阿波罗的诞生

阿波罗是宙斯与勒托女神的儿子。关于他的出生，最广为流传的说法是，他母亲勒托怀孕后，嫉妒的赫拉下令禁止大地给予她分娩场所。痛苦的勒托只能四处奔波，最后被得洛斯岛接纳，产下了宙斯的一对孩子。

大地胆战心惊，没有任何一块土地敢于迎接太阳神的降生。最后，勒托踏上了得洛斯岛，恳求的话语脱口而出："得洛斯，你愿意成为我儿太阳神阿波罗降生的温床么，在此为他建起恢宏的神庙……"随后，伟大的太阳神出生了，女神们欢天喜地。她们用圣洁

而纯净的水将您清洗，用新织成的精致的白色褶裣将
您裹住，然后给您系上黄金环带。佩戴黄金弓的阿波
罗，喝的并不是母亲的奶，而是永生的忒弥斯女神率
先递过来的灵液和美味仙食，因为母亲勒托正为自己
诞下佩戴黄金弓的强壮儿子而欣喜若狂。

——荷马式的阿波罗赞歌

阿波罗和阿尔忒弥斯

勒托在此生下了一对孪生孩子阿波罗和阿尔忒弥斯后，
精疲力竭地来到吕西亚。她感到口干舌燥，于是踱步到池
塘旁。一群乡下人正在池塘边采集芦苇，全然不顾女神喝
口水解渴的请求，甚至还粗暴地恐吓这位虚弱的女神。他
们在池塘里淌水，将池水搅浑，令女神压根没办法喝水。
女神对他们的粗野和尖刻感到愤慨，便发愿让他们永世都
离不开池塘。他们因此就生活在池塘里了，或是游到水面
上呼吸，或是蹲在池塘边"呱呱"叫，用粗哑的"呱呱"
声表达内心的不满。他们的背部呈绿色，腹部则是白色。
他们的脑袋长在肿胀的身体上，眼睛整个儿地鼓了起来。
其实，这种冷血动物随处可见，或许你附近的池塘里就有
几只。

战胜皮同

在阿波罗来到德尔斐之前，这里由一条名叫皮同的巨
蟒看守，它是盖亚所生，守护着一个神谕。光明之神阿波
罗用金箭射杀了这条意味着黑暗和疾病的怪兽，用自己的

43

神谕取而代之。为了庆祝自己的胜利，阿波罗第一次唱起了表达喜悦和感谢的赞歌，并且在射杀皮同的地方栽下了他的圣物——月桂树。

阿波罗和达芙妮

古罗马诗人奥维德讲述了月桂树成为阿波罗的圣物的缘由。

厄洛斯造成了阿波罗对达芙妮的不幸恋情。有一次，沉浸在战胜皮同的喜悦中的阿波罗，看到小爱神厄洛斯正弯弓玩箭，便上前毫不客气地奚落他："顽皮的小孩，你可不能随便摆弄这武器！看看我肩上的武器——正是我，最近刚用它们射杀了巨蟒皮同。你大可以用手里的玩意追踪爱情的奇迹，不过，千万别妄图超越我的成功。"

阿佛洛狄忒的儿子回答说："太阳神，你的箭能够刺穿所有的东西；我的箭呢，能够刺中你。"他一边说着话，一边从箭囊里取出了两支箭：一支是金箭，被它射中便会产生爱情；另一支是铅箭，被它射中便会拒绝爱情。他把金箭射向了阿波罗，把铅箭射向了河神的女儿达芙妮。

阿波罗立刻燃起了爱情的火焰，而这位仙女却变得十分厌恶爱情。她崇尚月亮神阿尔忒弥斯，想追随她成为一个永恒的处女，在森林间过着自由自在的生活。她长得美艳动人，很多追求者慕名而来，结果都悻悻而去。她说服了父亲，后者答应让她永远做一个处女。然而，阿波罗已经疯狂地爱上了她。他看到她的秀发在脖颈间飘动，看

到她的双眸像星星般熠熠生辉，看到她的双唇娇艳欲滴。他赞美她纤细的双手，她匀称的胳膊。在他眼里，她的一切都是美好的。她赶忙躲开他，比一阵风还跑得快，根本没有听到他在身后苦苦哀求——"仙女，请停一停，我求求你了！我不是你的仇人。仙女，请停一停！是爱情令我对你穷追不舍。哎呀，别跑那么快，万一跌倒了怎么办！万一可恶的荆棘刺伤了你娇嫩的脚踝怎么办！我可不想让你受伤啊！地面很粗糙，别跑得那么快！我会慢慢地跟在后面。我可不是无理取闹的莽汉，也不是粗俗不堪的牧羊人。轻率的姑娘，你或许还不知道你拒绝了谁。我的父亲是宙斯。经由我，过去、现在和将来的事物都无所遁形；经由我，音符在琴弦上快乐起舞。我的箭百发百中，然而这世上的另一支箭更为厉害，它射中了我。我发明了医药，全世界的人都感谢我的救助。可惜啊，没有任何灵丹妙药可以拯救我的爱情，这救助了世人的医术唯独不能拯救它的发明者。"

仙女继续向前飞奔，神灵则在后面苦苦追赶。她越跑越惊慌，他则铁了心地不让她跑开，甚至在爱情的催动下跑得更快了。她能感觉到他快追上自己了，那沉重的呼吸声就在耳畔回响。她渐渐精疲力竭了，在绝望中向她的河神父亲大声呼救："救救我吧，父亲！请让大地张开口吞下我，或让我几近摧毁的身体变形！"刚一说完，她就感觉到她的四肢变得沉重，她柔软的身体裹上了一层精致的树皮，

她的缕缕秀发变成了树叶，她的双臂变成了树枝，她敏捷奔跑着的双腿变成了树根深深地扎入了泥土。她的身体已经变成了一棵月桂树，而她的美貌却依然留存。太阳神的爱火并未熄灭。他抚摸着树干，似乎感觉到她的身体在树皮下轻轻地颤动。他伸手抱住了月桂树，亲吻着她，她却随风摆动，躲开了他的亲吻。他痴情地说："你虽然没能成为我的妻子，但是你将成为我的圣树。月桂树，我要用你的枝叶做我的桂冠，用你的木材做我的竖琴，用你的花装饰我的箭囊。既然我拥有永恒的青春与俊美，你也将终年常绿、枝叶繁茂。"

阿波罗和雅辛托斯

正如四季常青的月桂树令人联想到阿波罗对一位仙女的无果的爱情，芳香的风信子也跟阿波罗有关，起源于他与一位猝死的凡间少年的故事。

曾经有一段时间，弓箭和竖琴再也提不起阿波罗的兴致，甚至连德尔斐也荒废了。他整天陪着美少年雅辛托斯，拿着猎网，带着猎狗，陪少年打猎，跟他一块儿进行各种体育运动。一天，这对朋友脱去了衣服，往身上抹了油，互相掷铁饼玩。阿波罗投掷得又高又远，充分展示了这项体育活动的力量与技巧。雅辛托斯快活地追赶，想要接住铁饼，却完全没有想到到铁饼的反弹力度很强，结果被铁饼击中了前额。阿波罗急忙赶上来，悲痛万分地接住少年倒下的身子，紧紧地抱在怀里，试图用药材给伤口止血，

只可惜这一次他无力回天了。正如一朵百合在阳光的灼烤下蔫了脑袋，垂在地上，渐渐枯萎，这位少年的头颅也垂到了胸口，在太阳神的怀抱里渐渐没了生气。

阿波罗深深地自责，伤心不已。既然已经无法挽回少年的性命，他便决定要让少年的名字不朽，永远被人们歌唱。瞧，一瞬间，少年的鲜血浸染过的土地上，开出了一片如百合般亭亭玉立的紫色花朵，花瓣上的纹路"Ai，Ai"是一声声"唉，唉"，铭刻了太阳神永恒的叹息。每当充满活力的春天赶走了冬天，这些精神饱满的花朵就会遍地盛开，雅辛托斯也就再一次出现在人间了。

阿波罗和玛尔珀萨

有一次，阿波罗与一位凡间男子成了情敌，结果以失败告终。

玛尔珀萨是一位美丽的少女，伊达斯爱上了她。他骑着波塞冬赠送的飞马，从玛尔珀萨的父亲那儿悄悄地带走了少女。阿波罗在高处发现了他们，并把那少女夺走了。伊达斯为了心爱的少女，即使对方是神也在所不惜了。他拿起弓箭，飞速追赶了上去。为了阻止这场不公平的竞赛，宙斯出面调停，让少女自己进行选择。一边是俊美无比的太阳神，可以赐予她不朽、力量、荣耀，让她免受尘世的纷扰；另一边是伊达斯，只能给予她忠诚的爱恋和陪伴，让她的生活喜忧参半。少女最终选择了血肉凡胎的伊达斯，因为神的爱并不一定坚贞，不朽的生命并不一定意味着不

朽的青春；她宁愿与同样是凡人的人在一起，共同生活、恋爱，逐渐衰老、死去。

阿波罗和尼俄伯

在尼俄伯和她的十四个孩子的悲惨故事里，阿波罗与妹妹阿尔忒弥斯以母亲的复仇者形象出现，阿波罗的金箭在其中发挥了毁灭性的作用。

阿拉克涅因为藐视雅典娜而受罚的故事，给予世人警示意义。但是，尼俄伯实在是太骄傲了，她根本不懂得引以为戒。她的骄傲日积月累：她的丈夫是一位闻名遐迩的音乐家；她的父母皆是神的后代，因此她身上流淌着神的血液，能够统治一方国土；更为重要的是，她有七个强健的儿子和七个美丽的女儿，个个令她颜面增光。

一天，勒托的祭司对众人说："开始吧，你们所有人，开始敬拜勒托和她的孩子们，向他们献祭吧！将月桂花环戴在你们额头上！勒托向我传达了她的旨意。"众人皆服从，向勒托和她的孩子们献祭。

身穿紫色和金色衣衫的尼俄伯出现了，她庄严而高贵地走到子民们中间，以傲慢的目光巡视了一遍后说："你们多么愚蠢，居然崇拜你们从来没见过的所谓的天神，而不关注活生生站在你们面前的人！你们怎么会向勒托献祭呢？你们怎么不来敬拜我呢？我的外祖父是提坦神阿特拉斯，他的双肩挑起了繁星点点的天空。我的祖父是天帝宙斯。我是辽阔土地上的王后。我拥有女神般的美貌。而且，我有七个儿子和七个女儿，他们个个令我骄傲。我不明白你们为什么喜欢勒托而不是我——勒托只有两个孩子！我拥有这么多，任何东西都伤害不了我。快，别再崇拜她和她的孩子们。摘掉你们额头上的月桂！"人们照做了。从此以后，人们不再供奉勒托，即使有，也是私下里悄悄进行。

勒托愤怒了，她对儿子和女儿说："孩子们，我一直为你们俩感到骄傲，一直认为除了天后，自己不比任何一个女神差。可是，我现在开始怀疑自己是否真的是女神了。除非你们帮助我，否则我将被夺取受人崇拜的荣誉。更为可恨的是，这个女人侮辱了你们俩，竟然认为她的孩子们比你们俩还要强大。"阿波罗和阿尔忒弥斯听罢，披着云彩，飞到底比斯城。

尼俄伯的两个儿子正在城门外的赛马场练习骑马。哥哥驾驭着骏马快要接近终点了，结果给阿波罗的箭射个正着。他撒下手中的缰绳，从马车上摔了下来，一命呜呼。弟弟听到弓弦响动，却看不到射箭之人，便扔掉缰绳，试图逃命，结果还是被阿波罗那令人无法逃避的箭射中了，鲜血流了一地。尼俄伯的另外两个儿子在角力场摔跤，正当他俩手臂交缠的时候，一支箭把他俩射穿了。在他们倒下时，一个兄弟急忙冲过去想去抢救，结果还没奔到跟前就被箭射中了。尼俄伯的第六个儿子也这么被射死了。最小的儿子举起双手祈祷："饶了我吧，神灵们！"阿波罗本可以饶了他，只可惜箭已离弦，一切为时太晚。

49

阿波罗和阿尔忒弥斯

49

当了解到已发生的一切时，尼俄伯第一次意识到了自己的不幸。她的丈夫因为承受不住打击而拔剑自刎。此前，她狂妄地将参拜者从勒托的祭坛赶走，傲慢地走过她的城邦，接受众人艳羡的目光。而现在，她沦落到如此可怜的田地，任凭敌人见了也会于心不忍。她带着七个女儿，来到那些已经没有了生命的尸体旁边，扑倒在他们面前，大声哭喊着："残酷的勒托啊，你的铁石心肠该满足了吧！不过，你以为你赢了么！尽管我失去了他们，但仍然比你可怜的复仇心更为富有。"话音刚落，阿尔忒弥斯的弓弦已经响动。她的女儿们一个接着一个地倒在兄弟们身旁，只有最小的一个还没有倒下，她被母亲紧紧地护在怀里。她哭喊着："给我留一个吧，这最小的一个！"可是在她说话的当下，这最后一个也倒下了。尼俄伯一屁股坐在死去的儿子们、女儿们和丈夫中间，瞬间变成了一个无儿无女的寡妇。她痛苦地坐着，头发连风都吹不动，脸颊惨无血色，双眼一动不动，血液停止了流淌；她里里外外都变成了石头。一阵旋风神奇地将她吹送到她的故乡——亚洲。在那儿，她仍旧坐在山峰上，泪水成河，从石头脸颊上涓涓流下。

法厄同

法厄同是阿波罗与仙女克莱梅尼的儿子。一天，法厄同遭到了玩伴的嘲笑，说他不是阿波罗的儿子。法厄同虽然表面上没有反驳，但回到家后便向母亲诉苦，希望能够得到关于自己出身的确切答复。克莱梅尼再三起誓，证明他就是阿波罗的儿子。见儿子仍然将信将疑，这位母亲只好让他去找阿波罗，问问太阳神是否真的是他的父亲。

少年高高兴兴地启程前往日出之地。他走向大地的边缘，最后来到了太阳宫。太阳神此时穿着紫色的长袍，坐在镶嵌着闪闪发光的珠玉的宝座上。日仙、月仙、年仙、时代仙全都簇拥在他的周围。季节女神也站在他的身旁：年轻的春神，头戴芬芳的鲜花；裸身的夏神，花团锦簇；成熟的秋神，在葡萄的映衬下成了紫色；冰冷的冬神，虽然头发灰白，却十分坚毅。法厄同迟疑地站在门前，无法接近父亲的光芒。太阳神用洞悉一切的目光看着他，亲切地向他问好，询问他的来意。法厄同受到鼓舞，鼓起勇气回答说："哦，太阳神啊，我的父亲，您这无边无际的世界的光明。如果您能让我分享您的荣誉——我请求您，给我些许证明吧，那样人们就会知道我是您的儿子。"他的话音刚落，太阳神就上前抱住了他，承诺不管儿子需要什么样的证明，他都会有求必应。他甚至以冥河发誓，表示绝对不会辜负儿子。法厄同立即说，希望父亲能够允许他驾驭太阳车一天。太阳神施展浑身解数，试图劝说儿子打消这个念头。他说，驾驭太阳车是极其危险的事情，即使能掷出雷电的宙斯也没有这个能耐，更何况肉体凡胎的法厄同！然而，固执的法厄同不为所动，拿冥河起过誓的太阳神只得顺从他的请求了。

太阳车是赫淮斯托斯的杰作，由黄金和象牙制成，镶

阿波罗和阿尔忒弥斯

51

嵌着一排排昂贵的珠宝。正当法厄同瞪大惊羡的眼睛盯着太阳车时，早起的黎明女神打开了一扇扇黄金门，令洒满瑰丽光线的大院一览无遗。群星飞速隐退。太阳神见地面开始发光，惨淡的月亮渐渐消失，便吩咐时序女神给骏马套上缰绳。接着，他在儿子脸上涂抹了一层神圣的油膏，使他能够承受强烈的火光，又在他头上安放了光芒。他最后一次语重心长地对儿子说："我的孩子，如果你仍然愿意听从父亲的话，那么请少抽鞭子，多揽缰绳！你尽量往中央区域赶车，在那儿能看到我先前留下的车辙；如果太阳车太高，会烧着众神的居所，如果太低，会让大地陷入火海。剩下的，只能交给命运了。疲惫的黑夜已经接近西边的目的地了，我们不能再耽搁了。我们必须按时启程，黎明女神已戴上面纱起飞了。若你还是坚持这么做，那就抓紧缰绳吧。"

少年兴冲冲地跳上太阳车，朝着忧心忡忡的父亲点头致谢。骏马撒开蹄子奔跑，奋勇冲破了拂晓的雾霭。那些骏马很快就感觉到太阳车比往常要轻了许多，于是任性地奔跑起来，离开了平时的车道。法厄同失去了主张，不知道朝哪一边拉绳，更没有办法控制撒野奔驰的马匹。当他偶尔朝下张望时，看见一望无际的大地尽在眼底，顿时脸色发白，双膝也因为恐惧而颤抖了起来。强烈的太阳光刺痛了他的双眼，渐渐地睁不开了。到了此刻，他多么希望自己从来没有坐上父亲的太阳车，甚至希望自己压根不知

道那高贵的出身。现在他该怎么办呢？他回过头去，看到自己已经走了很长一段路程；再望望前面，路途更为漫长。他手足无措，不知该朝哪个方向前行。惊慌之余，他遇到了父亲告诫过他的那些怪物：一条蟒蛇立起长长的身段，吐着蛇信，差点儿就窜进太阳车里；天蝎挥舞着危险的爪子，露出带着剧毒的尖牙。见了这样的怪物，法厄同不禁倒抽一口气，缰绳也从手中脱落了。那些脱缰的马匹四处狂奔。月亮女神惊奇地看到哥哥的太阳车跑到了自己下面，云彩都冒烟了。大地受尽灼烤，水分全蒸发了。森林起火，庄稼烧毁，城市冒着浓烟，一切都烧成灰烬了。有人说，这就是非洲人黑皮肤以及撒哈拉沙漠形成的原因。泉水仙女们披头散发地悼念着水的干涸，河流躲在堤岸之下也没能幸免于难。大地开裂，光线甚至照入了塔尔塔罗斯深渊，使哈得斯和他的冥后都吓了一跳。大海急剧地缩小范围，鱼儿们急着往海底避难。波塞冬三次企图把头伸出水面，但每次都被热气给逼下去了。大地母亲被烤得难受，以沙哑的嗓音祈求宙斯的救助，呼唤他瞧瞧她不该遭遇的苦难，也请他好好考虑自己的天庭，因为若是任由火势继续发展下去，整个天庭都会坍塌下来。

最后，宙斯只好将一道雷电劈向法厄同。马匹脱离了缰绳，自顾自飞奔而去，只留下太阳车倒在原地。法厄同像一颗流星般从空中摔了下去，留下一条光亮的痕迹在身后，直到江河将他接纳。阿波罗抱住了头，陷入深深的悲

恸之中。那一整日，太阳都没有再出现。燃烧的火焰照亮着大地，水中女仙们找到了法厄同的尸体，埋葬了他。他的墓碑上刻着这么几句话："这里埋葬着法厄同，坐上父亲的太阳车的少年；他无法驾驭那辆太阳车，高贵而勇敢地坠落下来。"

阿斯克勒庇俄斯

阿波罗的另一个儿子阿斯克勒庇俄斯，是一位著名的医生，我们前面已经提到过他。一般而言，人们尊称他为医神，埃皮达鲁斯有一座供奉他的神庙，庙内留存了很多关于医疗法的记载。这里的祭司照顾着患者，周围还聚集了很多等待被医治的病人。医神常常化为自己的圣物——蛇，在夜晚的时候出现，为众人治病。罗马发生大瘟疫期间，医神也是以蛇的形态被送往疫区的。据说，在船靠岸之前，蛇离开了船，游到了台伯河中的一座岛上。在疫情得到控制之后，人们在那座岛上给他设了祭坛。有意思的是，而今这座岛上赫然矗立着一家医院。

当宙斯得知阿斯克勒庇俄斯具有起死回生的医术能力之后，大为震惊，于是用雷电劈死了他。被激怒的阿波罗为了报复，便用箭射死了为宙斯锻造雷电的三位独眼巨神。宙斯对阿波罗的公然反抗做出了惩罚，让他在人间做一年的凡人。在这段下凡岁月里，阿波罗为塞萨利的王子阿德墨托斯看管羊群。阿德墨托斯的妻子是阿尔刻提斯，她以自愿代丈夫就死的英勇之举而名垂千秋。

阿尔刻提斯

阿德墨托斯病倒了，而且已经濒临死亡。由于他之前善待了自己的牧羊人，也就是阿波罗，所以这位太阳神说服了命运女神放过他，但条件是有人必须替他去死。阿德墨托斯为这赦免欣喜若狂，自信满满地认为忠诚的朋友或仆人肯定愿意替自己去死，而且即便他们不愿意，自己的父母双亲也肯定会帮助他的。然而，当他逐一去询问的时候，却遭到了拒绝。他的父亲，虽然一想到将要失去儿子就感到沮丧，虽然一开始宁愿自己去死也要让儿子留下来撑起家业，但到了关键时刻还是退缩了。阿德墨托斯绝望了，觉得死亡必然会降临到自己头上，而阿波罗的恩惠已经成了泡影。就在这时候，他年轻的妻子阿尔刻提斯表示愿意做替身。出于对丈夫的爱，她情愿代替丈夫奔赴哈得斯的冥府。

代死的那一天到了。永远光辉和圣洁的阿波罗自然不必忧心死亡，他刚刚结束了自己在凡间的奴役，准备动身离开。他在路上遇见了死神，苦口婆心地劝说他放过可怜的阿尔刻提斯，却遭到了拒绝。冷酷无情的死神走进房内，砍下了她头上的一缕头发，将她交给了地下世界的神灵。

就在死去之前，阿尔刻提斯已经准备妥当，等待死神的来临。她穿上华服，戴上首饰，在屋内铺满鲜花，然后面向灶神赫斯提亚祷告，希望自己的两个孩子能够得到女神的母性关怀。两个孩子扑到她的怀抱里，仆人们伤心地

围在她身旁，她勇敢而诚挚地与他们话别。阿德墨托斯流着泪走了过来，恳求她千万不要离他而去，不要让他孤零零地活在世上。然而，他并没有说要自己去面对死神。在死去之前，阿尔刻提斯只提出了一个请求，希望丈夫不要把孩子交给继母，担心她会虐待可怜的孩子们。

宅子里开始操办丧事。赫拉克勒斯恰巧路过此地，前来投宿。仆人们想要好好地为女主人办理丧事，不愿意因为招待客人而分心，于是打发他走。不过，阿德墨托斯是信守热情好客传统的希腊人，他小心掩饰自己的伤痛，让仆人们为客人大摆宴席。远方来的英雄喝着佳酿，吃着美味，大声欢笑，乐在其中。仆人们难掩心中的悲伤，忍不住埋怨他的言行失当。赫拉克勒斯听闻噩耗后，才惊觉自己来得不是时候，心里羞愧难当。他决定要报答阿德墨托斯的好客和善意，就匆匆离开了。

葬礼结束了，阿尔刻提斯已经下葬。她的丈夫回到房间，形影相吊，悲从中来。他渐渐意识到，自己让妻子代死是多么自私！恰在此时，赫拉克勒斯又出现了，后面跟着一个遮着面纱的女人，说是让阿德墨托斯代为照顾一段时间。阿德墨托斯牢记自己对妻子的承诺，因而不愿意接受任何一个女人与自己同处一个屋檐下，更不希望把亡妻的房间腾出来给别人住。在赫拉克勒斯的再三劝说下，阿德墨托斯不情不愿地拉起了女人的手，把她引进内室去。这时，赫拉克勒斯揭开了女人的面纱。阿德墨托斯惊讶地发现，这女人就是自己的妻子。原来，赫拉克勒斯与死神较量了一番，将他打倒后，救出了阿尔刻提斯。

阿波罗在罗马

罗马人很早就开始了对希腊神祇阿波罗的敬拜，而且沿用了阿波罗的希腊名字。相传，他们对阿波罗的敬拜，跟塔奎因国王从库迈的女预言家手里购得的神谕书有关。这些珍贵的书籍被保存在卡匹托尔山的神庙里，只有在国家危难之时，特定的祭司才能取出来翻阅，以求获得指引。

第二节 阿尔忒弥斯

月亮与狩猎的女神

阿尔忒弥斯是宙斯和勒托的女儿，阿波罗的孪生妹妹。正如阿波罗取代了提坦神赫利俄斯成为新一代的太阳神，阿尔忒弥斯取代了塞勒涅成为新一代的月亮女神。跟哥哥一样，她也驾着马车（月亮车）横穿天空，也用弓箭作武器。不过，阿尔忒弥斯更为人所熟知的身份是狩猎女神，亦被视为野外事物的保护神。她身穿简短的猎服，为了方便行动，还将裙角别在腰间。她背着箭囊和弯弓，穿行于丛林中狩猎。她热爱自由，愿意与山林仙女、水中仙女做伴。猎人们敬拜她，将首次猎取的成果摆放在石制祭坛上供奉给她。她虽然是狩猎女神，但同时也是野兽的朋友和保护神。无论是家畜还是野畜，它们的幼崽都能得到她的特别关照。

形象与特征

阿尔忒弥斯是一位优雅而充满活力的处女，常常身穿及膝的猎服，肩背箭囊和弯弓。作为月亮女神，她还经常出现在月亮车上。弯月、弯弓和箭囊是她的象征，身旁往往站着一头鹿或者一些擅于追捕的动物。

处女的保护神

阿波罗是英俊的年轻男子的典范，阿尔忒弥斯则是处女的典范，端庄而高洁。她是处女的保护神，受到她们的顶礼膜拜。希腊的姑娘们在成婚之前，往往要剪下自己的一缕秀发供奉给她，另外还会奉上自己的玩偶或者其他玩具，日后若是遇到了麻烦事，她们便会向阿尔忒弥斯寻求护佑。

阿瑞苏萨

意大利西西里岛东部港市锡拉库扎，有一汪名为阿瑞苏萨的泉水。相传这泉水本是一位仙女，是阿尔忒弥斯的追随者，生活在希腊南部。她对自己的美貌和别人的追求无动于衷，只喜欢狩猎活动。一天，她玩得累了，感觉浑身又热又燥，便来到一条静静流淌在丛林里的小溪旁。溪水清冽，她忍不住靠得更近，先是用脚尖试探，接着就下到小溪中淌水。及膝的溪水凉爽而解乏，她干脆脱掉了衣衫，整个儿钻进水里。正当她在水中嬉戏的时候，一阵喃喃声从溪流的底部传了上来。她吓得赶紧上岸。河神阿尔甫斯的粗哑声音跟着传过来："阿瑞苏萨，你为何仓惶

阿多尼斯遇难处长出了银莲花
《阿瑞斯和阿佛洛狄忒》插图

而去?"

她跑着，河神紧追不舍。她穿过原野，穿过人迹罕至的树林，越过乱石堆，翻过崇山峻岭，河神仍然不依不饶地在后面追着，追赶的脚步声似乎越来越近了。最后，她精疲力竭了，向处女的保护神阿尔忒弥斯求救。女神听见后，扔出一片浓雾，遮住了追赶者的视线。河神虽然不知所措，却并没有放弃寻找仙女。这时，阿瑞苏萨出了一身冷汗，变成了一股泉水。但是，即便化成了泉水，河神还是认出了她。他马上化身为溪水，试图同她的泉水汇成一处。阿尔忒弥斯劈开了地面，把尚在挣扎的泉水投入地下，让她穿过地下世界后，在西西里再冒出来。满怀激情的河神并没有放弃纠缠，他随之穿过黑暗的冥府，终于在西西里的岸上与她相汇了。

阿克特翁

阿尔忒弥斯对冒犯自己的贞洁的人非常冷酷无情，会施以残忍的惩罚。阿克特翁的故事就体现了这一点。

在长满了松树和柏树的山谷深处，有一个天然山洞，里面有一池清泉汇成的湖。阿尔忒弥斯狩猎完毕后，常常来此洗澡，消解疲劳。她会走进山洞，将手中的狩猎长矛交给跟随的女侍，解下弯弓和箭囊递给另一个女侍。一位女侍接住她脱下的衣服，还有两位女侍上前脱掉她的鞋子。然后，阿尔忒弥斯走进湖水，女侍们舀起清泉冲洗她的身体。

59

一天晌午，三伏天的太阳火辣辣地照着，酷热炎人。阿克特翁刚打了一上午猎，与伙伴们分道扬镳后，便走进山谷深处，想要找清泉解乏。女侍们看到一位不速之客突然闯了进来后，不禁惊叫起来，一起上前围住阿尔忒弥斯，不让他看到她的胴体。撞见女神沐浴，这虽然是无心之举，但他直勾勾地盯着女神的行为，却是一种亵渎。

阿尔忒弥斯只好牢牢地护住自己，随后一边把清泉泼向阿克特翁，一边威胁着说："如果你还能说话的话，就去四处张扬，说你看见了一丝不挂的女神！"那清泉泼在阿克特翁脸上后，他立刻变成了一头鹿。恐惧替换了原先的勇气，他慌忙奔逃。他该怎么办，是回到家人和伙伴们身边？还是藏在密林里？正当他犹豫不决的时候，阿尔忒弥斯让他的五十条猎狗发了疯。它们发现阿克特翁变成鹿后，一拥而上，追得他漫山遍野地逃窜。他多想停下来歇息，多想大喊出声——"我是阿克特翁，我是你们的主人！"然而，他现在什么也说不了，空气里只回荡着猎狗狂吠的声音。它们围住了他，撕咬着他。他的伙伴们也闻声赶来，放出猎狗加入到阿克特翁的那五十条猎狗的疯狂行径中。他们高声喊着阿克特翁，希望他也能分享这一壮举。

据说，那五十条猎狗恢复正常后，在树林里到处寻找它们的主人阿克特翁。

恩狄弥翁

贞洁的阿尔忒弥斯也曾爱上过人间男子。恩狄弥翁是

一位在小亚细亚的拉特莫斯山放羊的牧羊人。一天夜里，阿尔忒弥斯驾着月亮车横穿天空时，低头看见恩狄弥翁睡着了。他沉睡的俊美模样深深地吸引了女神。此后每天夜里，女神都离开了自己的岗位，从天上飞到山顶，亲吻熟睡中的恩狄弥翁。她的长久缺席，以及每天早晨回来后的疲惫不堪，令奥林波斯众神起疑了，他们兴奋地发现冰清玉洁的月亮女神也有弱点。为了让阿尔忒弥斯安心履行她驾月亮车穿越天空的职责，宙斯给恩狄弥翁一个选择：要么以他自己喜欢的方式死去，要么在沉睡中永远保持青春。恩狄弥翁选择了后者。至今，他还在拉特莫斯山的洞穴里沉睡，月亮女神每晚都来看他，轻轻地、忧伤地轻吻他苍白的脸庞。他的羊群们也得到了很好的照料，女神在夜里将它们驱赶到肥沃的草原上，让它们在那儿不断长大、壮大。

事实上，这则故事中出现的月亮女神，起初是塞勒涅，后来才转移到新一代的月亮女神身上。

俄里翁

俄里翁也赢得了阿尔忒弥斯的喜爱，只不过他更多的是作为意气相投的狩猎伙伴出现在女神的身边，而不是一位恋人。

俄里翁是海神波塞冬的儿子，从父亲那儿得到了水上漂的能力，在大海上也能够如履平地。由于他在追求一位少女时表现得过于草率鲁莽了，少女的父亲将他灌醉后，

弄瞎了他的两只眼睛。他跟随赫淮斯托斯在莱斯博斯岛的打铁声，找到了这位火神，从他那儿借走了一个助手做他的向导，前往最东边的日出之处。太阳神的光线治愈了他的双眼之后，他成了阿尔忒弥斯的追随者。阿波罗对此大为不满。一天，他故意诱使妹妹向水面上正在移动的黑点射箭。当她发现那黑点就是俄里翁的脑袋时，已经为时太晚。既然无法挽回他的生命，她只好将他安排在群星之中，成为我们所能瞧见的最明亮、最美丽的猎户星座。

在冬天的夜空，化为星星的俄里翁奔跑追逐，他的猎狗希留斯则化成了天狼星跟随着他。也有人说，他在追逐北斗七星，她们曾是月亮女神身边的仙女，俄里翁见到她们后便疯狂地追求她们，而她们在大惊失色地奔逃过程中变成了北斗七星。在夏天，俄里翁出现在黎明时分的东方，因为他喜欢上了黎明女神。他虽然是那么明亮而硕大，但在黎明女神面前也难免失色不少。

赫卡特

阿尔忒弥斯以赫卡特的身份出现的时候，性情会发生很大变化。充满神秘色彩的赫卡特，作为明亮的月亮女神的另一种表现形式，是魔法和巫术的保护神，同时也是司掌夜晚和黑暗的女神。她在夜间活动，经常出没于墓地或是交叉路口。她出现的时间和地点让人心生畏惧，令人情不自禁地产生迷信思维，联想到幽暗力量。人们认为她掌握着黑暗和神秘的知识，女魔法师和女巫们借她的名义施展邪恶法术。她的形象为三头三身六臂，分别面朝三个不同的方向，所以她的雕像往往被放置在三岔口。据说在月亮之夜，只要狗发出叫声，就表示她即将到来了。

狄安娜

罗马人敬拜的女神狄安娜，原本是一位女性的保护神。在阿尔巴诺丘陵区域的内米湖畔，曾有一座供奉狄安娜的神庙。附近村镇的罗马人常常在此聚集，共同敬拜狄安娜女神。这座神庙之所以远近闻名，是因为它与一则阴沉的传说故事相关。据说，树林中曾长出了一棵树，树上长出了金枝，谁能扯下金枝然后杀了祭司，谁就能拥有这座神庙，并顺理成章地继承了祭司的职责和荣誉，直到自己被下一位挑战者杀死为止。

狄安娜作为女性和自然的保护神，后来与希腊神话里的阿尔忒弥斯融合，变成了月亮与狩猎女神。

赫尔墨斯和赫斯提亚

第一节　赫尔墨斯

赫尔墨斯的婴儿期

赫尔墨斯是宙斯的信使，是亡灵通往下界的引路人，是使节、行路者、商人的保护神，是贸易的庇护神。他通晓各种欺哄、欺骗、欺诈之术，是手段高超的窃贼。此外，他还是一位畜牧之神，庇佑着广大的牧人。他是宙斯和玛娅的儿子。长着一头秀发的仙女玛娅，在牛羊成群的阿卡迪亚山洞里生下了他。

赫尔墨斯在拂晓时降生，到了中午就悄悄地挣脱了襁褓，开始自个儿找乐子玩了。他在洞口发现一只乌龟在草

地上爬，灵机一动想到了乌龟的妙用。他一边唱着"嘿，亲爱的舞者，欢迎来到我的盛宴。你，山林间的乌龟，从哪儿找来这么好玩的外套，一层长着斑纹的壳"，一边杀死了乌龟，取出龟壳，在上面覆了牛皮，穿了几个孔，安了两根琴桥，装上七根琴弦。竖琴做成后，他即兴自弹自唱了一首欢乐的歌谣。当阿波罗驾着太阳车消失在西边的大洋时，这位机敏的婴儿放下竖琴，离开山洞，跑到草木茂盛的山林间。阿波罗的一群牛正在那儿悠闲地吃草，婴儿从中偷了五十头牛出来，一会儿将它们驱赶到左边，一会儿驱赶到右边，借此混淆它们的蹄印痕迹。接着，他用细柳的嫩枝编了一双鞋子穿上，掩饰自己的脚印。他就这样将它们驱赶到了河岸边，点了一大堆火，杀了其中的两头牛来祭神。事情结束后，他小心处理了焚烧和献祭的痕迹，扔掉了脚上的草鞋。在太阳神从东边升起并追查窃贼之前，他若无其事地返回母亲的山洞。他就像一阵风，从洞口不着痕迹地飞了进去，爬上自己的摇篮，钻进自己的襁褓里。

当黎明静静地从东边的海岸升起时，阿波罗发现自己的牛群被盗了。他追问一位在山边葡萄园里劳作的老大爷，得知一个不可思议的婴儿偷走了自己的牛。阿波罗当下就猜到肯定是自己新出生的弟弟所为，于是前去找赫尔墨斯兴师问罪。婴儿见怒气冲冲的哥哥走进洞口，便整个儿缩进泛着乳香的摇篮里，从头到脚蜷成小小的一团，并将龟壳制成的竖琴藏在胳肢窝下面，假装睡着了。阿波罗看穿

65

了这个狡猾的婴儿的小把戏，故意扬言要把他扔进塔尔塔罗斯深渊。

赫尔墨斯没办法装睡了，只得再三狡辩说自己压根不知道牛是什么东西："我一直没离开这儿，不是睡得香甜，就是喝妈妈的乳汁；我洗了暖烘烘的澡之后就在摇篮里快活了。"他甚至立了重誓表明自己的无辜。阿波罗显然没有被说服，兄弟俩只好去奥林波斯山，找父亲宙斯论理。即使在天帝宙斯面前，这位小窃贼也有条不紊地把谎言再说了一遍，然后毕恭毕敬地加了一句："我十分尊重众神，也十分爱戴您。不过，我是有点儿怕那位太阳神的……您得替我这样一个弱小者做主。"他在进行这番陈述的时候，一直眨巴着眼睛，那滑稽表情惹得宙斯哈哈大笑起来。宙斯最终让赫尔墨斯归还牛群了事，并嘱咐他们言归于好。不过，阿波罗见到被宰杀的那两头牛的牛皮后，又禁不住地发火了。赫尔墨斯赶忙拿出竖琴，自弹自唱了起来，美妙的琴声令阿波罗异常陶醉，他竟然与聪明的弟弟达成了协议——以后，赫尔墨斯放牧牛群，阿波罗则拥有竖琴（从此竖琴就成为阿波罗最喜欢的乐器了）。

从自然文化的角度反观这则神话故事的话，我们不仅看到健步如飞的赫尔墨斯偷走了太阳神的牛群，还看到赫尔墨斯作为新任的放牧者，是一位具有创新精神的狡猾窃贼，而作为与阿波罗达成协议的交换者，他也是一位贸易实践者。

竞技者、商人与行路者的保护神

赫尔墨斯聪明机智，幽默风趣，充满青春活力，因而是年轻人的庇佑者，尤其是竞技比赛选手的庇护神。他还护佑竞技比赛过程中的侥幸胜利，体育场地经常摆放着他的雕像。他健步如飞，处世圆滑，反应敏捷，自然而然地成了贸易的保护神。在各个集市，比如雅典的商贸中心，赫尔墨斯的雕像往往处于醒目位置。因为他是行路者的保护神，人们便在城市的十字路口和街道交叉口树起以他的头像为顶端的方形石柱。当年雅典人入侵西西里的时候，随处可见的赫尔墨斯方形石柱引起了入侵者的恐慌，以至于最终被摧毁殆尽。雅典政治家亚西比德关于那场战争的记述，清楚地反思了他们捣毁石柱的野蛮行径。

宙斯的信使、亡灵的引路人

赫尔墨斯是众所周知的神使。他受到宙斯的招唤后，便穿上飞行鞋，手执神使之杖，飞速前往人间，传达父亲的指令。正是他，将离开肉身的亡灵引领到哈得斯那里，交由地下世界的神祇管理。

形象与特征

赫尔墨斯总是被描绘为一个十分年轻的男子，微卷的头发剪得短短的，体格健壮，给人明快活泼的感觉。他经常穿着飞行鞋，头戴旅行帽或者飞行帽，有时候则干脆裸身。他手持节杖，更确切地说，是神使之杖，顶端带翼，杖身缠着两条蛇。赫尔墨斯最能体现希腊人的特质，正如

67

一位法国作家所言："充满创造性的天赋，机敏的智慧，强健的体魄，这一切经由在体育场的长年训练达到了惊人的灵活状态。"

墨丘利

在与意大利南部进行谷物交易的过程中，希腊人对赫尔墨斯的崇拜也传了过去，只不过他的名字变成了墨丘利。因为这种特定的流传过程，罗马人主要将他视为商人的保护神。

第二节　赫斯提亚

灶　神

赫淮斯托斯成了锻造之火的保护神，赫斯提亚则是炉灶之火的保护神，是户外祭坛和家庭生活的精神核心。每个家庭都有自己的炉灶，他们在此庆祝节日、庇佑异乡人；新生儿也被抱来此处，象征着他正式成为家族的一部分。城市，作为规模更为庞大的家庭体，也有一个属于公众的祭坛，一直燃烧着从赫斯提亚那儿获取的圣火。每当一些人在阿波罗的准许下外出开辟殖民地时，圣火也就伴随着这些移民者被护送到新家的炉灶内，继续燃烧下去。这样一来，遥居两处的亲人们在精神上仍然存在着联结，而且赫斯提亚也会去保护这些新的家庭。另外，在希腊中部地区的德尔斐有一座赫斯提亚祭坛，那里的熊熊圣火燃烧不息，象征着广大希腊人的同胞之爱。

赫斯提亚与炉灶的联系甚为紧密，每个家庭都能够供奉她，所以便不太需要其他形式的敬拜，关于她的雕塑作品更是罕见。我们可以从有限的雕塑作品看出，赫斯提亚作为宙斯的姐姐，往往被塑造为沉着冷静的形象，面露善意，头戴面纱，身穿希腊妇女式的两件套束腰长袍。

以下选自《荷马式的阿佛洛狄忒赞歌》的片段，表现了赫斯提亚在奥林波斯众神中的尊贵地位：

> 爱神阿佛洛狄忒的所作所为显然不能愉悦尊贵的贞洁女神赫斯提亚。这位克罗诺斯的长女，波塞冬和阿波罗都曾向她求婚，但都被她斩钉截铁地拒绝了。在众神之父宙斯面前，她发誓终身不嫁，永远做一位贞洁女神。鉴于她放弃了婚姻生活，宙斯决定给予她相应的崇高荣耀。她坐在黄金大殿的中央，享受最好的献祭。每一座神庙在供奉主神的同时也会供奉她，因而她是人类心目中最为重要的神祇之一。

维斯塔

罗马的维斯塔与希腊的赫斯提亚混同。在罗马的城邦里，公共集会广场的圆形维斯塔神庙是当地的宗教中心。这里并不需要供奉维斯塔女神的神像，而是虔诚敬拜她的圣火。每年 6 月 15 日，维斯塔的贞女都会将稻草置于太阳的强光下点燃，然后小心看护，保持燃烧不灭。这些维斯

塔贞女都来自罗马的贵族家庭，因奉圣职的 30 年内必须守贞而得名。维斯塔贞女拥有很多荣誉和特权，可以保护任何她们想保护的人，即使是死刑犯也能仰赖她们而重获自由。若是有人对她们不恭，必会惹来杀身之祸。她们的影响力还渗透到城邦的公共事务中。她们虽然拥有如此众多的权力，但若是违背守贞的誓言，致使城邦的公灶和市民的生活受到玷污的话，便会遭到严厉的惩罚——活埋。

后来，一位罗马皇帝为了表明自己才是罗马的政治、宗教生活的核心，把维斯塔神庙搬离公共集会广场，迁址到原本供奉他自己的帕拉蒂尼山上。

罗马的其他家神

在供奉灶神维斯塔的同时，罗马人还供奉家庭守护神拉尔斯和内室守护神佩内特斯。每一个家庭的主人都必须小心谨慎地看护这两位神灵的神像，若是被迫离开祖宅迁往新宅，自然需要随身带上他们的神像。正因为如此，埃涅阿斯在逃离特洛伊的时候，嘱咐他的父亲一定要带好佩内特斯的神像。

阿瑞斯和阿佛洛狄忒

第一节　阿瑞斯

战　神

若说雅典娜执掌正义的战争，是城邦的保护神，受到人类的顶礼膜拜和天帝宙斯的完全信任，那么战神阿瑞斯的情况就大不相同了。宙斯曾愤怒地说：

> 你是所有奥林波斯神中我最恨的小厮，
> 你心里喜欢的只有吵架、战争和斗殴。[①]
>
> ——荷马·《伊利亚特》

[①] 荷马：《荷马史诗·伊利亚特》，罗念生等译，人民文学出版社2006年版，第129页。

雅典娜曾这样说他：

阿瑞斯，阿瑞斯，人类的毁灭者，
手里染上血的战神，攻城的能手。①

——荷马·《伊利亚特》

阿瑞斯是尚武精神的化身，嗜血成性，对于他的崇拜根源于色雷斯地区的一些野蛮部落。他驾着战车挥戈勇往直前，北风之神和复仇女神所生的"恐惧"、"颤栗"、"冲突"、"击败"、"恐慌"和"喧嚣"等一大批嗜血的狂暴者给他助阵。

在艺术作品里，凶残的阿瑞斯却常常被表现为较为温和的形象。在公元前 4 世纪的雕像中，阿瑞斯看起来年轻气盛，沉思的脸庞显得睿智而俊美，裸露的形体看起来健硕而优美。他除了佩戴头盔、携带盾牌或棍棒之外，一般不再配置其他装备。他常常与爱神阿佛洛狄忒在一块儿，或是与他们的儿子厄洛斯一起。阿佛洛狄忒虽然迫于宙斯的威严与跛足的火神赫淮斯托斯结婚，却爱上了阿瑞斯。根据荷马的说法，赫淮斯托斯从太阳神那儿得知妻子的不忠行为后，制作了一张如蜘蛛网般结实的大网，将他俩双双捉奸，使他们在网内动弹不得，结果这对偷情者就成了

---

① 荷马：《荷马史诗·伊利亚特》，罗念生等译，人民文学出版社 2006 年版，第 98 页。

众神的笑柄了。

"阿瑞奥帕戈斯"（即"阿瑞斯山"）以阿瑞斯的名字命名，坐落在雅典卫城，是古时候审判谋杀者的地方。

马尔斯

罗马人比雅典人更崇拜战神，只不过将他的名字换成了马尔斯。出于对他的敬拜，罗马人建造了战神广场，军队在此集结，整装待发，出行杀敌；凯旋的军队也会在此将战利品献祭给他。据说，他的儿子罗穆卢斯是罗马的奠基人，因而罗马人认为他们得到了战神的特殊眷顾。另外，马尔斯还常常与司战女神柏罗娜联系在一起。

第二节　阿佛洛狄忒

诞生与婚姻

阿佛洛狄忒是爱与美之神。有人说，她是天帝宙斯与女神狄奥涅所生。不过，更广为流传的说法是，她从海水的浮沫中诞生，被微风轻轻地吹送到塞浦路斯岛（后来成为她的圣地）。

黄金束发的时序女神欢迎她，给她穿上精美的长袍，将精致的黄金桂冠戴在她永生的头上，又将金珠和黄金制成的耳环戴在她的耳朵上。她的纤细脖颈和雪白胸脯上点缀着金链，这也是黄金束发的时序女神为她精心挑选的饰品，她们曾经只有在参加父亲的宴

会时才佩戴上它们。为她打扮妥当之后，她们把她带到众神们面前。众神一见到她，就纷纷问候她，向她伸出欢迎的双手。这位头戴桂冠的女神美丽动人，每一位男神都信誓旦旦地说要迎娶她成为自己的妻子。

——荷马式的阿佛洛狄忒赞歌

然而，宙斯却让她嫁给跛足的火神赫淮斯托斯。我们前面已经说过，她撇开丈夫奔向阿瑞斯的怀抱，赫淮斯托斯为了报复将他们困住，使他们成为众神的笑柄。因为她的美丽，也因为她能征服男神和男人的心，其他女神们自然对她产生了嫉妒之意。比如，特洛伊王子帕里斯将那只著名的金苹果判给了阿佛洛狄忒，对此，天后赫拉恐怕是永远难以释怀了。

不和的金苹果

珀琉斯与海洋女神忒提斯结婚，所有的神都被邀请了，唯独遗漏了不和女神厄里斯。这位女神很生气，为了报复，她将一只金苹果扔到宾客中间，上面写着——"送给第一美人"。赫拉、雅典娜和阿佛洛狄忒都认为这只金苹果应该属于自己。三位女神争执不下，宙斯也无法做出公平的判决。为了躲避这场纷争，宙斯就让三位女神去找帕里斯，让他做出最后的评判。这位帕里斯，虽然是特洛伊国王的儿子，但由于一则神谕，他一出生就被抛弃在伊达山上，在牧羊人间长大。宙斯让他代为做裁判的时候，他正在伊

达山上放羊。三位女神出现在他面前，为了得到金苹果，个个施展浑身解数：赫拉许诺给他财富，雅典娜许诺给他战争的荣耀，阿佛洛狄忒则许诺把世上最美丽的女子送给他做妻子。帕里斯看了一眼阿佛洛狄忒，或是因为她的许诺太诱人了，或是因为这位金冠女神实在是太迷人了，他最终将金苹果判给了她。

这场纷争以阿佛洛狄忒赢得金苹果告终。然而，对于帕里斯本人和特洛伊人来说，这次判决成了一个诅咒。正是阿佛洛狄忒应诺让帕里斯得到了墨涅拉俄斯的妻子海伦，才引发了旷日持久的特洛伊战争，致使特洛伊人遭遇了灭顶之灾。

形象与特征

希腊艺术家们在塑造阿佛洛狄忒的形象时，倾注了他们对美和女性魅力的极致想象。她不像赫拉那样庄严，也不像雅典娜那般充满智慧和力量。在早期艺术家的作品里，阿佛洛狄忒往往穿着贴身外衣，但在后期的艺术作品里，她往往是赤身裸体。她的象征物是苹果、石榴、玫瑰、香桃木和乌龟。她的驾车由麻雀或者鸽子牵引，有时候也会由天鹅牵引，在她出生的海面上破浪前行。

她的影响力

阿佛洛狄忒的魅力不仅征服了诸神和人类，还征服了所有造物。借助她的儿子厄洛斯，所有自然生命获得了生生不息的力量。鸟儿的繁殖、动物的交配、植物的成长和

结果，都归功于她的影响力。因此，她的力量在春天时最为显见。当和煦的春风轻柔地吹来，一览无遗的大地顿时披上了绿装，展现出一片生机勃勃的景象。希腊人唱着歌儿，赞颂戴着紫罗兰花冠的阿佛洛狄忒，并为她举行庆祝仪式。而当炎热的夏天来临后，绽放的花朵因灼热而枯萎，田野里不再无限风光，人们怀着忧伤的情绪敬拜阿佛洛狄忒，同时缅怀那位名叫阿多尼斯的美少年。

阿佛洛狄忒和阿多尼斯

阿多尼斯是一位俊美少年，由仙女们抚养长大。阿佛洛狄忒虽然能够施展影响力让其他人陷入爱河，却不能阻止自己免于爱恋的痛苦。她爱上了这位少年，宁愿与他长相厮守。为了他，她像阿尔忒弥斯一样穿上了狩猎服装，整日跟随着他的脚步在山林间漫步和狩猎。她担心他会因为鲁莽而遭遇不测，便让他发誓不要冒险招惹凶猛野兽，只去狩猎鹿、兔子或其他温和的动物。

一天，在对他做了这番谆谆告诫之后，她坐上了天鹅牵引的驾车，前往奥林波斯山。阿多尼斯追踪一只野猪留下的脚印，压根忘了自己先前的承诺。不一会儿，他追上了野猪，投出的长矛正好刺中了野猪。野猪折过身来，愤怒地将白色利齿插进了他的身侧。少年奄奄一息地躺在了地上，阿佛洛狄忒忧心如焚地赶回到他的身边。既然无法挽回他的生命，女神便让他的鲜血溅落的地方长出了银莲花。银莲花是一种精巧的紫色花朵，每年春天漫山遍野地盛开在希腊的土地上。

在这则故事里，阿多尼斯象征着春天，被野猪般酷烈的夏日所扼杀。每年，希腊人都要纪念他的死亡：男人们扛着一口棺材，棺材上立着鲜花环绕的阿多尼斯蜡像，他们穿过城市的大街小巷；女人们则一遍遍地吟唱着哀歌。

> 在山坡下方，可爱的阿多尼斯静静地躺着。他的大腿——他白净的大腿上还插着野猪的利齿。他受伤了，他给阿佛洛狄忒带来了哀伤，他轻轻地呼出了自己的生命。
>
> ——彼翁·《牧歌》

到了黎明，人们将阿多尼斯的蜡像扔进大海。哀恸的纪念仪式结束了，取而代之的是对阿多尼斯来年春天从下界返回人间的积极信念。

维纳斯

维纳斯是意大利长期信奉的女神，是自然界开花与丰产的保护神，也是花园的保护神。罗马人将她混同于希腊的爱与美之神阿佛洛狄忒。

阿佛洛狄忒，或者说维纳斯，总是乐于帮助那些值得她帮助的有情人。下面的几则爱情故事充分见证了她的影响力。

阿特兰特的比赛

有神谕告诫阿特兰特说，婚姻可能毁掉她的幸福。因此，她希望永远保持贞洁之身，一门心思在树林间打猎，追随狩猎女神阿尔忒弥斯。她有很多追求者，而她却对这些想要牵起她的手的人说："只有那个能够在比赛中赢了我的人，才能得到我。跟我比赛吧！我就是胜利者的奖品，而那些失败者将付出死亡的代价。"尽管条件苛刻，但她实在是太美了，所以还是有人斗胆跟她比试。

希波墨涅斯原本是一个轻视女子的人。他在旁边观看，毫不留情地嘲笑那些参加比赛的愚蠢男人。然而，当他看到阿特兰特的美丽容颜时，讪笑在他嘴角冻结了，他甚至觉得她跑动的姿态更为迷人。他开始憎恨那些参赛者，很担心他们中的某一个会赢得比赛。幸而在比赛的终点处，胜利的桂冠戴在了阿特兰特的头上，而失败的追求者们遭到了应有的惩罚。

希波墨涅斯并没有因为他们的悲惨结局而打退堂鼓。他跃上了跑道，对阿特兰特说："与这些弱者赛跑，你很容易取胜！让我来跟你比一比吧，我是波塞冬的孙子，若是你赢了，你也赢得极为体面！"阿特兰特看着他，内心里掀起了涟漪，怀疑自己是否愿意战胜这样一位美好的少年。她想："是哪一位神灵要毁了他，让他冒这么大的风险来争取我？我并不值得他这么做。我并不是因为他的俊美而踌躇——虽然我已经被打动——而是因为他还只是个少年，

希腊罗马神话

他的青春触动了我。离开吧，陌生人，若是可以的话；还有其她少女愿意成为你的妻子。可是，既然我已经让那么多人丢失了性命，我为什么还要可怜你？不管怎么说，我都希望你能离开——或者，若你坚持愚蠢下去，那么但愿你能比我跑得更快！"正当她犹豫不决的时候，观众们明显不耐烦了。

希波墨涅斯祈求阿佛洛狄忒来帮助他这个勇敢的追求者。女神听到后，从树上摘下了三个金苹果，然后把它们交给了希波墨涅斯。号手发出了比赛开始的信号，参赛者们奋力奔跑。观众们大声地给少年打气加油："再加把劲，快点！快，快，希波墨涅斯！"多少次，少女本可以超越他，却因为犹豫失去了机会，但是，终点仍然很遥远，少女移开了视线，决定不顾一切地奔向终点。这时，希波墨涅斯扔出了一只金苹果，少女被眼前的金光吸引，跑到边上拾起了苹果。于是，希波墨涅斯超过了她，观众们爆发出一阵热烈的欢呼声。阿特兰特回到跑道，卯足了劲奔跑，再一次跑在了前面。希波墨涅斯第二次扔出了金苹果，少女再一次被苹果转移了注意力，但很快就重新超越了他。

现在，只剩下最后一段赛程了。"阿佛洛狄忒，过来帮帮我吧！"希波墨涅斯祈祷着。他用尽全力向跑道边扔出最后一个金苹果。少女下意识地犹豫了，不知道该不该去捡起那只苹果，阿佛洛狄忒则在她边上推波助澜，让她又一次离开了跑道。最终，希波墨涅斯获胜了，赢得了他的

79

"奖品"。

希波墨涅斯因为胜利而得意忘形，居然没想到去感谢阿佛洛狄忒。女神出于愤怒，决定惩罚这对夫妻。她诱使他俩去冒犯众神之母瑞亚的神庙，瑞亚因此剥夺了他们的人形，将他们变成了狮子，永远给自己拉车。

皮格马利翁和伽拉忒亚

塞浦路斯国王皮格马利翁是著名的雕刻家，他用象牙雕刻了一尊阿佛洛狄忒神像。那雕像非常美艳，他不由自主地爱上了它。皮格马利翁似乎觉得站在他面前的是一位活生生的女人，他对她说话，将她拥抱，甚至还亲吻她。他给她带去了各种各样的礼物，比如玩偶、精美衣服、项链和耳环。他认为她就是自己的妻子。

皮格马利翁统治的国家最为崇拜阿佛洛狄忒女神。在庆祝阿佛洛狄忒的节日里，皮格马利翁虔诚地献祭，并祈求女神赐予他一位像那象牙雕像般的女子。他回到家后，拥抱了雕像，那雕像竟然回抱他。她的象牙脸颊上泛出温暖的红晕，双眸回应着他温柔的注视，双唇微启着回答他的甜言蜜语。女神的馈赠超乎了他的想象。

希罗和勒安得

赫勒斯滂海峡（现今为达达尼尔海峡）将阿比杜斯和赛司托斯这两座城镇分隔开来。年轻的勒安得生活在阿比杜斯，少女希罗则住在赛司托斯海岸边的一座塔上，照看阿佛洛狄忒的圣物——天鹅和麻雀。在一次庆祝阿佛洛狄

忒的节日上，两个人一见钟情，迅速坠入了爱河。虽然他们不被允许相见，勒安得还是每天夜里横渡赫勒斯滂海峡，与希罗相会，然后在破晓前游回自己所在的城镇。一天夜里，狂风大作，浪涛汹涌，热恋中的勒安得并没有退缩。他在浪涛中奋力游着，爱情给予他力量，希罗高举的火把为他指引方向。但是，风吹灭了火把，勒安得精疲力竭，淹死在海中了。希罗心怀忧惧地守候了一整夜，黎明时发现情人的尸体被海水冲到了岸上，便在绝望中投海自尽了。

皮拉穆斯和提丝柏

在巴比伦王国，皮拉穆斯和提丝柏两家人比邻而居。两个年轻人由相近到相处，由相识到相爱，希望能够结为夫妻，但双方父亲却不允许，他俩只能用点头和叹息交流。越是被压抑的爱情火焰，越是燃烧得强烈。两家院子的中间隔着一堵高高的墙，墙上有一道细小的裂缝。为了不引起别人的注意，俩人只得通过这道裂缝轻声细语地说着情话。"哦，可恶的墙，"他们说，"为什么你要横亘在两个有情人中间呢？对于你来说，让我俩相拥在一起是多么简单的一桩事；或者，若是可以的话，至少裂开大一点的口子让我俩可以亲吻啊！我们并不是忘恩负义之徒，事实上，正是因为你，我们才能够听得到彼此的声音。"他们就这样说着话，当必须向对方说再见时，就把嘴唇压在墙上：她压在她这边的墙上，他压在他那边。

一天，他们再也按捺不住相思之情了，便做了一个大

胆的约定，要在夜幕降临之后避开父母们的视线，溜出家门相会。他们最终约在尼纳斯的陵墓前见面，那儿有一棵白色的桑树，紧挨着一道清泉。漫长的白日终于退去，他们翘首期盼的夜晚来了。提丝柏小心翼翼地打开房门，成功地溜出去了。她先一步来到陵墓，坐在桑树下等候。突然，一头母狮子走到清泉旁喝水。那头狮子刚刚生吞活剥了一头牛，双颊依然散发着浓重的血腥味。借着微弱的月光，提丝柏看见了狮子，拔腿就跑，躲进了附近的一个山洞。在奔跑的过程中，她肩上的披风不小心滑落到地上了。狮子喝饱了水后，转身走向树林，恰巧看见了地上的披风，便用血盆大口撕碎了披风，然后扬长而去。

这时，皮拉穆斯也来到了约会的地点。他看到沙地上的野兽痕迹，顿时面色苍白。当他发现那件被撕得粉碎、满是鲜血的披风后，顿时悲伤地想："一个夜晚就这么毁掉了两个相爱的人。不幸的姑娘啊，是我导致了你的死亡，是我请求你来到这么危险的地方相会，而自己却没有先来一步。你们这些生活在山石间的狮子，来将我撕咬和吞食吧！然而，一心求死是懦夫所为呃。"他拾起提丝柏的披风，哭着亲吻它。"还是让我随你而去吧！"说完，他拔出佩剑，刺入了自己的心脏。鲜血从血液处喷涌而出，溅到旁边的桑树上，把白色的桑葚染成了紫红色。

此时，提丝柏仍然心有余悸，但是为了不使情人失望，便回到约定的地方寻找他。她来到桑树下，看见桑葚变了

颜色，一度怀疑自己是不是走错了路。正当她犹豫之际，她看见一个人躺在地上。她惊恐地发现那就是自己的情人，顿时发出绝望的哭喊声。她捶打着自己的胸脯，撕扯着自己的头发，然后抱住那陷入沉寂的躯体，细密地亲吻着冰冷的嘴唇。她哭着说："皮拉穆斯啊，这是怎么回事？是谁要将你从我身边夺走？皮拉穆斯啊，回答我吧！是你的提丝柏在同你说话啊！快抬起你低垂的头颅，听我说话啊！"听到提丝柏的名字时，已经奄奄一息的皮拉穆斯睁开了双眼，看了看她，然后又闭上了双眼。

提丝柏看见了自己的披风，还看见那空空的剑鞘，恍然大悟地哭着："不幸的皮拉穆斯啊，既然爱摧毁了你，让你亲手杀了自己，我也有勇气这么做。我的爱跟你一样强烈，也可以给自己致命的一击。我将跟随你，是我导致了你的死亡，但我会跟你一起赴死。死亡想要将你我分开，可是死亡并不能将你我分开！"说罢，她用剑刺入了自己的心脏，倒在了情人身旁。

后来，两个人的骨灰被放在了一个骨灰瓮里，而桑树从那以后就一直结出紫红色的果实。

比较次要的奥林波斯诸神

十二位主神是奥林波斯山上的议事成员。我们现在已经介绍了其中的十位，他们分别是：宙斯、赫淮斯托斯、阿波罗、赫尔墨斯、阿瑞斯、赫拉、雅典娜、赫斯提亚、阿尔忒弥斯、阿佛洛狄忒。另外两位是海神波塞冬和谷物女神黛墨忒耳，我们将在后面的章节中详述。除了那些主神，奥林波斯山上还住着一些比较次要的神祇，我们现在就来了解他们。

第一节　厄洛斯

厄洛斯，罗马名为丘比特，是阿佛洛狄忒的儿子，有人说他的父亲是阿瑞斯。他起初的形象是一个年轻人，后

来才被认为是长着一对翅膀的小男孩。他的箭威力无比，不管是神还是人，都会被他的爱欲之箭射中。不过，有一次他被自己的箭伤到了，深深地恋上一位名叫普塞克的少女。

厄洛斯和普塞克

有一对国王和王后，生了三个女儿。两位姐姐的美丽固然超群，老三的美貌却是贫乏的语言难以形容的。人们慕名来看她，觉得她不是凡间女子，而是阿佛洛狄忒下凡来到了人间。阿佛洛狄忒的神庙逐渐乏人问津了，祭坛也被遗弃了，人们把赞美和崇拜转移给了这位少女。这一人神颠倒的敬奉现象大大激怒了阿佛洛狄忒，她叫来长着翅膀的儿子厄洛斯，那个调皮捣蛋的俊美孩子。"但愿你怜爱自己的母亲，"她说，"去惩罚那位傲慢的美人，为我所承受的侮辱报仇，让她去爱上一个最为卑微的、无足轻重的人吧。"

普塞克的两个姐姐高高兴兴地嫁给了两个王子，而她的非凡美貌以及女神的阻挠，却使得她反而没有追求者。她的父母以为在什么方面冒犯了天神，便去求阿波罗的神谕。他们得到的回答是："你们家女儿命中注定不会嫁给凡人。她的丈夫将是一个怪物，即使是宙斯本人也抵御不了他的情绪和武器的进攻。她要是想见到自己的丈夫，就必须被送往山顶，然后留在那里。"国王和王后虽然悲伤不已，却只能遵照神谕行事。于是，普塞克穿上了新娘礼服，

跟着礼仪队上山了。那仪式与其说是一个盛大的婚礼，不如说是一个葬礼。最后，大家把她一个人留在山上，纷纷离开了。第二天早上，回到城里的亲朋好友们禁不住泪流满襟。

事实上，普塞克并非一个人在山上。西风之神轻轻地卷起颤栗中的少女，将她吹送到鲜花盛开的山谷。她看到面前有一片小树林，林子中央有一个喷泉，喷泉旁边有一座雄伟的宫殿——那显然是某位神祇居住的场所！黄金柱子支撑着柏木和象牙制作的拱顶，贴银的墙壁上满是精致的雕刻，通道的路面上铺着马赛克式交错的珍贵石子。面对眼前的景象，普塞克惊喜交加，鼓足了勇气走进宫殿。正当她目不暇接之际，一个声音（不见其人只闻其声）轻柔地飘到她的耳畔："您为何如此惊讶，尊贵的夫人？您看见的一切都是您的。那边是您的寝宫。您可以洗个澡，上床歇息，养足精神。我们都是您忠诚的奴仆，随时侍奉左右。我们将为您穿衣装扮，并准备盛宴。"她稍稍卸下了紧张情绪，洗了澡，又睡了觉，然后坐到餐桌前享用精美食物。看不见的奴仆在一旁小心伺候她，看不见的歌唱家伴随着无形的竖琴亮起了歌喉。那天夜里，宫殿的主人来到她跟前，与她做了夫妻，但是在黎明破晓前就隐遁了。

他们这样度过了很多个夜晚。她虽然始终看不到自己丈夫的真面目，却已经习惯了每天期盼他的来临，期待他含情脉脉的嗓音和温柔无比的爱抚。然而，到了白日，她

希腊罗马神话

只能与无形的声音作伴，难免会感到孤独，情不自禁地思念家人，为他们不知道自己的真实处境而失落。她对丈夫说出了自己的忧伤，恳求他准许自己见见两位姐姐。他尽管不情愿，最终还是经不住她的软磨硬泡，答应带她的姐姐们来见她。不过，他严肃地警告她说，千万别受到姐姐们的怂恿，试图去窥探或打听他的形体。"若是你不听取我的劝告，"他说，"将会给我带来痛苦，也会毁了你，亲爱的妻子。"

第二天，两位姐姐再度爬上那座山，声声呼唤着普塞克，一边捶胸顿足，一边为她的命运哀泣不止。西风之神将她们卷进山谷里，放在了宫殿前。姐妹三人拥抱一团，喜极而泣。普塞克引领她们参观了宫殿的景致，安排那些服侍她的声音照料她们。两位姐姐顿时起了嫉妒之意，她们缠着那幸运的妹妹，一再询问关于她丈夫的事情。普塞克回答说，她的丈夫是一个英俊的年轻人，白天一般都在山上打猎。接着，她送了很多礼物给她们，让西风之神带她们回山上。

姐妹俩聊起她们在宫殿里的经历，内心泛起一阵阵的愤怒和嫉妒。她们抱怨嫁给了异乡的王子，虽然两位王子已经当了国王，却都上了年纪，开始秃顶，而且还很吝啬。相比之下，小妹妹幸运多了，不但嫁给了俊美无比的神，还拥有了不计其数的财富，甚至连风神都听候她的差遣！她们百般挑剔起来，认为小妹妹对待她们的态度颇为傲慢，

因此要好好地打击她一番。于是，她们在第三次拜访小妹妹时，假意关切地对她说，其实人人都知道她的丈夫是一条可怕的毒蛇，常常在黎明时滑下山；他现在之所以留着她，只是为了养肥她，然后再吞食她。她们劝她准备一盏灯和一把利刃，在他熟睡后就一刀杀了他。单纯的姑娘尽力克制自己，不想听从她们的劝告，但她的心还是受到了影响。

夜幕降临，她的丈夫来了。他倒头睡去后，她鼓足了勇气，点亮了灯，握住了利刃。在灯光的照耀下，她看清了自己的丈夫。他不是可怕的怪物，而是最温情脉脉、最富于爱意的厄洛斯本人，是俊美的爱神。惊喜与羞愧同时占据了她的心房，她一下子跪倒在了地上。那微卷的金发、红润的脸庞、肩膀处长出的一对精美的翅膀，令她看得如痴如醉，竟然忘了熄灭灯火。床脚边搁着他的弓和箭，普塞克好奇地抚摸着箭尖，想要看看它到底有多锋利，不料却弄伤了自己的手指。几滴血从指尖渗了出来，普塞克就这样爱上了爱神。正当激情澎湃的普塞克亲吻他的脸庞、亲密地贴上他时，一滴燃烧中的灯油滴到了他那俊美的肩膀上。爱神倏地醒过来，看见她呆立在那儿，一下子就明白了妻子的背信弃义。他从她的疯狂拥抱中挣脱了出来，展开翅膀飞了出去。在离开的瞬间，他只转身停留了片刻："哦，愚蠢的普塞克！因为你，我背叛了我的母亲阿佛洛狄忒。她本是让我给你安排一门糟糕的婚事，我，大名鼎鼎

的弓箭手，却被自己的箭划伤，想要娶你为妻。我来到你的跟前，成为你的爱人。而你却轻信别人，以为我是一个怪物，想要砍了我的脑袋！关于这一点，我已经再三警告过你，可你就是不信我。那些始作俑者，将承受我的愤怒；而你，将受到我永远离开你的惩罚。"说罢，他便飞走了。

普塞克恢复平静之后，四处寻找自己的丈夫。傍晚时分，她发现自己已经来到了大姐所在的城市。她告诉大姐刚刚发生的事情，只不过改了厄洛斯离开时说的话："立刻离开我的宫殿，我将迎娶你的姐姐。"这位缺德的王后受到黄金和荣誉的吸引，马上抛家弃夫，奔到山上。她呼唤西风之神来接她，将她送到山谷。当西风之神过来时，她迫不及待地跳下山崖，结果掉在悬崖下的乱石堆里，摔了个粉身碎骨。普塞克又拜访了自己的二姐，以同样的方式让她受到了应有的惩罚。

与此同时，海鸥飞到正在沐浴的阿佛洛狄忒身边，说她的儿子正满面愁容地躺在家里，憔悴得快死了。他还恶意地搬弄是非，说厄洛斯因为自己与那位凡间女子的可耻恋情而羞愧不已，无暇顾及自己的职责，使得爱离开了人世间。女神愤怒地回到她那金碧辉煌的宅子，直奔病快快的儿子。她怒气冲冲地喊道："干得好，这就是你的秉性！你把我的指令踩在脚下。我本是让你给她安排低微的恋情，你却将这位下贱的姑娘娶了做老婆！你总是胡作非为，调皮捣蛋，即使对我也是这样；还有，你压根不惧怕你的父

亲阿瑞斯，常常让他身陷风流韵事。现在，你得为自己的瞎玩后悔了！我将另寻一个儿子帮我做事，让他接替你使用你尚不熟练的弓和箭。我得求助于自己的对头'清醒'，她很快就会卸下你的弓箭，熄灭你的火炬！"说罢，她急匆匆地抛下心碎的儿子，转身离开了。

普塞克仍然四处寻找厄洛斯，碰巧来到了赫斯提亚的神庙。在庙里，谷粒和麦粒混合堆在一起，镰刀和其他农具乱七八糟地躺在地上。为了赢得女神的欢心、获得女神的帮助，普塞克将一切都整理得有条不紊。她正在忙活的时候，女神回来了。她一下子跪在女神面前，乞求道："为了您广施善举的双手，为了丰收典礼的欢快，为了您神秘的敬奉仪式，为了您飞龙拉动的驾车，为了西西里的广袤农田，为了您的女儿珀尔塞福涅的冥界婚姻以及每年春天重返人间，请怜悯您面前的哀求者——不幸的普塞克吧！请允许我在这堆农作物里躲藏数日，直到阿佛洛狄忒的怒火熄灭。"赫斯提亚非常同情她的遭遇，但又不想因此得罪阿佛洛狄忒。她满怀歉意地让普塞克离开她的神庙。

普塞克离开赫斯提亚的神庙后，看到山谷里有一座天后赫拉的神庙。她拖着沉重的脚步来到神庙里，跪倒在祭坛前，祈求女神怜悯她的渴求。赫拉耐心地听完她的叙述后，表示没有办法去维护一个得罪了自己名义上的女儿阿佛洛狄忒的人。

到了这个时候，普塞克确知没有任何人或神可以帮到

自己了，万般无奈之下她决定谦卑地顺从阿佛洛狄忒的意愿，力争赢取她的原谅。阿佛洛狄忒此刻已经坐在白鸽牵引的黄金车上飞往天庭，向神使赫尔墨斯寻求帮助。赫尔墨斯于是满世界地寻找失踪的少女，并喊话说："任何人抓到阿佛洛狄忒的那个婢女，一位国王的女儿，名叫普塞克，或者发现了她逃跑的踪迹，都可以到阿佛洛狄忒的神庙里，向神使赫尔墨斯禀报。作为回报，这个人将得到阿佛洛狄忒的七个香吻。"

听到这些话后，普塞克更加坚定了信念，认为摆在她面前的唯一出路就是顺从。于是，她走到阿佛洛狄忒家里。女神见她来了，顿时轻蔑地笑了起来。"你终于愿意屈尊纡贵来见你的婆婆了，"她说，"又或者，你只是想来看看你的丈夫？他被你所伤，正奄奄一息地躺在床上。那就勇敢点吧，我将以一位好婆婆的姿态来接待你！我的奴仆哪儿去了，'挂念'和'悲痛'？"他们很快就出现了，折磨着不幸的普塞克。完事后，普塞克又被带到了女神面前。

阿佛洛狄忒把普塞克带到了神庙的仓库了，那里堆放着很多大麦、小麦、小米、罂粟籽、豆子以及其他谷物或种子。她鄙夷地对普塞克说："你在我眼里只不过是一个婢女，只有好好干活才配得上你的丈夫。我会让你好好干活的。现在，把这里的所有庄稼分门别类，看看你能否在黄昏前完成这差事。"说完，女神就走了。面对这么一件不可能完成的任务，普塞克完全束手无策，只是呆呆地坐在那

91

里。一只小蚂蚁很同情厄洛斯的妻子的遭遇，它动员附近蚁丘里的大量同类过来帮忙。一会儿工夫，蚂蚁们就把杂物一堆堆地分开摆放好了，随后迅速地离开了。这时，阿佛洛狄忒从众神的欢宴上回来，戴着玫瑰花冠，满身香气。当她看见自己痛恨的婢女已经完成了任务时，愤怒地说道："没用的家伙，这本不是你的工作，而是你那不幸的爱人的。"说完，女神扔给她一片干面包，然后就走了。

次日清晨，女神来到普塞克面前，指给她看河对岸的一片树林，让她去那里寻找金光闪闪的绵羊，取来金羊毛。普塞克出发了，她倒是对搜集金羊毛全无信心，只是打算一头栽进河里了事。然而，河边的一根芦苇对她说："哦，不幸的普塞克，千万别污染了我的水，也别接近岸边的羊群。现在太阳正冉冉上升，绵羊们火气很旺，会袭击任何胆敢冒犯它们的人。到了中午，它们会去树荫下休息，那时你再渡河过去，到灌木丛中采摘金羊毛。这样你就可以安全地完成任务了。"

普塞克带着金羊毛回来后，阿佛洛狄忒讪笑着说："我很清楚，你并不是自个儿完成这差事的。现在我要好好考验你的勇气和智慧了。那边的高山上有一处泉水，你带着这个水晶壶，去那里装一壶清泉给我。"普塞克满怀期待地接过水晶壶，匆匆去攀登那座山。爬到山巅后，她才发现这个任务也是不可能完成的。那股泉水从一块很难攀登的岩石缝中涌出来，然后流向一处可怕的裂口，里面有数条恶龙把守。汩汩流下的泉水劝她说："快点离开吧，否则你会没命的。"

正当她气馁地退缩时，天帝宙斯的神鹰飞到她面前说："你，一个平凡的人，竟然妄想偷取来自冥界的泉水。可知这对天帝来说也是一件苦差？把水晶壶给我吧，我来帮你！"片刻之后，普塞克从神鹰那儿接过装得满满的水晶壶，兴高采烈地回去见阿佛洛狄忒了。

阿佛洛狄忒却越发愤怒了，又给她安排了一件差事。"拿着这个盒子，"她说，"径直前往哈得斯的住处。去跟冥后珀尔塞福涅说，阿佛洛狄忒恳请她拿出一部分美丽施舍给她，因为她在照料自己生病的儿子时，失落了一些美丽。然后你马上回来，因为我得在参加众神的聚会前打扮妥当。"

到了此刻，普塞克才切实地感受到自己所面临的危险。为了缩短旅程，她攀上一座高塔的顶端，准备直接跳下去，尽快抵达地下世界。这时，一个声音从塔里传出来："哦，不幸的姑娘，为何要在经受了这么多磨难后轻易就结束了自己的性命？要知道这可是你的最后一个考验。现在听我说！亚加亚的斯巴达附近有一个洞穴，那是哈得斯呼吸的通道，是通往地下世界的入口，也是抵达冥王宫殿的捷径。你带上两片涂满蜂蜜的面包，给守在冥府门口的三头狗刻耳柏洛斯吃；你再塞两个钱币在口里，到时候买通摆渡人卡戎载你渡过冥河。沿路听到呼救的声音时，你千万别停

下脚步，因为阿佛洛狄忒肯定会派遣一些可怜的亡灵来分散你的注意力，或者在路旁扔下一些面包和硬币来阻碍你的归程。珀尔塞福涅肯定会友善地接待你，并为你准备一张软床和一场盛宴，到时候你可要都拒绝了。只要拿到了需要的东西，你就立刻启程返回地上世界。千万别试图打开或者窥探你所携带的盒子！"

普塞克小心翼翼地出发了，一切正如塔里的声音所料。她按照那声音的指点安全地克服了重重难关，差不多就要回到阳光下了。可是，一阵好奇心揪住了她的心房，而且她也想让自己的脸蛋沾染上一点女神的美貌，以便再一次见到自己的爱人时可以显得更加美丽。但是，她打开盒子后，却发现里面压根没有美丽，而是冥界的睡眠鬼。他从盒中逸出，一下子就附在了她身上。她栽倒在地上，僵睡过去。

厄洛斯此时已经恢复了健康。他从房间的窗口飞了出去，到处寻找普塞克。当他发现普塞克一动不动地睡在地上时，便一把抓起睡眠鬼，将他重新塞进了盒子里。然后，他用箭尖轻轻地碰了一下普塞克，让她醒了过来。他说道："不幸的姑娘，你差点再一次为自己的好奇心丢了性命！现在，你得去完成我母亲交待给你的任务，我会把剩下的事情办妥的。"

说完，厄洛斯迅速飞往天庭，来到祖父天帝面前，提出了自己的请求。众神之父微笑着轻抚他的脸颊，和蔼地

说："你虽然是我的孙子，却常常利用自己的职权调皮捣蛋，没有给予我应有的尊重。因为你的箭，我几次三番行为不当，自损名誉。不过，我还是会答应你的恳求的。"他于是让赫尔墨斯召集众神到天庭开会，然后当众宣布说，他认为让厄洛斯结婚是再好不过的事情。他嘱咐阿佛洛狄忒听从他的建议，并让普塞克位列仙班，以使这桩婚事合法且长久。

赫尔墨斯将新娘接到天帝面前，递给她琼浆玉液和美味仙肴。"喝了琼浆玉液，"他说，"吃下美味仙肴，这样你就可以成为仙女了。厄洛斯将永远无法离开你的怀抱，你们的婚姻之结永远不会被打破。"随后，婚宴在天庭举行。厄洛斯挨着普塞克，宙斯挨着赫拉，其余众神也井然有序地坐在位子上。甘尼米德为宙斯斟酒，狄奥尼索斯为其他众神斟酒，赫淮斯托斯准备了晚宴，时序女神到处铺撒玫瑰，美惠女神喷洒香液，缪斯女神唱起了悦耳的歌曲，阿波罗用竖琴伴奏，阿佛洛狄忒则翩翩起舞。

普塞克只不过是一个凡人。她亲手毁掉了自己天真快乐的生活和爱情，在尘世间历经艰难险阻，甚至还去了冥王哈得斯的领域，最终找回了爱情，在天庭与爱人永远地生活在一起。这则神话故事是后来才流传开的，充满了哲理意味。

第二节　其他奥林波斯诸神

美惠女神

美惠女神共有三位，司掌宴会、舞蹈以及所有的社会娱乐和礼仪。希腊人认为，他们的日常生活也应当像敬神时那样表现得优雅、充满美感，而能够带来这种和谐气氛的神祇当然非宙斯的女儿莫属了。在艺术作品里，美惠三女神常常是裸身的，或者身披透明的布料，周身装点着春日的花朵和玫瑰。

缪斯女神

缪斯女神共有九位，是天帝宙斯和记忆女神的女儿，每一位专职负责诗歌、艺术或科学中的一个门类。她们由音乐之神阿波罗指挥，组成了合唱队，经常出现在帕尔那索斯山或赫利孔山唱歌，或者在皮埃里亚泉边翩翩起舞。她们的名字、职责和象征如下：历史女神克里奥手执书卷；史诗女神卡利俄佩手执纸笔；悲剧女神墨尔波墨戴着悲戚的面具；喜剧女神塔利亚戴着喜气的面具或者身穿喜剧演员富有特色的演出服；集体舞与合唱女神特耳西科瑞身穿长袍，手执竖琴；情诗女神埃拉托身穿薄如蝉翼的衣服，手执竖琴；抒情诗女神欧忒耳佩手执长笛；天文女神乌拉尼亚手执地球仪；颂诗或哑剧女神波利姆尼亚常常神情庄重。诗人们向缪斯女神祈祷和许愿："缪斯女神眷顾的人是如此幸运，美妙的词汇自他口中源源不绝地流淌而出。"

命运女神

命运女神共有三位，她们掌管着人类命运的丝线，当一个人命数将尽时，她们就用剪刀剪断那个人的命线。洛厄尔曾在一首小诗里写下了她们的名字："纺线，纺线，克罗索，纺线！拉齐西斯，搓线！阿特洛波斯，剪断！"她们知晓过去、现在和未来。

复仇女神

复仇女神涅墨西斯拥有幽暗而神秘的力量，代表神祇们正义的愤怒和报复，恶行或者傲慢都将遭到她们无情的打击，任何人或神都不可能幸免。

风　　神

风王埃俄罗斯掌管风，宙斯赐予他释放和收回风的权力。他与十二位活泼的子女和大大小小的风神一起，住在利帕里火山岛的一处大洞穴里，过着纵情欢乐的日子。他们在那儿抱怨着形同拘禁的生活，使得群山发出轰隆隆的响声。按照古罗马诗人维吉尔的说法，若是让他们全都出来，大地、海洋和天空将被他们吹刮得无影无踪。在这些风神中，有两位比较著名，一位是粗犷的北风之神玻瑞阿斯，另一位是温柔的西风之神泽菲勒斯。

水域诸神

波塞冬

波塞冬是克罗诺斯和瑞亚的儿子，宙斯的哥哥。在推翻了提坦神族的统治之后，波塞冬取代了旧王朝的海王俄刻阿诺斯，成为新一代的海王，掌管一切水系，包括淡水和咸水。古希腊人相信，水支撑了大地，它们在下面奔流，地震就是由于水的剧烈运动而产生的。此外，他们还相信，"大洋之流"沿着大地外围奔涌不息，类似于一条宽广的咸水河。古希腊诗人荷马曾如此描述波塞冬："他包围着世界，是大地的摇撼者。"波塞冬虽然是十二位奥林波斯主神之一，但他真正的宫殿却建在大海深处：

……那里的海渊建有他的

金光闪灿的永不腐朽的著名宫殿。

他来到那里，把他那两匹奔驰迅捷、

长着金色鬃毛的铜蹄马驾上战车，

他自己披上黄金铠甲，抓起精制的

黄金长鞭，登上战车催马破浪；

海中怪物看见自己的领袖到来，

全都蹦跳着从自己的洞穴里出来欢迎他。

大海欢乐地分开，战马飞速地奔驰。[①]

——荷马·《伊利亚特》

他的身旁坐着海后——"美踝的安菲特里忒"，她是涅柔斯的女儿。他的儿子们，人身鱼尾的特里同，往往在马车前或者马车旁引路，奏响了海螺为他开道。

除了掌管世界的所有水系以外，波塞冬还是马匹和马术的保护神。我们前面说到，波塞冬为了与雅典娜争夺雅典，他变出了一汪海水；不过，另一种说法认为，他当时变出了一匹马，因而成为马匹的保护神。

特洛伊城墙

在镇压了巨人族的反叛之后，宙斯对阿波罗和波塞冬的表现非常不满，把他们赶往人间做一阵子凡人。于是，

---

① 荷马：《荷马史诗·伊利亚特》，罗念生等译，人民文学出版社2006年版，第286页。

他们去为特洛伊国王拉俄墨冬建造城墙。雄伟的城墙建成后，拉俄墨冬居然赖账，不给他们支付报酬，甚至傲慢地下令把他们驱逐出境。愤怒的波塞冬放出大洪水，又派遣一只恐怖的海怪践踏特洛伊的海岸，直到拉俄墨冬在绝望中被迫交出自己的女儿赫西俄涅，才算平息了海怪的侵扰。正当国王的女儿要被海怪吞食的时候，人类的朋友赫拉克勒斯路过特洛伊，拯救了她。至于拉俄墨冬如何再一次背信食言以及赫拉克勒斯如何惩罚了这位国王的故事，我们将在后面讲述英雄赫拉克勒斯的章节中介绍。

珀罗普斯和希波达弥亚

在珀罗普斯和希波达弥亚的故事里，波塞冬作为马匹和马术的保护神出现。这位希波达弥亚是伊利斯国王俄诺玛诺斯的女儿，不容易被娶到手，因为曾经有一个神谕告诫俄诺玛诺斯，要他戒备未来的女婿。俄诺玛诺斯听从了神谕，为自己配备了奔跑速度如旋风一般快的良马，然后开出条件说，凡是想要和他女儿结婚的人，必须跟他赛马车，只有赢了他的人才能娶他的女儿，若是输了就得被杀死。许多求婚者输了比赛，死在国王的长矛之下。

珀罗普斯已经从波塞冬那里学得了驾驭马匹的非凡技术。现在，海王又送给他四匹带翼的飞马，帮他挑战俄诺玛诺斯设下的危险赌局。事实上，并不是只有波塞冬伸出了援助之手，还有爱神阿佛洛狄忒。希波达弥亚对珀罗普斯一见倾心，于是悄悄贿赂了父亲的车手米尔提鲁斯，让他在比赛前从父亲的马车上抽掉一颗螺丝。最终，俄诺玛诺斯摔死了，珀罗普斯娶走了希波达弥亚。

珀罗普斯后来有一次发火，把米尔提鲁斯扔进了大海。这一忘恩负义的举动，使得他们原本就备受诅咒的家族雪上加霜，神祇们越发地厌恶他们了。他们的子孙后代在特洛伊战争中厄运连连，我们将在有关特洛伊战争的章节中说到他们的故事。

尼普顿

罗马人很早就开始供奉一位名叫尼普顿的神祇，认为他是水气和流水的保护神。后来，他们将这位神祇与希腊的海王波塞冬融合在了一起。

涅柔斯

涅柔斯是一位充满智慧、和蔼可亲的老海神，与五十个漂亮的女儿住在波光潋滟的大洞穴里。他的存在，象征了大海是人类取之不尽的财富源泉，为商人和水手安全地扬帆起航、破浪前进提供了保证。他的五十个女儿，统称为涅瑞伊得斯，代表了大海的诸种面目。她们一起快乐地生活在深海中的大洞穴里，也经常会到海面上遛达：在阳光或者月光的沐浴下，她们娴静地游到岸边，坐在布满海藻的礁石上，慢条斯理地擦干一头绿色的秀发；有时候她们会骑在海豚身上，与波塞冬的儿子特里同们追逐戏水。若是凡人来了，她们便迅速潜进水里，将自己的绿色鱼尾藏起来，游回深海中的洞穴。在这五十个女儿当中，有三

个特别出名：安菲特里忒，波塞冬的妻子；忒提斯，阿基琉斯的母亲；伽拉忒亚，独眼巨人波吕斐摩斯深爱的对象。

普洛透斯

普洛透斯是一位更陌生、更神秘的老海神，为波塞冬看管一群海豹。他有预言的能力，若是有人能抓住他，便能从他口中获悉关于未来的点滴。但是，他如大海般千变万化，这会儿你逮到他时是一头咆哮的狮子，而瞬间他就变成了一条蛇逃走了，若是你重又抓住了他滑溜溜的蛇身，那么他可能会化身为一簇火焰或者一股流水，再一次从你手中消失得无影无踪。

塞壬女妖

虽然希腊人自古就与海洋有着不解之缘，但他们依然会对神秘莫测的深海怀有恐惧之心，不敢随意在大海表面迎风破浪。尤其是在希腊的西部地区，接近西西里和意大利的海域，流传着各种说法，人们认为有很多艰难险阻正等待着鲁莽的航海者自投落网。在那片海域，有一座塞壬女妖居住的小岛。她们拥有美丽女子的面孔和胸脯，身上却长着鸟的翅膀和爪子，日日夜夜唱着动人的歌曲引诱过往的船只，使得水手们调转航向触礁而亡。那些受到她们歌声蛊惑的人，将会彻底遗忘自己的家乡、妻子和孩子，脑子里只萦回缭绕着她们的魔音，直到葬身大海才能解脱。她们唱歌的浅滩下面，堆满了航海者们白花花的尸骨，在水光的映衬下显得格外凝滞和惨淡。那位坚韧的英雄奥德

修斯，曾带着伙伴们驶入塞壬岛的海域。他早已听说女妖的诱惑力，便下令伙伴们用蜂蜡塞住耳朵，然后让他们把自己捆绑在船的桅杆上，这才安全地逃过了塞壬蛊惑人心的魔歌。

哈耳庇厄女妖

哈耳庇厄虽然也是半人半鸟的女妖，却长着丑陋的翅膀和利爪，不像塞壬那般具有魅惑性。她们意味着风暴和死亡，会突然出现在过客眼前抢夺东西，一眨眼又飞得无影无踪了。当精疲力竭的水手们不小心在哈耳庇厄的海域靠岸，准备好食物坐下来享用的时候，这群卑鄙的女妖就会倏地俯冲下来，抓住食物逃之夭夭。她们的出现，不仅意味着食物被掠夺后的饥饿，还预示着厄运即将降临。

斯库拉和卡律布狄斯

西西里和意大利之间的海峡危机四伏。海峡一侧的悬崖峭壁下面有个大岩洞，女妖斯库拉就藏在幽静黑暗的洞穴里。她长着六颗脑袋，每颗脑袋都拥有三排锋利的牙齿。那些不小心靠近岩洞的航海者们真是命苦啊！她伸出十二条长长的胳膊，一下子就逮住了不幸的航海者，将他们拖进岩洞，塞进血盆大口里吃掉，只剩下一根根残骨哀泣着他们的厄运。即便有些航海者躲过了斯库拉的魔爪，在海峡的另一侧还有女妖卡律布狄斯。她张开大嘴，每天三次大量吞入海水，再把海水吐回海中，造成巨大的漩涡，所有经过的船只都难以逃脱被卷入漩涡而亡的命运。凡人在

103

这两位女妖面前，即使得到海王波塞冬的眷顾也无济于事。

河神和水中仙女

每一种水系，无论是淡水还是咸水，都有它们自己的神祇。河中随时都会冒出河神，水从他们的头发和胡须中涌出来。因此，我们看到了河神阿尔甫斯从水中钻出来追逐阿瑞苏萨的故事，也看到了特洛伊附近的河神克桑托斯站起来与阿基琉斯交战的故事。有时候，河神还会化身为公牛。每一条小溪或者泉水都住了仙女。这些美丽的水中仙女长发飘逸，笑声如银铃，舞步轻盈，被统称为纳伊阿德斯。

陆地诸神

天空俯瞰万物，大海奔涌磅礴，它们的统治者是男神宙斯和波塞冬。但是大地，给予植物、动物和人类生命的大地，它的统治者是伟大的母亲盖亚。正是她，慷慨地哺育了她的子子孙孙们。

伟大的母亲瑞亚

众神之母瑞亚，也常常被称为大地女神。小亚细亚地区的人们称呼她为西布莉，或者伟大的母亲。因为她被认为是文明的推动者、城市的保护者，所以在人们的描绘里，她一般都戴着城墙般的角塔状头冠，坐在狮子拉动的车上。在庆贺她的神秘仪式上，高里邦脱人会敲锣打鼓、狂热舞蹈。这种敬奉方式并没有在希腊地区扎根，倒是传入了罗

马，进而成为最为重要的异域宗教迷信活动之一。

黛墨忒耳

对丰产女神黛墨忒耳的崇拜，更能体现希腊人的民族特性。她是宙斯的姐姐，在奥林波斯众神会议上占有一席之地。她的形象通常体态丰满，面容祥和，身穿曳地长袍，手执火把，或者是麦穗，或者是谷物和罂粟的混合物。她唯一的女儿珀尔塞福涅，代表着每年新作物的生长，而女儿的父亲正是赐予大地阳光和雨水的宙斯。丰收的人们都要为这两位女神举行典雅而清新的敬奉仪式，只不过麻烦事悄无声息地来了，那就是珀尔塞福涅被劫。

珀尔塞福涅被劫

一个阳光灿烂的日子，少女珀尔塞福涅与海中仙女在西西里岛的草地上玩耍。她一个人不经意地远离了朋友，弯身去采摘一朵水仙花。正当她拔起那朵水仙花的时候，大地裂开了，黑马拉着一辆车突然出现在她面前，而马车上坐着冥王哈得斯。尽管少女大声呼救，冥王还是一意孤行地抱起她就走，她手中的鲜花撒落了一地。随后，大地在冥王的一声咒语下重又裂开，冥王携带着他的劫掠品消失在黑暗的死亡王国。在冥府，他让少女做了他的王后。

正在小亚细亚地区拜访瑞亚的黛墨忒耳，听说了女儿的失踪，却怎么也搞不清楚劫掠者的身份以及女儿的下落。她悲伤地到处流荡，疯狂地寻找女儿。她安详和蔼的脸庞已经被愁容和泪水占据，她身上的衣衫变得又脏又破，她

的庄稼和鲜花也不再生机勃勃。她的失魂落魄导致了万物荒芜、人畜挨饿；她甚至对痛苦的祈祷声都充耳不闻了。后来，她漫游到西西里的锡安泉边。水中仙女锡安曾见到冥王哈得斯劫掠了一位少女，尽管她曾试图阻拦他们通过，却没有成功。满心愧疚的仙女于是潜进泉水中，失去了说话的能力。现在，她唯一能做的，就是将珀尔塞福涅遗留下来的腰带冲上来，让它漂到这位母亲脚边。黛墨忒耳一见腰带就怒火攻心，进而诅咒大地，认为西西里的土地背叛了她。锡安泉附近还有一股泉水，那是阿瑞苏萨的化身，我们曾在之前的章节中讲到了她是如何躲避河神阿尔甫斯的纠缠、如何在希腊钻入地下然后在西西里重新露出地面。她在流经地下世界的时候，看到珀尔塞福涅已经成了哈得斯的王后。黛墨忒耳从她那里得知真相后，便赶往宙斯那里寻求帮助。

事实上，即便不是看在黛墨忒耳一把鼻涕一把眼泪的份上，光是大地万物的哀号声就已经令宙斯动容了。他下令哈得斯归还劫掠的新娘，但有一个条件，那就是珀尔塞福涅必须确保在这段地下岁月里没有吃过那儿的任何东西。然而，不幸的少女其实早已在冥王的劝说下吃了几粒石榴籽。最终，他们达成了一个妥协性的约定：珀尔塞福涅可以跟随母亲回到地上，不过每年都得重返冥界待几个月，每年在冥界所待的月份数，根据她吃下的石榴籽数目决定。因此，每年庄稼收割完后的冬天，丰产女神的女儿就需要

107

前往冥府，大地在这位母亲的悲哀情绪下变得贫瘠而荒凉；当约定的时间期满，珀尔塞福涅便重返人间与母亲团聚，黛墨忒耳也就变得心情舒畅，愿意照看自己的大地了。

鲜嫩的庄稼苗从黑暗的大地里破土而出，抽芽长穗，逐渐成熟。黛墨忒耳还用鲜艳的罂粟装扮田野，令大地色彩斑斓。待到庄稼完全成熟，人们欢天喜地收割庄稼，堆进仓库，赞美丰产的黛墨忒耳以及她的漂亮女儿。

厄琉西斯人的神秘教派

厄琉西斯是雅典附近的一座小城镇，这里确立了对黛墨忒耳的敬拜。在举行仪式的时候，所有雅典人都会前来参加活动和斋戒。不过，对于厄琉西斯人的神秘教派而言，只有入了教派的人才能得到成员们的认可和信任。他们的宗教活动往往秘密进行，经常戏剧化地呈现珀尔塞福涅被劫和重返人间的故事。显然，厄琉西斯人的神秘教派与黛墨忒耳寻找女儿的经历密切相关。

黛墨忒耳和特里普托勒摩斯

黛墨忒耳当初在寻找女儿下落的时候，曾因为奔波了九天九夜而精疲力竭。她途经厄琉西斯，在一口井边坐了下来。当地国王的四个女儿正巧捧着水罐来打水，见这位妇人如此狼狈，便好言好语地跟她说话，随后把她带回父亲的宫殿。王后刚产下一个男婴，乔装成老妪的黛墨忒耳于是悉心照料起这位小王子。她喂给他美味仙肴，每晚待他睡去时便把他放在火灰堆上，希望借此烧掉他身上凡人

的成分，把他变成一个神。然而，一天夜里，焦虑的王后趴在门缝前看到了屋内的景象，惊叫着冲了进去，把孩子从火灰堆里抢了出来。黛墨忒耳站起来，现出了她的神圣真身。她对这位母亲说："哦，愚蠢的女人！你给自己的儿子带来多大的不幸啊；我本可以让他永远年轻、获得永生，可是你却阻止了这一切，令他必须承受世人的痛苦。既然他曾在我的怀抱里入眠，我就会给他不朽的荣誉。现在，你们给我建造一座神庙，我将亲自指导你们的仪式活动。"

他们为黛墨忒耳建了一座雄伟的神庙。小王子特里普托勒摩斯长大后，黛墨忒耳便教给他农耕技术；待他学成之后，又送给他一辆飞龙拉动的车辇，让他到各地传授播种和收割的知识。在黛墨忒耳的指导下，特里普托勒摩斯还传播她的神秘教派，把对未来生活的积极信念传承下去。正如古希腊诗人品达所说："在他奔赴冥府之前，他见到了那么多幸福快乐的事；因为神的馈赠，他知晓生命的起点和终点。"

瑟蕾丝

罗马人在国王驾崩、田地荒芜的情况下，遵照女预言家的神谕书提供的指示，开始供奉黛墨忒耳。不过，他们并没有沿用她的希腊名，而是将她与古拉丁女神瑟蕾丝融为一体，她的女儿珀尔塞福涅也变成了普罗塞耳皮娜。对于罗马人来说，瑟蕾丝一直给予平民百姓特殊的关照。

109

狄奥尼索斯

狄奥尼索斯，罗马名巴克斯，是众所周知的精力旺盛的酒神。不过，因为他总是与葡萄藤或树联系在一起，所以他还意味着春天的活力、万物的生长、丰产的喜悦和快乐的生活。

他的出生与漫游

狄奥尼索斯是宙斯和塞墨勒的儿子，他的母亲塞墨勒是底比斯城的创立者卡德摩斯的女儿。虽然塞墨勒的双亲都具有神的血统，但她自身只是一介凡人。宙斯爱上了她，化身为凡人接近她。起初，她拒绝他的求爱，无奈的宙斯只得告诉她真实身份，她便高高兴兴地接纳了他。

赫拉知道这件事后，又嫉又恨。她变成公主的老保姆，诱使公主和盘托出她的爱情。公主说完了后，她便故意装出不可置信的神情，表示不相信她的爱人就是天帝宙斯。"如果他真是天帝，为什么他不像在赫拉面前那样现出真身？他一点都不尊重你，他是在欺骗你。"

塞墨勒深觉颜面扫地。等到爱人再一次出现的时候，她怂恿宙斯答应她任何请求，然后要求他显现奥林波斯天帝的真身。宙斯已经以冥河的名义立下重誓，此刻即便是想保全自己的爱人也是无能无力了。他只能在她面前现出天帝的模样，手中握着雷电。没有任何一个凡人可以直面他的至高荣耀，也没有人可以经受得住闪电的炙烤，可怜的塞墨勒瞬间化成了灰烬。

希腊人相信，仲夏的希腊烈日当空和电闪雷鸣，与宙斯在塞墨勒面前现出真身有关。万物因此而备受炙烤，只有被密实地包裹着的种子才得以幸存，正如塞墨勒的儿子狄奥尼索斯从母亲的灰烬中诞生时，在突然萌生的常春藤的保护下神奇地躲过了高温。伤心的天帝抱起儿子，委托尼萨的山林仙女们代为抚养。他渐渐长大后，一位较为次要的陆地之神西勒诺斯，成为他的辅导老师。在这位老师的教育下，狄奥尼索斯掌握了有关自然的所有奥秘，尤其是酒文化。他每到一处，便教当地的神祇和乡民种植葡萄、酿造葡萄酒。他的身边立刻围聚起一批追随者，尤其是无忧无虑地喝酒、肆无忌惮地狂笑的女信徒。他走到哪儿，乐声、歌声和狂饮就跟到哪儿。

他的女信徒们，常被称为酒神的女祭司，在狂欢的气氛中如醉如痴；她们敲锣打鼓，吹箫鸣笛，舞之蹈之，狂笑不已。在她们的伴随下，酒神从一个地方漫游到另一个地方，到处传播酒文化。他甚至到过印度，那里的猎豹和狮子瞬间被他的魅力所征服，乖乖地为他拉车。最终，他作为所向披靡的神祇回到希腊，此时对他的供奉已经遍布各地。在他的庆典上，成群结队的女人身披兽皮，披头散发，挥动着长蛇、常春藤枝条或杖头上包着圆锥的花杖，兴奋地狂跳狂舞，然后高声尖叫着将献祭的动物生吞活剥了。

酒神庆典

底比斯国王彭修斯反对酒神庆典。当城邦里的女人公然违抗他的禁令，纷纷走上街头加入酒神女祭司的队伍时，彭修斯悄悄地跟随她们，想要暗中监视庆典活动。彭修斯的行为惹怒了酒神，后者立即让女人们陷入迷狂状态。疯狂的女人们发现了国王，错将他当成一头野兽，向他扑了过去，把他撕得粉碎——而带领这群狂热的女人施罚于彭修斯的，正是彭修斯的母亲。这则传说可能有一定的历史依据，因为这种源自色雷斯和小亚细亚地区的野蛮庆典，与希腊本身的风俗习惯有些格格不入。不过，参拜者在庆典活动中，通过与神祇的隐秘联结而暂时摆脱了自然束缚和劳苦生活，获得了神圣的力量和高昂的激情，这一点超越了民族之间的差异。因此，对酒神的崇拜逐渐在希腊地区流传开去，而酒神庆典也成了当地的狂欢活动。

善良的舵手

关于酒神及其漫游的故事不计其数。很多人谈到了他如何惩罚敌人、奖励朋友的事迹，我们现在就来看看其中的一则故事。

一次，酒神躺在一座海岛的岸边熟睡。一群海盗走了过来，觉得这样一位俊俏青年肯定出身不错，应该可以大大地敲诈一笔。于是，他们将他抬回船上。船上的舵手见这位青年外表俊朗、仪态非凡，肯定是一个神祇，因此恳求同伴们将他放了，可惜他们对于他的话充耳不闻。酒神

醒来后，故意眼泪汪汪地乞求他们送他去纳克索斯岛。他们表面上答应了下来，却把船开到了别的地方。正当他们兴致勃勃地盘算着赎金时，船突然停在了海面上，常春藤攀上桅杆，葡萄藤沿着船帆往上爬，空气中飘散出一阵甜香，甲板上溢出了葡萄酒。被俘者的绳索瞬间断开，脚边出现了一头狮子。船员们惊慌失措地弃船逃跑，却纷纷变成了海豚，只有敬神的舵手留了下来，成为酒神的追随者。

弥达斯

弥达斯是佛里吉亚的国王。一天，西勒诺斯离开酒神，醉醺醺地到处漫游，被人发现后送到了弥达斯国王那儿。弥达斯热情款待了他，安然无恙地送他回到他那位神圣的学生身边。作为回报，酒神答应满足这位国王的一个愿望。爱财的国王不假思索地提出，希望他所触碰的任何东西都变成黄金。狄奥尼索斯虽然已经预见到了这个愿望的不幸后果，但也只能满足他的要求。于是，弥达斯高高兴兴地踏上回家的路。

弥达斯急忙试验这刚刚获得的能力。他触碰了一下橡树枝，那枝条在他手中当场变成了黄金；他从地上捡起一块石头，那石头也变成了黄金；他碰了碰地面，那地面顿时变得硬邦邦、金灿灿；他碰了碰麦穗，结果也一样；他从树上摘下一颗苹果，结果它就变成了金苹果园中的苹果的模样。他回到家，刚一触碰门框，它就化成了黄金。他把手伸进水盆里清洗，溅落的水珠就像一阵诱惑过达娜厄

113

的金雨。他命仆人摆上一桌丰盛的饭菜，让他失望的是，他一碰到面包，面包就变硬了；他把食物凑到嘴边，那食物磕掉了他的牙齿；他拿起一杯酒，但酒沿着喉咙往下流时，就好像是溶化了的黄金。

此刻，他憎恨这不久前还极度渴求的能力。他在金碧辉煌中饥饿难耐。他举起金光闪闪的双手，向天空祈祷说："可怜可怜我吧，仁慈的酒神！我错了！哦，可怜可怜我吧，请收回这该死的馈赠吧！"酒神听了这话后，让他去帕克特鲁斯河的源头，用那儿的水清洗双手。在那里，弥达斯一碰到水，那制造黄金的魔力就传到了水里，河沙立即变得金灿灿的，直到今天还是如此。

阿里阿德涅

狄奥尼索斯与美丽的克里特岛公主阿里阿德涅成了夫妻。英雄忒修斯曾带着她离开她的故乡，却又将尚在熟睡中的她遗弃在纳克索斯岛。酒神狄奥尼索斯走近一无所知的公主，将她吻醒。俩人相爱了，举行了盛大而欢快的婚礼。在婚礼上，酒神将一顶镶嵌着七颗晶莹剔透的星辰的华冠戴在了她的头上。她去世后，伤心的丈夫把华冠抛到了天上，让它化为星空中的北冕座，或被称为"阿里阿德涅的华冠"。

酒神节

114

酒神节，或者说狄奥尼索斯节，往往与狂欢宴会和激情四溢联系在一起。不过，人们除了供奉他为酒神外，还

盛赞他的热情好客和慷慨大方，认为他给盛宴带来了欢乐，使凡人远离了忧虑，亲善地对待彼此。他将文明和善法传给世人，是和平的倡导者。诗人和音乐家得益于他的狂欢性力量，因而常常将他与司掌文艺的阿波罗和缪斯女神相提并论。雅典的戏剧根源于狄奥尼索斯的庆典活动。狂野的舞蹈和音乐渐渐形成体式，集体舞演变成哑剧，合唱也呈现出戏剧的某些特点，这些都成为悲剧和喜剧的原型。因此，雅典的大剧院往往建在狄奥尼索斯神庙附近。

狄奥尼索斯：形象与特征

在狄奥尼索斯的众多形象中，有两种最为人熟知。在第一种里，狄奥尼索斯以成年男子的形象出现，满脸胡子，穿了层层叠叠的衣服。这种形象往往出现在比较早期的艺术作品里。在另一种形象里，狄奥尼索斯是一个没有蓄胡子的年轻人，长相俊美，仪态文雅，甚至有点儿女里女气了。他的头发很长，有时候卷曲着披在肩头，有时候像女人般盘在头顶。他一般裸着身，也会从肩头披下猎豹或狮子的皮毛。他的头上戴着常春藤或葡萄藤编织的花冠，手握葡萄或一小杯葡萄酒。有时，他以东方的征服者形象出现在凯旋的车辇上，猎豹和狮子拉动他的车，小林神、狂女、信徒、女祭司以及其他追随者们挥舞着长蛇或者常春藤枝条相伴左右。

潘　神

　　告诉我，缪斯，那赫尔墨斯的爱子，那长着山羊蹄和头角、热爱庆典喧闹的潘神，那在山林谷地到处漫游、与林中仙女们纵情欢乐的潘神，那披着一头散发穿梭在悬崖峭壁间的潘神。他是积雪的山峰、高峻的山巅和蜿蜒的石径的主人。

　　　　　　　　　　　　——荷马式的潘神赞歌

　　潘神，是一位神秘的牧神，是希腊山林间的神祇。神使赫尔墨斯在阿卡迪亚山间为一位老人放牧时，与他的女儿结合生下了潘。正如诗人们所吟唱的，他生来就是一个形态奇怪的孩子，下身长着山羊蹄，头上长着山羊角，下巴长着山羊胡，一出生就蹦蹦跳跳、活泼欢闹。他的母亲生下他后，被他的样子吓到了。他的父亲赫尔墨斯却十分喜爱他，用兔皮包裹着他，将他带到奥林波斯山给诸神看。诸神都很喜欢他，尤其是狄奥尼索斯，还给他取了名字——潘。

　　他穿过这片丛林，越过那片树林；他有时在静水旁停留，有时攀登上峭壁俯瞰大地；他曾在积雪皑皑的山巅一览众山小，曾在低缓的丘陵间追逐和猎杀野兽；他有一双敏锐的眼睛，到了傍晚却停止了狩猎游

116

戏，安静地坐在那里，用芦笛吹上一曲又一曲动人的歌谣……美丽的山林仙女们、优秀的歌者们追随着他。他们踏着轻快的脚步，来到幽深的泉水边歌唱；他们的歌声在山谷间萦回，在山峰间缭绕；兴奋的潘神跳起了舞蹈，一会儿跳到旁边，一会儿跳到中间。他的后背披着黄褐色的山猫皮，他的心陶醉于草原上的嘹亮歌声；番红花和风信子的芳香，夹杂着青草的清新气息，一阵阵地扑鼻而来。

——荷马式的潘神赞歌

而今，当我们在希腊的山林间漫游，听到牧羊人像从前那样吹起了牧笛时，便能够想象潘神曾经活在人们心目中的景象。不过，古希腊人认为，撞见潘神并不是一件好事。潘神非常羞怯，也很调皮捣蛋，他不喜欢在睡觉或者玩耍的时候被人偷看。若是有人这么做了的话，就要为自己的行为承担恶果了。炎热的午后，万籁俱寂，只有飞虫们不知疲倦地嗡嗡叫，人们最好别去山林间活动，因为那是潘神午睡的时间段，他可不喜欢被打扰。寂静的夜晚，他在山洞里睡觉，那些山洞也是神圣不可侵犯的。他的其中一个山洞就在雅典卫城的山丘里，算得上是雅典城的中心位置了。不过，那个山洞早已被他遗弃了，山洞附近居然耸立起祭奠基督圣徒的祭坛。

雅典人一开始并没有供奉潘神，直到波斯战争爆发后

117

才流传开来。据说，在马拉松平原战役之前，一位善跑的战士被派往斯巴达，向邻国寻求帮助，共同抗击波斯人的入侵。这位战士在奔跑的途中遇到了潘神，后者表达了对雅典人的善意，并表示虽然他们从来没有供奉过他，但仍然愿意在战场上助他们一臂之力。赢得战争之后，雅典人想起了波斯人是如何在战场上陷入了莫名的恐惧，又是如何在兵力相对较少的希腊人面前丢盔弃甲。他们认为这是潘神的庇佑，于是在雅典卫城的那个丘洞里供奉潘神。

波斯人在战场上面临的那种恐惧，被后人归结为"牧神的恐怖"。有时候，穿过森林的人会突然感到害怕，那就是"牧神的恐怖"。而更多的时候，羊群会毫无缘由地横冲直撞、自相残杀，那也是"牧神的恐怖"。

潘神箫

当然，潘神并不总是脾气粗暴的危险神祇。对于他喜欢的人，他会增加他们的牧群数量，保护他们的牧群。他还教会他所钟爱的牧羊人吹笛子，这些牧羊人又把这项音乐技能传授给他人，于是牧羊人们在空旷的山林间靠吹笛传情，这跟潘神吹笛向仙女们示好如出一辙。

潘神喜爱仙女们，不过后者却有点儿害怕他的山羊腿和山羊般奇怪的脸蛋，有时候甚至远远地躲开他。有人说，潘神曾向仙女绪任克斯示爱，仙女却慌不择路地奔逃。潘神追到河边的时候，以为伸手抓住了仙女，岂料只是握住了一把芦苇。这时，一阵风吹过，空心的芦苇杆发出了柔

和而忧伤的曲调。潘神依依不舍地折下几段长短不一的芦苇，将它们用蜂蜡粘合住，做成了一种乐器，并以绪任克斯的名字命名，也被称为排箫或潘神箫。

潘神崇拜

潘神是自然的化身。他充满智慧，甚至知晓未来，因此希腊人常常向他的神谕寻求帮助。人们供奉着潘神和仙女们，把牛奶、奶酪、蜂蜜或者新降生的牲畜献祭给他们。

"伟大的潘神死了"

古希腊作家普鲁塔克曾写道："伟大的潘神死了。"根据他的描述，提比略大帝统治时期，一艘船从希腊驶向意大利，在经过一座海岛的时候，船上的人都听到了一个声音在喊"萨姆斯"，连着喊了三遍。最后，船上的一位宾客——名叫萨姆斯的埃及人，做出了回答。那声音对他说，当他们的船航行到伊庇鲁斯附近的海域时，他需要大声宣布："伟大的潘神死了。"后来，他们的船果然航行到那片宁静的海域，萨姆斯便按照指示喊出了那句话，岸上立即传来一阵哀悼声，就仿佛一群看不见的生灵在声声悲戚。基督教解释说，那正是耶稣死亡的时刻，而神秘的声音宣告了希腊诸神的废黜，因为他们拒绝在耶稣的十字架前哀悼。

潘神的形象

潘神并不总是以山羊蹄和山羊胡示人。有时候，他的形象几乎与正常人无异，只剩下隐约可见的头角暗示了他

119

的动物天性。他的这种形象其实与小林神萨梯很像。

萨梯：小林神

小林神萨梯是潘神的伙伴们，他们不仅外形相像，甚至在脾性和出身上都类似。萨梯也是山林间半人半羊的自然之神，有点儿胆怯，也有点儿顽皮。他们的鼻子又短又塌，耳朵又尖又翘，尾巴不长，有时候还被认为是长着羊腿。他们是酒神狄奥尼索斯的追随者，也会跟随潘神和仙女们载歌载舞；他们喜欢美酒和女人。乡民们比较怕这些小林神，因为他们会来偷盗牲畜、宰杀牛羊。尽管如此，乡民们还是被他们狂野活泼的舞蹈和喧闹热情的歌谣所吸引，因而模仿他们的歌舞，逐渐形成了一种广为流传的戏剧——萨梯羊人剧。这种戏剧表演形式其实是敬奉狄奥尼索斯的，只不过合唱队的男人们会打扮成萨梯的样子。

在后来的艺术作品里，萨梯显得更为年轻、和蔼和天真，比如古希腊雕刻家普拉克西特莱斯创作的那尊萨梯像——萨梯陷入沉思中，他靠着一棵树，手里握着一根笛。

弗恩乌斯：畜牧神

弗恩乌斯是古罗马神话里的畜牧神，具有预言的能力，喜欢山野生活，后来与希腊神话里的潘神混同。随着时间的推移，这些神祇又开始降格为萨梯，变成了潘神的追随者。

西勒尼：玛耳绪阿斯和弥达斯

狄奥尼索斯经常与自己的老师西勒诺斯在一起。其实，

西勒诺斯便是林神西勒尼中的一位。小亚细亚地区最早开始流传有关林神西勒尼的故事。在他们的描述中，西勒尼长着马耳和马尾，经常在泉水和溪流边活动，具有预言的能力。弥达斯，也就是前面提到过的那位贪财的国王，曾经将葡萄酒倒进泉水里，引出了西勒诺斯。国王抓住他，强迫他说出自己的未来。

西勒尼与其他乡野之神一样，也都擅长音乐。据说，雅典娜发明了笛子后，发现吹奏这种乐器时双颊会鼓起而变形，于是就嫌恶地丢在一边。有一位名叫玛耳绪阿斯的西勒尼捡起了笛子，尽情吹奏起来，乐声美妙极了，以至于他竟然妄想挑战阿波罗的音乐才能。于是，一场音乐比赛在玛耳绪阿斯和阿波罗之间展开。胜利的荣耀公平地判给了阿波罗和他的竖琴，玛耳绪阿斯为此付出了惨痛的代价。阿波罗活剥了玛耳绪阿斯的皮，把他的皮钉在一棵树上以儆效尤。有些人认为，弥达斯出现在了这次音乐比赛的现场。他愚蠢地把胜利判给了那位西勒尼，因而招致惩罚，头上长出了驴耳。不过，古罗马诗人奥维德记述说，弥达斯之所以长出了驴耳，是因为他在潘神与阿波罗的音乐竞赛上偏向了潘神。这位国王为了掩饰自己的变形，总是戴着一顶大帽子，可惜他的理发师却藏不住秘密。这位理发师在地上挖了一个洞，将秘密告诉了大地。后来，这个洞口长出了一丛芦苇，每当它们迎风招展的时候，便会发出沙沙声——"弥达斯长了一对驴耳。"

121

西勒尼通常出现在狄奥尼索斯身边，形象丑陋，滑稽可笑。他们身躯短小、大腹便便；脸蛋不太好看，总是醉醺醺的；皮肤一般呈现出他们最爱的葡萄酒的颜色。他们最初的形态并非这么不堪入目，尤其是作为狄奥尼索斯的老师西勒诺斯出现时，还是比较高贵的。有些希腊人干脆认为，西勒诺斯是小林神萨梯中最为年长的一位，因而形象跟萨梯差不多。

仙 女

"仙女"这个词在希腊意味着女精灵，指的是隐身于山川树木、江河湖泊中的自然精灵，一般都以女性面目出现。她们通常生活在树林和溪水里，在草原上纺线编织、唱歌跳舞，在没人注意时跳进清澈的泉水里洗澡和嬉戏。她们或是追随狩猎女神阿尔忒弥斯，或是加入到狄奥尼索斯闹哄哄的信徒队伍中，或是与恶作剧的萨梯争论不休。有时候，她们会爱上凡人，很多英雄的母亲或新娘就是仙女。不过，仙女与凡人之间的这种关系并不牢靠：要么凡人渴望回到自己的同胞们中间，遗弃了仙女；要么仙女厌倦了凡人的种种束缚，回到了自由自在的大自然中生活。

仙女的种类很多。纳伊阿德斯是聪明伶俐、敏捷灵活的水中仙女们，俄瑞阿得斯是山中仙女们，德律阿得斯和哈玛德律阿得斯是林中仙女们。与诸神不同的是，仙女们并非永生不死。在命定的时刻到来之际，树木会死去，住在树里的德律阿得斯也会死去。有些伐木者在森林里砍倒

塔尔塔罗斯深渊的景象
《亡灵世界》插图

大树的时候，会站到一旁默默祈祷，因为树里的仙女正叹息着离开自己的栖居地，渐渐消失不见了。古希腊大作家赫西俄德曾说，乌鸦的寿命是人的九倍，鹿的寿命是乌鸦的四倍，渡鸦的寿命是鹿的三倍，凤凰的寿命是渡鸦的九倍，仙女的寿命则是凤凰的十倍。

回音艾蔻是一位仙女，潘神很喜欢她，经常向她示爱，可惜仙女的心上人是一位萨梯。也有人说，她爱的是一位名叫纳喀索斯的俊俏年轻人。年轻人并没有回报她的爱，而是盯着清澈的水面，爱上了自己的影子。他跟影子说话，深情地望着水中自己的眼睛，苦苦地思恋它，直到最后形销骨立，憔悴而死。仙女艾蔻也因为苦涩的思慕而香消玉殒，只剩下声音在山林间回荡。

希腊人普遍敬奉这些仙女。他们把羔羊、牛奶、食油和葡萄酒送到仙女们居住的树林或洞穴里，虔诚地供奉她们。

亡灵世界

希腊人的死亡观

在古希腊人的观念里，他们生活的世界多姿多彩，身边的同胞也都骁勇传奇，因而惧怕死亡将这些美好的现实生活抽离，让他们堕入完全未知的领域。他们坚信人死后会前往另一个世界，只不过这个世界阴暗而虚幻，太阳底下最平凡乏味的生活也要比它精彩。荷马曾描述奥德修斯奔赴亡灵世界时，遇到了英雄阿基琉斯的亡灵，后者真诚地说道：

> 光辉的奥德修斯，请不要安慰我亡故。
>
> 我宁愿为他人耕种田地，被雇受役使，
>
> 纵然他无祖传地产，家财微薄度日难，

也不想统治即使所有故去者的亡灵。[1]

——荷马·《奥德赛》

亡灵的疆域

古希腊人并没有确切说明亡灵世界的地理位置。荷马在《奥德赛》中说，它在世界的最西面，紧邻"大洋之流"，太阳不会照射到那里，亡灵们永远被笼罩在黑暗与薄雾之中。不过，大多数人相信，幽暗的亡灵世界位于在地底下的深处。意大利南部那不勒斯的库迈地区，到处都是蠢蠢欲动的火山、热气腾腾的温泉以及千奇百怪的地壳隆起，让人不由得将这片区域与神秘莫测的地下世界联想到一块儿。古希腊人认为，那里有一个深不可测的洞穴，是通往冥府的入口。洞穴附近有一片冒着水蒸气的阿佛纳斯湖，是哈得斯的冥河溢流了出来才形成的。希腊和其他岛屿也存在着进入冥府的通道，死者的灵魂经由这些入口开始了漫长的地下之旅，偶尔也通过这些入口与地上的人们取得一定的联系。

亡灵的旅程

无论一个人活着的时候居住在哪里，在他死去之后，他的灵魂都要由神使赫尔墨斯引领着前往幽暗的冥界。这些人的尸体可能还躺在家中的床上，或是横陈在硝烟弥漫

---

① 荷马：《荷马史诗·奥德赛》，王焕生译，人民文学出版社 2008 年版，第 213 页。

的战场，但是他们的灵魂已经在冥界的阿刻戎河岸边排起了长队，周围全都是等待渡河的愁容满面的亡灵。亡灵们的身后长了一对小翅膀，形态与活人没有什么差别，只不过变成了一团虚无缥缈的阴影。他们心神不宁，把希望寄托在现世的亲朋好友身上，希望他们能够好好安葬他们留在人间的尸体，再在尸体的嘴里塞一枚钱币，作为渡河的资费。只有如此，老卡戎，即冷酷无情的摆渡人，才会允许他们登上那艘残破的小船，载他们渡过怨气冲天的河流。

哈得斯为了划分冥界各个区域，便用河流来阻隔。上面提到的阿刻戎河，又被称为"怨河"，它有两条支流，分别是被称为"哀河"的科赛特斯河和被称为"火河"的邱里普勒格顿河。冥界第四条重要的河流是被称为"怒河"的斯提克斯河，诸神发大誓、重誓往往都以此河为证。

渡过阿刻戎河的亡灵们，要经过守门的三头狗刻耳柏洛斯。他们只有准备好蜂蜜蛋糕取悦它，才能顺利进入冥府大门，来到哈得斯统治的冥府。希腊人很认真地说，哈得斯的冥府欢迎所有人。

哈得斯

哈得斯，罗马名普鲁托，宙斯的令人敬畏、神秘莫测的哥哥，统治着广大的冥界。冥王的宝座边，坐着劫掠来的珀尔塞福涅。她不再是那个在西西里的明媚山野中与仙女们嬉戏玩耍的快乐少女，而是变成了一位严厉而冷酷的冥后。当年，三位独眼巨神将雷电和三叉戟分别赠给了宙斯、波塞冬，

作为他们权力的象征，赠给哈得斯的礼物则是一顶暗黑头盔，戴上它便可以隐形。我们目前只看到两则关于哈得斯离开冥界曝露在阳光底下的故事，一则故事讲的是他劫掠珀尔塞福涅，另一则故事描述了他被英雄赫拉克勒斯弄伤之后，不得不前往奥林波斯山向医药之神求助。

哈得斯将审判各位亡灵生前的善恶以及分配各位亡灵的归属的权力交给了三位判官：曾是克里特岛国王的弥诺斯，弥诺斯的兄弟拉达曼提斯，生前以公正著称的埃阿科斯（英雄阿基琉斯的祖父）。若是亡灵被判为有罪，愤怒的厄里倪厄斯，即长着蛇发的三位复仇女神，将会驱逐这些犯下罪行的亡灵前往惩戒所，他们将在那比冥府更幽深的区域忍受无尽的黑暗、承受三重的折磨。若是亡灵被判为无罪，他们便会被引入乐土。

塔尔塔罗斯深渊

深不见底、暗无天日的塔尔塔罗斯深渊，关押着被宙斯推翻的提坦神们和被镇压的巨人们，后来也逐渐成为亵渎神祇的罪人们接受惩罚的地方。拉庇泰国王伊克西翁，生前不敬神祇而且残暴无比，他的亡灵被缚在飞速旋转的车轮上，一遍又一遍地承受撕心裂肺的皮肉之苦。科林斯国王西绪福斯，生前甚至还妄图欺骗死神，死后被罚不停地把一块巨石推上山顶，而石头由于重力又不断地滚下山去。吕狄亚国王坦塔罗斯，恶劣的行径使他实在不配得到诸神对他的宠爱，死后被罚站在一池深水中，只能抬头张望头顶树枝上结满的累累果实，却怎么也够不到、吃不着，

或者饥渴难耐地看着波浪就在他下巴处翻滚，却怎么也无法低头饮水。后来，人们从他的故事里引申出"坦塔罗斯的磨难"，喻指能够看到目标却永远达不到目标的痛苦。阿尔戈斯国王达那俄斯的四十九个女儿，在新婚之夜杀死了她们的丈夫们，死后被罚永不停息地往一个到处都有漏洞的容器里注满水。

塔尔塔罗斯深渊弥漫着呻吟声、哀号声，那些妄图逃离惩罚的罪犯们将会被复仇女神揪回来，继续他们永世不得解脱的苦难。

伊利斯乐土

古希腊人认为，伊利斯乐土上生活着一些得到诸神眷顾的英雄和神灵的子嗣。后来，另外一些人也被安置到了这片乐土上。他们有些是生前品性高贵的人，有些可能是生前加入了黛墨忒耳的神秘教派而在死后获得了如此殊荣。伊利斯乐土，又被称为福岛，来到这里的幸运儿们过着安逸快乐的生活。

> 在远离诸神和人类的地方，在大地的边缘，他们无忧无虑地生活在涡流深急的大洋岸边的乐土上，那里的土地一年三次结出香甜的果实。[①]
>
> ——赫西俄德·《工作与时日》

[①] 赫西俄德：《工作与时日·神谱》，张竹明等译，商务印书馆1996年版，第6页。译者为了配合杰西·塔特洛克的《希腊罗马神话》的原文，稍作改动。

那里没有暴风雪，没有严冬和淫雨，

时时吹拂着柔和的西风，轻声哨叫，

奥克阿诺斯遣它给人们带来清爽……①

——荷马·《奥德赛》

在这里，幸运儿们或是饮酒欢宴，或是结伴徜徉在鲜花盛开的原野上，或是举办各类竞赛活动，像在地上世界那样享受胜利带来的声誉和愉悦。

数位英雄的地下之旅

在通常情况下，冥界是不向活人开放的。不过，有一些英雄却活着来到了冥界。赫拉克勒斯曾来此擒走了守门的三头狗刻耳柏洛斯，奥德修斯在女巫喀尔刻的建议下前往冥界探询关于自己的预言，罗马人的特洛伊先祖埃涅阿斯也曾带着同样的目标来到冥界。这些故事将在以后的章节中详述。

俄耳甫斯和欧律狄刻

有一个人曾凭借自身出色的音乐才华而安全出入过冥界。这个人名叫俄耳甫斯，是阿波罗和缪斯女神卡利俄佩的儿子。他从父亲那儿学到了演奏竖琴的技能。传说他的琴艺出神入化，一只只野兽听到他的琴声后都变得俯首帖耳，一条条长蛇钻出地表来洗耳恭听，一块块岩石也对他

---

① 荷马：《荷马史诗·奥德赛》，王焕生译，人民文学出版社2008年版，第74页。

百依百顺了。在妻子欧律狄刻被毒蛇咬死后，俄耳甫斯追随她前往哈得斯的统治区域。他用琴声打动了铁面无情的卡戎，驯服了面目可憎的三头狗刻耳柏洛斯，甚至连冥王哈得斯也被感动了，答应让他带走欧律狄刻。但这样做有一个前提，即在他领着妻子走出冥界之前决不能回头看她。俄耳甫斯满心欢喜地领着妻子踏上重返人间的道路，就在快要抵达光明的地上世界的时候，俄耳甫斯情不自禁地想要看看亲爱的妻子，于是转过身望着她。这时，赫尔墨斯轻柔地抓起欧律狄刻的手，将她带回了亡灵世界。

从此以后，俄耳甫斯对一切都失去了兴趣，也不接受任何女人的接近。最后，他被疯狂的酒神女祭司们残忍地杀害了。这些女祭司原本想用乱石将他砸死，结果石块们有感于他的琴声而纷纷落在了他的脚边；女祭司们叫嚷起来，喊声盖过了琴声，这才把石块扔到了他的身上。她们杀了他，将他的尸体撕得支离破碎，抛到荒郊野外。他的头颅和竖琴随着海水漂到了一条河上，后来那里便一直乐声悠扬。缪斯女神们费尽周折将他的尸体收集起来埋葬了，他坟头的夜莺比任何地方的鸟都唱得动听。

第二部分

英雄传说

阿尔戈斯人

达那俄斯和他的五十个女儿

达那俄斯家族以及他的著名后裔珀尔修斯，都是河神因纳克斯之女伊娥的后代。伊娥，就是宙斯热爱的那位少女，却不幸因为赫拉的嫉妒而被变成了一头小母牛。她渡海来到了埃及，在那里变回了人形，生下了一个儿子。她的一些后代留在了埃及，成为统治一方的国王。

这些埃及国王中，有一位生养了两个儿子，他们分别是拥有五十个儿子的埃古普托斯和拥有五十个女儿的达那俄斯。达那俄斯很顾忌这些侄子，当他们追求自己的女儿们时，他便举家逃到了阿尔戈斯。岂料埃古普托斯和他的五十个儿子也尾随而来，强迫达那俄斯把女儿们嫁给他们。

达那俄斯表面上答应了下来，却让女儿们藏好匕首，在新婚之夜杀了各自的丈夫。达那俄斯的女儿们遵从了父命，只有小女儿许珀耳涅斯特拉没有向自己的丈夫林修斯下手。关于那四十九个女儿的结局，历来有不同的说法。有人说，在此事件之后，没人再敢追求达那俄斯的女儿们，这位父亲最终不得不把女儿们赏给了参加竞赛的选手们。也有人说，她们被为兄报仇的林修斯杀了，在冥界被罚往到处都是漏洞的容器里注满水。或许，这第二种说法里的达那俄斯的四十九个女儿，象征了阿尔戈斯的泉水，因为这里的泉水在涌现后很快就渗透进周围的干燥且松散的泥土里，流失得无影无踪了。

达娜厄和珀尔修斯

许珀耳涅斯特拉和林修斯有一个孙子，名叫阿克里修斯。阿克里修斯王只有一个女儿达娜厄，此外再无其他子嗣。他派人向德尔斐的神谕询问，想知道自己究竟会不会有儿子。结果神谕预言说，他注定没有儿子，而且他将死于达娜厄的儿子之手。为了逃避自己将来的不幸，他建了一座青铜密室，把女儿连同她的保姆都关了进去。几年后的一天，他经过密室的洞口，赫然听到里面传来一阵婴儿玩耍的声音。他把女儿唤到跟前，质问她谁是孩子的父亲。她回答说，宙斯化为一场金雨，从密室屋顶的洞口降落下来，然后向她求爱并赢得了她，所以他就是孩子珀尔修斯的父亲。阿克里修斯王压根不相信女儿的解释，只是一心想要摆脱掉这个危险的外孙。他下令把母子俩装进一只大箱子里，然后扔到海上，任其漂流。古希腊诗人西蒙尼戴斯描述了这位年轻妇女的母爱和绝望：

被锁进那只大箱子里，

狂风大作，海浪汹涌

海水连同恐惧将她彻底包围，

她紧紧地将珀尔修斯抱在怀里，

说："哦，我的孩子，我是多么不幸！

但是你该安睡，你这婴孩的胸膛

该沉静在宁谧的睡眠之中，

在这沉闷阴暗的铜锁木箱里，

在这群星黯淡的漆黑之夜。

你不该听到浪涛拍击的声音，

水势腾空而起，又大又急，

你不该听到狂风呼啸的声音——

蜷缩进你那紫色的襁褓之中，

你这张甜美的小脸儿！

若是你也感受到了我们艰难的处境，

那么就竖起耳朵听我唱歌吧；

我将唱到——睡吧，宝贝，大海马上会平静下来，

睡吧，我们的苦难马上会平息下来。

噢！尊敬的宙斯，您可愿意现身拯救我们，让我们

免受这厄运的折磨！如果这祈求过于鲁莽，亵渎了您的公正，仍然请求您可怜可怜我吧！"

宙斯听到了她的哀求。他庇护着箱子在万顷碧波中漂荡到了塞里甫斯岛。在那儿，一个名叫狄克堤斯的渔夫正在岸边捕鱼。他网住了箱子，然后把它拖到了岸上。渔夫跟岛上的其他人很不一样，他比较善良，把这对可怜的母子收留在自己家里了。

取美杜莎的脑袋

渔夫刚好有一个兄弟波吕得克忒斯，是这座岛的国王。他为人霸道而残酷，当他爱上达娜厄后，便希望达娜厄无条件地接受他的爱。然而此时，珀尔修斯已经长大成人，体格健壮，胆识过人，令波吕得克忒斯心生畏惧。于是，他暗地里盘算着如何打发他走。他邀请了一些年轻人前来参加宴会，问他们能否弄到奇珍异宝献给他。珀尔修斯冲动地站出来说，他可以为他做任何事情，哪怕去取戈耳贡美杜莎的脑袋。然而，这么一件大事，岂是常人可以做到的！

美杜莎曾是一位美丽的少女，很为自己的外形得意，尤其对自己的一头秀发很是满意。她实在是太骄傲了，甚至胆敢同雅典娜比美。雅典娜因为她的渎神行径，剥夺了她的美丽，把她的头发变成了一条条"嘶嘶"作响的蛇，让她的脸蛋变得面目可憎。她瞪大了眼睛，张开了大嘴，长舌耷拉在嘴边。她的样貌是如此丑陋，以至于任何生物一看到她就会变成石头。

波吕得克忒斯被珀尔修斯的提议吸引住了。他让其他参加宴会的年轻人每人献上一匹宝马给他，却坚持让珀尔修斯砍下美杜莎的脑袋送给他。任何人都可以看出，这次冒险肯定是有去无回，珀尔修斯也因此陷入了绝望的深渊。

正当他在海岸边手足无措的时候，赫尔墨斯出现在他面前。神使劝他别灰心丧气，并详细告诉他完成任务的方法。按照神祇的指示，珀尔修斯若想砍下美杜莎的脑袋，必须先拿到三件东西：哈得斯的隐身头盔、飞行鞋以及魔法袋。这些东西由仙女们看管，只有格里伊三姐妹才知道仙女的下落。格里伊三姐妹生下来就是满头白发的老妇人，她们共有一只明亮的大眼睛和一颗牙齿，互相之间轮流着使用。赫尔墨斯让珀尔修斯在雅典娜的指引下，去寻找格里伊三姐妹。

格里伊三姐妹

珀尔修斯找到格里伊三姐妹后，失望地发现她们拒绝告诉他仙女们的住处。正当其中一位将眼睛传给另一位使用的时候，珀尔修斯一把抓过她们的眼睛，逼迫她们说出仙女们的下落，否则她们就甭想再看到任何东西了。珀尔修斯达成所愿后，便奔赴仙女们的住处，拿走了她们看管的哈得斯头盔、飞行鞋和魔法袋。在赫尔墨斯和雅典娜的指导下，珀尔修斯一路向西飞奔，直到被"大洋之流"环

137

绕的大陆西边尽头。戈耳贡三姐妹正在岸边睡觉，两位样貌丑陋的姐姐拥有不死之身，最小的美杜莎则是凡胎。

砍杀美杜莎

智慧女神雅典娜嘱咐珀尔修斯千万不要直视美杜莎的眼睛，而应该从上方跳下来，用手上精心打磨的明亮盾牌作镜子，从而辨别方位找出美杜莎。珀尔修斯按照女神的指示行动，一剑砍下了美杜莎的恐怖脑袋，把它装进魔法袋里。正当珀尔修斯穿着飞行鞋准备离开的时候，美杜莎的两位姐姐被长蛇吐信的"嘶嘶"声惊醒，赶忙起身追逐他。要不是珀尔修斯戴着哈得斯头盔隐了身的话，恐怕就要被一心复仇的姐妹俩追上了。

阿特拉斯变成山石

珀尔修斯在回程的路上，经过地中海的入口处，那是巨人阿特拉斯的领地。这里牛羊成群，不过最令他引以为傲的是他的金苹果园，也就是能够结出金苹果的果园。曾有神谕警告阿特拉斯说，一位宙斯的儿子将会抢走他的金苹果。因此，当珀尔修斯来到他的领地，自称是宙斯的儿子，想要吃点儿东西并好好休息一番时，阿特拉斯非但拒绝了他的请求，还竭力要把这个年轻人赶走。珀尔修斯自然比不上巨人的力气，只好从魔法袋中拿出那颗恐怖的美杜莎脑袋。阿特拉斯庞大的身躯瞬间变成了山石，他的须发变成了树林，他的骨头变成了石头，他的头颅变成了山峰高耸入云，他的双肩扛起了天空和繁星。

希腊罗马神话

这就是非洲著名的阿特拉斯山，如今仍然矗立在地中海的入口处，俯瞰着近在咫尺的直布罗陀海峡。

珀尔修斯和安德洛美达

随后，珀尔修斯途经埃塞俄比亚人的国度，当时那里的国王是克普斯，王后是卡西奥匹亚。这位王后自夸比海中仙女还要美貌，因而惹恼了海王波塞冬。海王派出了一只海怪，去蹂躏埃塞俄比亚的海岸。神谕指示，只有把公主安德洛美达献祭给那只正在肆意破坏的海怪，才能避免继续生灵涂炭下去。珀尔修斯穿着飞行鞋途经此处时，恰好看见一位美丽的少女被锁在巨石上，双眼噙泪地望着天空。珀尔修斯停下来询问她缘由，得知她是可怜的献祭品。国王克普斯承诺他说，若他能够杀了海怪，救了公主，就可以娶她为妻。于是，珀尔修斯用那把砍下了美杜莎脑袋的宝剑斩杀了波塞冬的海怪，

国王夫妇兴高采烈地接纳这位胜利者成为佳婿。可是，就在婚宴进行期间，安德洛美达之前的未婚夫菲纽斯出现了。在海怪来袭的时候，菲纽斯并没有想方设法去营救自己的未婚妻，而是怯懦地退缩了，此刻他却厚着脸皮纠集一群人来扰乱婚礼。他声称自己才应该是新娘的丈夫，甚至企图杀了他面前骁勇的竞争对手。珀尔修斯沉着地站在他面前，再一次拿出了美杜莎的脑袋，把菲纽斯及其同伙们变成了石头。

波吕得克忒斯变成石头

珀尔修斯离开期间，波吕得克忒斯变得越发残暴了。狄克堤斯和达娜厄只能躲到神庙里避难。当英雄珀尔修斯凯旋归来的时候，波吕得克忒斯正与他的一众劣迹斑斑的朝臣们坐在大殿里，等着瞧瞧这位愚蠢地扛起不可能完成的任务的年轻人是如何狼狈地回来。即使珀尔修斯雄赳赳地站在他们面前，拿出了魔法袋，国王仍然不相信里面装着那颗恐怖的脑袋。见他们一再嘲笑和讥讽自己，珀尔修斯只好取出美杜莎的脑袋，国王及其朝臣们旋即变成了石头。这件事之后，狄克堤斯成了塞里甫斯岛的新国王。珀尔修斯将美杜莎的脑袋献给了雅典娜，女神把它装饰在自己的胸甲或埃吉斯神盾上，这便是后人经常描述的雅典娜形象。

后来，珀尔修斯带着母亲和妻子返回故乡阿尔戈斯。阿克里修斯王听闻自己的外孙正赶回来，连忙躲到另一座城镇，以此规避自己的厄运。然而，天真的珀尔修斯却心怀坦荡地出去寻找自己的外祖父，想要劝他回来。途中，他赶上了一场铁饼比赛。他投掷出去的铁饼，远远地超过了标记，正好砸在了他外祖父的脚上，造成了老人的死亡。那神谕就以这种方式得到了应验。因为这件事，珀尔修斯不愿意继承外祖父的王权，而是与一位堂兄做了交换，成了迈锡尼和梯林斯的国王。

英雄赫拉克勒斯

赫拉克勒斯的诞生

在所有英雄当中，赫拉克勒斯（他的罗马名海格力斯更为人熟知）是最受人敬仰、最广为传颂的大英雄，关于他的丰功伟绩的传说不计其数。他的母亲阿尔克墨涅，是珀尔修斯的孙女、伊莱克特里翁的女儿。她的父亲将她嫁给了一位远近闻名的战士安菲特律翁，后者却在一次意外中杀死了自己的岳父，无奈之下只得携带妻子逃往底比斯。一次，在安菲特律翁离家杀敌之际，宙斯化身为安菲特律翁的模样降临到阿尔克墨涅面前，与她同床共枕。随后，阿尔克墨涅生下了一对孪生子，大儿子赫拉克勒斯是宙斯的儿子，小儿子则是安菲特律翁的儿子。

赫拉的敌意

赫拉克勒斯诞生前不久，宙斯在众神会议上宣布，一位珀尔修斯的后代即将出生，他将前途无量，统治迈锡尼的广大土地。赫拉一向对宙斯情人们生下的子嗣颇为介怀，这次也不例外。为了挫败宙斯的计划，赫拉决定改变赫拉克勒斯的出生日期，让他没办法一降生就成为那片土地的统治者。她巧施诡计，延缓阿尔克墨涅的分娩，同时使珀尔修斯的另一个孙子欧律斯透斯提前出生。然而，她对赫拉克勒斯的嫉恨远没有就此消停，事实上，赫拉克勒斯一生中所经历的各种磨难和种种不幸都拜她所赐。

赫拉克勒斯扼死毒蛇

赫拉克勒斯所面临的艰难险阻自婴孩时期就开始了。一天夜里，十个月大的赫拉克勒斯和自己的孪生弟弟肩并肩地躺在他们父亲硕大的精致盾牌上，母亲阿尔克墨涅则轻轻地摇着这熠熠生辉的"摇篮"，哄他俩入睡："睡吧，我的孩儿，香香甜甜地睡吧；睡吧，双生兄弟，我的好孩儿。老天保佑你们安睡，一觉睡到天明。"

子夜时分，赫拉派了两条眼露凶光、牙含剧毒的大蛇去弄死赫拉克勒斯。孪生子惊醒了，肉体凡胎的弟弟尖声哭喊，费力地想要爬出"摇篮"，半人半神的赫拉克勒斯则一把捏住毒蛇的咽喉，以婴儿之力扼死了它们。阿尔克墨涅听到孩子的哭声时，连忙唤醒丈夫跑去看看究竟发生了什么事情。安菲特律翁跳下床，带着奴隶们冲到孩子们躺

着的地方，只见赫拉克勒斯兴高采烈地抓出已被扼死的毒蛇给父亲看。安菲特律翁和阿尔克墨涅对此心有余悸，认为这是凶兆，于是请一位预言家指点迷津。这位预言家告诉他们，他们的大儿子将会成为前途无量的大英雄，在历经磨难之后跻身众神之列。

赫拉克勒斯接受的教育

青年时代的赫拉克勒斯被安菲特律翁看成是自己的儿子。他茁壮成长，精力充沛，从父亲那里学会了驾驭马车，从赫尔墨斯的一位儿子那里学会了各项体育竞技活动，从阿波罗的一位儿子那里学会了演奏音乐。不幸的是，一天，这位音乐老师试图严惩赫拉克勒斯，后者在狂怒中操起竖琴，朝老师头上扔去，当即砸死了他。惨剧发生后，安菲特律翁把赫拉克勒斯送到乡下放牧。

据说，小赫拉克勒斯有一次在十字路口遇到了两个女人，一个是"责任"，另一个是"快乐"。她俩都拿出礼物送给小赫拉克勒斯，争相做他的引路人。虽然"快乐"提供的礼物很诱人，我们的英雄只选择了"责任"的礼物，决心走"责任"之路。

十二件苦差

赫拉克勒斯长大成人后，娶了底比斯国王的女儿为妻。赫拉此时仍然嫉恨阿尔克墨涅生下的儿子，于是派遣"疯狂"附着在赫拉克勒斯的身上，让他疯病发作，把自己的孩子们扔进了火堆。赫拉克勒斯清醒后，为了自我救赎，

143

便告别妻子，离开祖国，前往德尔斐，请求神谕。神谕昭示说，他必须为堂叔欧律斯透斯办事，才能赎罪。这样一来，正如赫拉所设计的，宙斯的儿子赫拉克勒斯成了欧律斯透斯的仆人，需要听候他的吩咐去执行十二件苦差。苦差之所以有十二件，是因为这些苦差依循着太阳历经十二个月份的轨迹，从近在咫尺的阿尔戈利斯出发，一直到地下世界为止。

（一）扼死尼米亚山的猛狮

阿尔戈利斯的尼米亚山有一处洞穴，里面盘踞着一头凶悍无比的狮子，经常滋扰乡民。欧律斯透斯命令赫拉克勒斯为他除掉这头野兽。赫拉克勒斯一开始用箭射猛狮，结果发现箭根本穿不透猛狮的皮。他只好跟着它走进洞中，空手扼死了它。然而，欧律斯透斯实在是闻"狮"丧胆，下令禁止赫拉克勒斯进城，只允许他在城墙外展示他的战利品。后来，赫拉克勒斯剥下刀枪不入的狮皮，一直披在身上。

（二）宰杀勒尔那沼泽地的九头蛇怪

在阿尔戈利斯的勒尔那区域，有一头名叫许德拉的九头蛇怪生活在沼泽地里。这头怪物剧毒无比，凡是碰触到它的身体或者闻过它的气息的生命，瞬间就会死去。赫拉克勒斯握着剑去砍它的脑袋，结果发现每砍下它的一个脑袋，就会在原来的位置上又长出两颗脑袋。于是，他让自己忠诚的伙伴（侄子伊俄拉俄斯）帮忙，在他砍下它的脑

袋之际就帮手烧掉对应的脖子。由于中间那颗脑袋是无法杀死的，赫拉克勒斯只好把它砍下埋在路边的一块巨石下。

在这则故事里，九头蛇怪许德拉似乎象征着沼泽地区易患的疟疾；沼泽在烈日炙烤下逐渐干涸，疟疾也随就之消失了。

（三）活捉埃里曼托斯山的大野猪

接下来三件苦差发生在阿卡迪亚城邦。赫拉克勒斯先是发现了一头大野猪，将它活生生地送到欧律斯透斯那儿。欧律斯透斯见到大野猪后，吓得瞠目结舌，只敢远远地瞄上几眼。

（四）生擒刻律涅亚山的牝鹿

随后，赫拉克勒斯需要去捕捉一头长着金角的牝鹿。这头牝鹿不像他之前遭遇的那些野兽般生猛，只不过它的铜蹄似乎永远不知道疲倦。赫拉克勒斯整整追了它一年，才终于擒住了它，将它带回迈锡尼。

（五）灭掉斯廷法罗斯湖畔的怪鸟

斯廷法罗斯附近有一处湖泊，那里居住着一群巨大的怪鸟，长着箭羽铁爪，经常从空中抓住人畜，再带回湖畔吃掉。在雅典娜的提点下，赫拉克勒斯使劲敲响铜钹，迫使这群怪鸟仓惶飞出巢穴，他再弯弓搭箭，用浸泡过九头蛇怪许德拉毒液的箭射下了这群怪鸟。

（六）清扫奥革阿斯的牛圈

他的下一件苦差发生在伊利斯城邦，去那儿清扫奥革

阿斯的牛圈。这牛圈已经有三十年未清扫过了，积粪如山。赫拉克勒斯让阿尔甫斯河改道穿过牛圈，把里面的大堆牛粪都冲刷干净了。奥革阿斯国王事后赖账，没有兑现之前答应给赫拉克勒斯酬劳的承诺。赫拉克勒斯获得自由后，回到伊利斯城邦惩罚了奥革阿斯，并在此地建造了奥林匹克竞技场，向自己的亲生父亲宙斯致意。

（七）制服克里特岛的公牛

波塞冬曾让一头健壮的公牛出现在克里特岛的弥诺斯国王面前，后者却拒绝将这头公牛献祭。愤怒的波塞冬于是让这头牛变得疯狂起来，在克里特岛为非作歹，大肆破坏。赫拉克勒斯驯服了公牛后，骑在牛背上穿越汪洋，回到希腊。后来，这头公牛在脱离了赫拉克勒斯的控制之后，逃到马拉松平原地区到处作恶，直到很久以后才被英雄忒修斯制服。

（八）制服狄俄墨得斯的马群

狄俄墨得斯是战神阿瑞斯的儿子，是好战的色雷斯人的国王。他养了一群凶猛剽悍的马，给它们喂食人肉。当赫拉克勒斯试图制服这群性情狂躁的猛兽时，一大群色雷斯人全副武装地袭击他。赫拉克勒斯与伊俄拉俄斯一道击退了他们，然后将马群驱赶到欧律斯透斯那儿。

（九）取走希波吕忒的腰带

希波吕忒是亚马逊人的女王。亚马逊全都是好战的女人，生活在欧克辛思海（现今为黑海）沿岸。战神阿瑞斯

希腊罗马神话

曾送给女王希波吕忒一根腰带，现在，欧律斯透斯的女儿想要得到这根腰带。赫拉克勒斯只好遵从命令，前往女王的宫殿，索要腰带。希波吕忒见赫拉克勒斯相貌堂堂、身材魁梧，对他非常喜欢和敬重，一口答应将腰带送给他。不过，赫拉不愿看到赫拉克勒斯如此轻松地完成任务，于是挑动亚马逊人围攻赫拉克勒斯。赫拉克勒斯不明真相，以为女王欺骗了自己，便将她杀掉了。

在归航途中，赫拉克勒斯经过特洛伊城邦，正巧遇上国王拉俄墨冬陷入了巨大的困境。波塞冬和阿波罗被罚做凡人一年，为拉俄墨冬修筑城墙，待城墙建成后，拉俄墨冬却不愿意兑现当初的承诺。波塞冬便派出了一只凶残的海怪践踏特洛伊的海岸，只有交出拉俄墨冬的亲生女儿赫西俄涅才能平息海怪的侵扰。正当公主要被海怪吞食的时候，赫拉克勒斯出现了。拉俄墨冬答应，只要赫拉克勒斯杀了海怪，就将自己养着的几匹宝马献给他。这几匹宝马，是宙斯抢走他的儿子甘尼米德后给予的补偿，非常稀有。可是，在赫拉克勒斯杀掉海怪之后，屡教不改的拉俄墨冬拒绝履行诺言，并最终因为自己的言而无信付出了惨痛的代价。

（十）牵回格里翁的公牛

为了完成第十件苦差，赫拉克勒斯需要奔赴大陆的最西面，到太阳西沉的"大洋之流"沿岸。巨人格里翁住在这里，他长着三个身体、六条胳膊和六条腿，身后还有一

英雄赫拉克勒斯

对猛禽般的翅膀。他非常富有，在自己的领地上养着一大群棕里透红的牛，由另一位巨人和一条双头狗守护着。赫拉克勒斯漂洋过海来到此地，用太阳神阿波罗送给他的一只大金碗当船，将当初剥下来的狮皮支起来做船帆。当他经过欧洲和非洲交界处的海峡时，筑起了两根巨大石柱，作为这一路上的纪念碑，也就是后来为人熟知的赫拉克勒斯之柱。他刚刚登上格里翁的领地，就先后遭遇了看守牛群的双头狗和巨人的袭击。杀了他们之后，他又经过了一番激战，最后将格里翁打倒在地，成功赶走了牛群。

神话故事里并没有详细说明赫拉克勒斯的归途路线，不过确信无疑的是，他赶着牛群走遍了西欧，一路上又完成了许多壮举。他途经后来成为罗马城一部分的阿文丁山时，因过分疲惫而睡着了，住在山洞里的巨人卡科斯趁机偷走了一些牛。那巨人拽住牛尾巴，让牛倒着退到他的洞穴里，这样牛蹄移动的方向就不会暴露踪迹了。可是当赫拉克勒斯赶着剩下的牛群经过山洞时，那些被偷走的公牛高声回应着牛群的低哞声，因而泄露了隐藏之地。赫拉克勒斯经过一场恶仗，把卡科斯打倒在地。最后，他赶着牛群在希腊北部上岸，顺利将牛群交给欧律斯透斯，后者又把牛群献给了赫拉。

（十一）摘取赫斯佩里得斯姊妹的金苹果

宙斯跟赫拉结婚时，赫拉送给宙斯一些金苹果。这些金苹果摘自大陆最北面"极北之人"附近的大树，由一条

巨龙看守。

为了寻找金苹果树，赫拉克勒斯必须首先找到涅柔斯，那位跟普洛透斯一样能够变成各种模样的老海神。尽管老海神一会儿变成猛狮，一会儿变成火焰，一会儿变成流水，赫拉克勒斯都能迅速制服他，并最终问清楚了金苹果园的位置。

在前往金苹果园的途中，赫拉克勒斯又经历了许多险事。他在利比亚遇见了大地女神的儿子——巨人安泰。这位巨人强迫任何过路的人与他摔跤，只有打赢了他才能通过。他的力量来源于大地，每次摔倒在地上，都会获得双倍的力量再一次站起来，因而能够长胜不败，他附近的一座庙宇便是用战败者的头颅垒起来的。赫拉克勒斯识破了他的弱点，将他举至半空中，让他脱离了大地母亲的庇佑，然后掐断了他的肋骨，赢得了胜利。

这场恶战之后，赫拉克勒斯精疲力竭地睡着了。一群侏儒人围了过来，想要将他活埋了。他惊醒后，将这群侏儒一个个捡起来，塞进身上披着的狮皮里，带回家里玩。

他经过埃及的时候，当地的国王准备将他献祭给宙斯。这个野蛮的国王对于残暴的祭礼很感兴趣，以致于来到埃及的异乡人全遭杀害。不过，赫拉克勒斯挣脱了捆绑的绳子，将束缚他的人统统杀死了。

他继续前进，在高加索山遇到了为盗取天火给人类而违背了宙斯意愿的普罗米修斯。这位被缚的提坦神已经承

受了长年累月的残酷折磨，现在终于被赫拉克勒斯解救了。在他的指点下，赫拉克勒斯来到了金苹果园，在那附近正是阿特拉斯背负天顶的地方。（按照这里的说法，金苹果园应该是位于大陆的西边。不过，神话地理经常出现混淆现象，因而不能就此断言。）赫拉克勒斯劝说阿特拉斯帮他去摘取金苹果，并答应在他离开的这段时间里替他背负天顶。阿特拉斯摘得金苹果回来后，却不愿意再扛天顶了，提出要亲自把金苹果交给欧律斯透斯。赫拉克勒斯表面上爽快地答应了，但拜托阿特拉斯帮他先扛一会儿，他好找一块软垫搁在肩上。迟钝的巨人毫不犹豫地接过了天顶，赫拉克勒斯立马捡起金苹果离开了，留下巨人独自承担属于他的重担。

（十二）三头狗刻耳柏洛斯

赫拉克勒斯的第十二件苦差，也就是最后一件苦差，需要到地下世界才能完成。在雅典娜和赫尔墨斯的指点下，赫拉克勒斯安全地通过了各种可怕的险境，终于来到冥王哈得斯的疆域。冥王答应，只要他能够赤手空拳地制服三头狗刻耳柏洛斯，就可以将它带走。赫拉克勒斯神勇无比，成功地带着地狱的看门狗返回迈锡尼。过后，他又把三头狗送回地府了。

侍奉翁法勒

虽然赫拉克勒斯已经完成了十二件苦差，赫拉的嫉恨仍然无止无尽，因而他也没办法过安稳日子。有一次，他

受到了一位国王的热情款待，而他却因为误会而错手杀死了王子。国王的盛情换来的是儿子的惨死，赫拉克勒斯为此受到了惩罚，变得重病缠身。他于是前往德尔斐，询问自己该如何摆脱这些磨难。阿波罗拒绝回答他。他恼怒之下扛走了神庙前的三脚香炉，准备给自己建立一座神谕殿。阿波罗赶忙现身，为维护自己的神庙而与赫拉克勒斯大打出手。宙斯不愿意看到自己的儿子们搏斗，扔出了一道闪电，这才平息了一场血战。两人立誓永结兄弟之谊后，阿波罗回答了赫拉克勒斯的疑问，给了他一则神谕：他必须在公开拍卖会上卖身为奴，再将卖身钱交给死者的家属，才有可能洗涤自己的罪孽。利比亚女王翁法勒买下了他，而他也按照卖身契的约定对她尽忠职守。在效忠女王的三年时间里，他为女王击退了很多敌人，保护她的江山免受外敌侵扰。但更多的时候，他穿着女人的服装坐在她的脚边，心甘情愿地为她纺纱、织布，像个女人般生活。

征服特洛伊

赫拉克勒斯恢复自由后，立刻动身前往特洛伊，要去惩罚那位言而无信的国王拉俄墨冬。他率领一批勇士，乘着几艘大船，攻打特洛伊城，将国王和他的儿子们都杀死了，只留下一位名叫普里阿摩斯的王子。这位王子于是成了新任的特洛伊国王。

得伊阿尼拉和内萨斯

在返回希腊的途中，赫拉克勒斯娶了得伊阿尼拉为妻。

少女得伊阿尼拉十分貌美，引来河神阿刻罗俄斯的追求。然而河神样貌丑陋，实在不讨得伊阿尼拉的欢心。当时，赫拉克勒斯也出现在求婚者的队列中，他将变成了公牛的河神打倒，拔掉了他的牛角。这牛角后来便成了丰收号角，也被称为丰饶角。娶了得伊阿尼拉之后，他在岳父的宫殿里因为一时被心魔控制而错手打死了一个男孩。赫拉克勒斯为了惩罚自己犯下的过错，带着妻子离开了国土，再一次过起了流放生活。

在一条河边，赫拉克勒斯夫妻遇到了乔装打扮成船夫的半人马内萨斯。内萨斯扛着得伊阿尼拉过河后，竟然见色起意，想要带着她逃走。赫拉克勒斯连忙抽出一支毒箭，射中了他。临死之前，内萨斯将装有自己血液的一个小瓶子交给得伊阿尼拉，告诉她这血液有神奇的作用，一旦她觉得丈夫心猿意马了，就可以将它涂抹在丈夫的衣衫上，使他回心转意，从此只爱她一人。

赫拉克勒斯之死

不久，赫拉克勒斯带兵讨伐一位国王。这位国王曾经食言，拒绝将女儿嫁给赫拉克勒斯。攻下城池后，赫拉克勒斯带走了公主伊俄勒。伊俄勒依然年轻美貌，可惜此刻成了赫拉克勒斯的女俘。在回程途中，赫拉克勒斯准备给宙斯祭供。他派了信使回家取一件适合祭供仪式穿的衣服。得伊阿尼拉此刻很担心丈夫会爱上女俘伊俄勒。她想起了半人马说过的话，便让信使带去一件沾了半人马血液的衣

服给丈夫。这件衣服套在赫拉克勒斯身上后，旋即紧紧地贴住他的皮肤，让他浑身如被火烤。在狂怒之中，他一把抓起那位带回衣服的信使，把他扔进了大海。他力图脱掉衣服，怎奈那衣服已经同他的皮肉粘连在一起了。他痛苦难忍，命人在山顶堆了火葬用的树枝，然后躺在木堆上，恳求朋友为他点火。朋友们一个个不忍看到英雄死去，最后只有菲洛克泰提斯答应帮忙。菲洛克泰提斯一方面是同情赫拉克勒斯的煎熬，另一方面是因为赫拉克勒斯刚刚把弓箭送给了自己。他点燃了木堆，火焰迅速蔓延开来。

架设的木堆燃烧起来后，天空中出现了雷电。那是宙斯为儿子在人间的最后行程增光添彩，随后便将他身上不朽的部分接到奥林波斯山，让他成为永生的神祇。赫拉在天庭与他和解了，还把自己的女儿赫柏嫁给他。他的人间妻子得伊阿尼拉，在痛苦和悔恨之中自尽了。

对赫拉克勒斯的敬拜

此后，希腊人怀着虔敬之心祭拜赫拉克勒斯，既把他当作大英雄，又把他看成是神祇。在体育场和各类体育竞技场所，人们对他的敬拜尤甚。年轻人视他为良师益友。雅典人为他建造了一座神庙，纪念他的丰功伟绩。罗马人称呼他为海格力斯，认为他代表了不可战胜者和最佳防御者。在艺术作品里，他通常被描绘为身材健硕、肌肉发达的男子，身上披着狮皮，手中握着棍棒。

克里特人、斯巴达人、
科林斯人和埃托利亚人

第一节 克里特人

欧罗巴

　　欧罗巴是腓尼基国王的女儿。一天，她与女伴们在海岸边的草地上采摘花朵。她们欢笑着散开，把水仙花、百合花、紫罗兰和玫瑰装进随身携带的小篮子里，比赛谁采集的花朵最多。宙斯从空中俯瞰这一群天真烂漫的少女，一眼就看到了与众不同的公主欧罗巴，就如同阿佛洛狄忒即使站在美惠三女神中间也是异常美丽动人。他越是看着她，便越想据她为己有。于是，他放下权杖和雷电，"嗖"

俄狄浦斯战胜斯芬克司
《底比斯人》插图

地一下变成了一头白色的公牛。那是何等漂亮的公牛啊，绝不是拱在牛轭下拉着沉重犁具的牛，而是一头膘肥体壮的大公牛。他就这样来到鲜花盛开的草地上，少女们见到他后一点儿也不害怕，反倒是兴致勃勃地走近他，轻抚他那洁白如雪的脊背。当欧罗巴抚摸他的时候，他温顺地跪倒在她的脚旁，回头无限渴望地瞅着她，充满爱意的双眼一直在示意她坐到自己宽阔的白色牛背上。欧罗巴看着高兴，便对女伴们喊话："快过来，伙伴们，我们可以坐在美丽的牛背上。这头公牛又温顺又友好，一点儿也不像别的蛮牛。我想它大概有灵性，像人一样，只不过缺少说话的能力而已。"说完，她大胆地坐在了牛背上。然而，其她女伴们正准备坐上去时，公牛却一骨碌地站起来，心满意足地朝大海的方向狂奔而去。

欧罗巴展开双臂向女伴们呼救，可惜公牛已经驮着她奔到海边，然后猛地一步跃进了大海，向大海纵深处游去，同时机智地保持牛背上部不沾一丁点儿水珠。涅瑞伊得斯姐妹们纷纷从海中钻了出来，骑在海豚们身上围着他们嬉戏；波塞冬让海浪平息，指引他们在水中前行；特里同兄弟们拿起长长的贝壳吹奏婚礼的音乐。

欧罗巴一手紧紧抓住牛角，另一只手小心地提着长裙，以免被海水打湿。她问公牛："天神一般的公牛，哦，您想把我带去哪儿？您肯定是一位天神了，因为只有天神才能做到这些。唉，我何苦要离开父亲的宫殿，跟着您展开这

155

一段离奇的海上之旅!"公牛回答说:"振作点,亲爱的姑娘,别怕这些海水,我是天帝宙斯。因为太爱你了,我才变成了一头公牛,驮着你穿越大海。前方不远处就是克里特岛,它接纳了曾是婴儿的我,将我哺育长大,现在它也会接纳你。让我们在那儿成婚吧,你将为我生下强大的子嗣,他们将会成为国君,统治一方水土。"

弥诺斯一世和弥诺斯二世

欧罗巴在克里特岛为宙斯生下了三个儿子,其中一位名叫弥诺斯,成了克里特岛的国王。他公正严明,以完备的法治而著称于世,使克里特成为富庶文明的城邦,影响力波及周边的广大区域。因为他在位时英明正直,死后便与他的兄弟拉达曼提斯一起成为冥界的判官。

弥诺斯的孙子弥诺斯二世,似乎与他性格迥异。这位继承者在祈祷时,曾恳请海王送给他一头用于献祭的公牛。可是当一头健壮的白色公牛真的从海中出现时,他却用另外一头普通的公牛来献祭,然后悄悄地把海王变出来的公牛藏在自己的牛群里。这下可把海王惹恼了,他让弥诺斯的妻子狂热地爱上了那头公牛。可怜的王后离开了宫殿,追随着公牛在岛上到处奔波。王后为公牛生下了弥诺陶洛斯,一个牛头人身的怪物。

代达罗斯

弥诺斯二世统治期间,有一位名叫代达罗斯的雅典人流亡到克里特岛。代达罗斯是当时技艺最为精湛的工匠,

正巧弥诺斯需要一座迷宫囚禁弥诺陶洛斯，代达罗斯便亲自担纲设计。不久，他建起了一座有许多走廊和弯道的迷宫，任何人或者牲畜都没办法从里面逃出来。尽管代达罗斯解决了弥诺斯的一大难题，他还是因为一次疏忽惹恼了主子，因而连同自己的儿子被关进了迷宫。代达罗斯深知绝无可能走出迷宫，他用蜡把一些羽毛粘起来，为自己和儿子做了两副翅膀。随后，父子俩升到空中，飞出了迷宫。代达罗斯预先警告过儿子伊卡洛斯，让他千万不要太靠近太阳。可惜伊卡洛斯飞得兴起，将父亲的告诫抛到了九霄云外，只顾着使劲儿往上飞，完全听不见父亲在身后的呼喊。灼热的太阳软化了那用来固定羽毛的蜡，翅膀散了架，少年坠入了大海。那海因他而得名，被称为伊卡里安海，成为爱琴海的一部分，把基克拉迪群岛和小亚细亚地区隔开了。代达罗斯本人安全地逃到了意大利，将那对翅膀挂在了神庙，献给了阿波罗。

第二节　斯巴达人

卡斯托尔和波吕丢刻斯

　　狄俄斯库里，也就是卡斯托尔和波吕丢刻斯（他的罗马名帕洛克斯更广为流传）兄弟俩，是斯巴达城邦的英雄。他们的母亲丽达，跟斯巴达国王廷达瑞斯生了两个孩子，一个是后来嫁给迈锡尼国王阿伽门农的克吕泰涅斯特拉，另一个是卡斯托尔。不过，宙斯有一次化成天鹅的模样接

近丽达，使她受孕生了两个孩子，一个是后来导致了特洛伊战争的最美女子海伦，另一个是波吕丢刻斯。卡斯托尔是著名的驯马师，波吕丢刻斯是无与伦比的拳师，兄弟俩感情深厚。卡斯托尔被人杀死后，从父亲宙斯那儿获得了不朽之身的波吕丢刻斯变得失魂落魄，他请求与兄弟共享自己的不朽。于是，他俩一块儿轮流出现在天上和地下，一天在哈得斯的亡灵世界，一天在奥林波斯山的天庭，至今他们仍然是天上最为明亮的双子星座，也被称为双胞星座。他们保护着过往的航海者，当他们以火球的形象出现在船桅上方时，便预示着暴风雨后的晴空万里。

罗马人也尊崇并敬拜这对兄弟。在罗马人和流亡的塔尔奎斯人展开勒吉鲁斯湖战役之后，正值青春年华的他俩，骑着白色骏马，来到罗马广场上向罗马人通报他们军队取得的辉煌胜利。为了纪念他俩，罗马人在他们出现的广场原址上建造了一座庙宇。

第三节　科林斯人

西绪福斯

科林斯城邦建在联系两片海域的狭窄地峡上，自古就是举足轻重的商贸之地。科林斯人都是聪明的商人，他们的经商才能胜过任何远道而来的商人。事实上，这名声从该城邦的创建者西绪福斯开始就传开了。西绪福斯在建功立业之初，与河神阿索波斯达成了一项交易：河神保证科

林斯要塞内的皮瑞涅泉长流不息，西绪福斯则提供关于他那位被宙斯劫走的女儿的讯息。宙斯对西绪福斯的背叛行为相当恼怒，便派死神去铐走他的灵魂。结果死神被狡猾的科林斯国王蒙骗了，反倒是把自己铐上了，因而地上再没有人被带入冥界。这种状况自然是不能听之任之的，战神阿瑞斯最终解救了死神，并将西绪福斯交到了死神手里。

不过，在西绪福斯被带入冥界之前，他曾悄悄地嘱咐妻子千万不要向冥王献祭。当冥王等不到献祭，抱怨他妻子的疏忽的时候，西绪福斯故意义愤填膺，表示若是自己能够回到地上世界一趟，一定会让妻子规规矩矩地献祭。在得到允许之后，西绪福斯离开了冥界。然而，这位诡计多端的国王并没有依约回到冥界，而是在人间长命百岁，最后才寿终正寝。

当然，任凭一个人有多聪明，他还是不可能在欺蒙神祇之后而不被惩罚。西绪福斯死后，被判在冥界接受惩罚：他需要将大石块推上陡峭的高山，而每当大石块接近山顶的时候，又会自动顺着山势滚回地面。

柏勒洛丰

柏勒洛丰是西绪福斯的孙子，性情跟祖父很不一样。年轻的时候，他不慎失手杀了人，因而流亡在外。为了赎罪，他来到提任斯城。国王普洛托斯的王后安忒亚对他一见倾心，情不自禁地老是引诱他，可是柏勒洛丰心地纯良，拒绝王后的挑逗。王后恼羞成怒，于是在丈夫面前搬弄是

非。国王信以为真，但是又怕杀了客人会引来诸神的惩罚，便将柏勒洛丰派到吕喀亚城，并让他随身携带一封信给吕喀亚国王。柏勒洛丰不明就里地出发了，殊不知那封信上写着请国王把来者处死的内容。吕喀亚国王起初热情款待了柏勒洛丰，但是读了信之后，便派柏勒洛丰去收拾怪物喀迈拉，企图让他在冒险中有去无回。

喀迈拉是个怪物，上半身像狮子，下半身像恶龙，中间长着山羊头，鼻孔里喷着火苗，着实吓人。柏勒洛丰向预言家求助，后者告诉他，他若想成功制服怪物，便需要捕捉和驯服飞马珀伽索斯，并建议他在雅典娜神殿前祈祷一整夜，以便获得女神的庇佑。飞马珀伽索斯是海王波塞冬和美杜莎的孩子，当珀尔修斯砍下美杜莎的脑袋时，他便从美杜莎被砍断的脖子中跳了出来。雅典娜曾把珀伽索斯送给缪斯女神，而他仅凭前蹄蹬地，就为她们打开了赫利孔山上的圣泉，即被认为是诗之灵感的源泉。柏勒洛丰在雅典娜神殿前祈祷，不知不觉地睡着了。这时，雅典娜忽然出现在他面前，交给他一副金色的马鞍。在雅典娜的庇护下，柏勒洛丰轻而易举地就将正在皮瑞涅泉边饮水的珀伽索斯驯服了。他骑在珀伽索斯身上，从空中俯冲下来，杀死了怪物喀迈拉。

接着，吕喀亚国王又派他去做了一些冒险之事，结果他都安然无恙地回来了。国王见几次为难他都不成，便在他凯旋的途中设下埋伏，准备将他一举杀掉。可惜国王的

士兵在偷袭柏勒洛丰时全被他打翻在地，没有一个能生逃出去。直到这时，国王才看出柏勒洛丰深受天神的眷顾，便把自己的女儿嫁给了他，还拿半壁江山做了女儿的嫁妆。

后来，柏勒洛丰因为自己的丰功伟绩而渐渐骄傲起来，甚至想要骑着珀伽索斯飞上宙斯的天庭，去挑战天帝的权威。宙斯抛出了一道雷电，致使柏勒洛丰从半空中摔了下去。他虽然没有当场摔死，却身受重伤，两眼失明。这件事又一次很好地说明了凡人妄图飞得太高总是没有好下场。珀伽索斯飞到宙斯身边后，得到了为他拉动雷电之车的殊荣。

第四节　猎捕卡吕冬野猪

古希腊时期，半人半神的英雄们有时候会聚到一块儿，开展冒险活动，比如捕猎卡吕冬野猪。卡吕冬是埃托利亚城邦的一个镇，国王俄纽斯是这片希腊区域最先敬拜狄奥尼索斯并掌握葡萄酒文化的人。王后阿尔泰亚为他生下了一个儿子，名叫墨勒阿格尔。这个孩子刚七天大的时候，命运女神出现在阿尔泰亚面前，说她儿子的寿命跟壁炉里正在燃烧的那根木柴一样长，木柴燃尽了，他儿子就会死去。阿尔泰亚于是赶紧把火扑灭，取出木柴，收在盒子里。

墨勒阿格尔健健康康地长大成人了。一年，国王俄纽斯把丰收的首批果实祭给众神，唯独遗漏了月亮与狩猎女神阿尔忒弥斯。女神十分生气，决定报复国王。她朝他的

领土送去一头凶猛的大野猪，让它四处践踏庄稼。墨勒阿格尔挺身而出，从希腊各个城邦召集了一批英雄去围猎，并承诺谁杀死野猪，就能取走野猪皮作为嘉赏。前来参加围猎的英雄都是赫赫有名的：来自斯巴达的卡斯托尔和波吕丢刻斯兄弟俩，来自雅典的忒修斯及其好友庇里托俄斯，后来带领阿尔戈英雄们远征的伊阿宋，来自阿尔戈斯的安菲阿拉奥斯，以及其他众英雄。当阿卡迪亚国的女狩猎者阿塔兰忒也出现在围猎者的队伍中时，不少英雄忿忿不平地表示女人不该来参加如此危险的围猎活动，也不该与他们分享建功立业的荣耀。不过，墨勒阿格尔一眼就看上了阿塔兰忒，坚持带她同行。

俄纽斯大摆宴席，热情款待众英雄九天九夜。到了第十天，英雄们整装出发，开始围猎大野猪。大家尚未伤到野猪丝毫时，已经有三位英雄丢了性命。阿塔兰忒最先弯弓搭箭，朝着野猪射去一箭，正中它的背部。安菲阿拉奥斯接着补上一箭，射中了它的眼睛。最终刺杀野猪的是墨勒阿格尔，他将长矛刺进了野猪的肋骨缝里。按理说，大野猪的猪皮应该归墨勒阿格尔，他却转送给了阿塔兰忒。这行为引来一些狩猎者的不满，因为他们觉得在这场众多英雄们参与的围猎活动中，最终获得胜利殊荣的却是一个女人，非常不合情理。墨勒阿格尔的两位舅舅尤其愤慨，他们在路上截住阿塔兰忒，强行拿走了野猪皮。在他们看来，既然墨勒阿格尔不想要野猪皮，那么他们俩是最有资格得到野猪皮的人。墨勒阿格尔知道后，杀了两位舅舅，然后把野猪皮交还到阿塔兰忒手中。

　　阿尔泰亚得知自己的儿子亲手杀了自己的两位兄弟后，狠下心将珍藏多年的那截木柴取了出来，投进了火堆。木柴在烈火中化为灰烬的时候，墨勒阿格尔体内的生命力也随之燃尽。可惜阿尔泰亚的悔意来得太迟了，她虽然为兄弟复了仇，却愧对儿子，于是结束了自己的性命。她身边哀悼的妇女们也都变成了飞鸟散去。

阿提卡人

刻克洛普斯

雅典人很为自己城邦的创建者骄傲。希腊其他城邦的创建者都是来自异乡的上岸者，而雅典城的创建者是土生土长的阿提卡人。他们的第一任国王刻克洛普斯，拥有人的身体和蛇的尾巴，他从大地中诞生，亲自选择了雅典娜而不是波塞冬做雅典的保护神。

埃里克托纽斯

刻克洛普斯的继任者是埃里克托纽斯，他也从大地中诞生，整个儿身形都是蛇的模样。他得到雅典娜女神的眷顾，刚一出生就被女神装进篮子里，带给刻克洛普斯的三个女儿照料。这三位姑娘为了不冒犯女神，答应不偷看篮

子里装着的埃里克托纽斯。然而，她们的好奇心实在是太强烈了，忍不住掀开盖子看个究竟。当她们看到蛇形的埃里克托纽斯蜷缩在篮子里时，顿时发了疯，从卫城的岩石上一跃而下，摔得粉身碎骨。雅典娜只好将埃里克托纽斯安排在自己的神庙里，将他抚养长大，然后让他做了雅典的国王。埃里克托纽斯后来在神庙里为雅典娜塑了一尊木制的神像，又为她举办了盛大的雅典娜庆典。他死后，被安葬在雅典娜神庙的附近，后人在埃里克托纽斯神庙里将他和雅典娜女神一起供奉。

欧列图亚和玻瑞阿斯

埃里克托纽斯有一个女儿欧列图亚，为北风之神玻瑞阿斯所喜欢。玻瑞阿斯向她示爱，却惨遭拒绝。一天，欧列图亚带着祭品到雅典卫城的神庙供奉雅典娜，却突然被玻瑞阿斯吹走，一路被强行带到了他的北方领域色雷斯。因为这层关系，玻瑞阿斯很是眷顾雅典人。在波斯人大举入侵雅典沿岸的温泉关战役中，雅典人眼见战事告急，便向德尔斐神谕求助。神谕指示雅典人向他们的女婿玻瑞阿斯寻求庇护，后者欣然同意了。在阿提密喜安海域，玻瑞阿斯狂风大作，将波斯人的战舰吹刮得七零八落，帮雅典人赢得了战争。

刻法罗斯和普罗克里斯

埃里克托纽斯的另一个女儿普罗克里斯，嫁给了一位年轻的猎人刻法罗斯。黎明女神奥罗拉爱上了刻法罗斯，

将他劫走了，留下普罗克里斯一个人暗自神伤。在孤独寂寞中，普罗克里斯拿起了狩猎装备，跟随阿尔忒弥斯到处捕猎。女神送给她一条精力充沛、永不疲倦的狗，一支尖锐锋利、绝不脱靶的标枪。黎明女神虽然千方百计地想要刻法罗斯忘掉自己的妻子，却总是以失败告终，只得将他送回。他于是高高兴兴地回到妻子身边，继续做他的猎人，还从妻子手里得到了那条狗和那支标枪。然而，可怜的普罗克里斯天性善妒，疑心丈夫和黎明女神已经有染，便在一个微风习习的清晨藏在灌木丛中，偷看丈夫和黎明女神。刻法罗斯听到灌木丛中有响动，以为定是野兽藏在里面，便掷出了那支从不出错的标枪，无意中杀死了自己的妻子。

普洛克涅和菲洛美拉

雅典城另一位早期国王有两个女儿，普洛克涅和菲洛美拉。色雷斯国王忒柔斯娶了普洛克涅为妻，但随后又喜欢上了她的妹妹菲洛美拉。他假称普洛克涅已死，骗菲洛美拉也嫁给了自己。为了向妻子隐瞒自己的卑劣行径，他得逞后割掉了菲洛美拉的舌头，把她关在树林里的一间小木屋里。菲洛美拉把自己的遭遇织进了一块布，做了一件长袍，托人送给她的姐姐。在一次纪念酒神狄奥尼索斯的庆典活动中，普洛克涅趁机偷偷溜到那间幽僻的小木屋，将菲洛美拉乔装打扮后带回了宫殿。姐妹俩对卑鄙的忒柔斯展开了残忍的复仇行动。普洛克涅杀了自己的儿子伊蒂勒斯，把他做成一道菜，呈给了他的父亲忒柔斯。忒柔斯

166

希腊罗马神话

发现后，正要残杀这对姐妹的时候，天神将三者都变成了鸟。忒柔斯成了一只羽翼丰满的戴胜鸟，普洛克涅成了一只燕子，菲洛美拉成了一只夜莺。菲洛美拉不停地歌唱，哀叹自己的悲惨命运，也为她们杀死伊蒂勒斯的恶行忏悔。

忒修斯

正如赫拉克勒斯是希腊南部伯罗奔尼撒半岛拯救万民于水火的大英雄，忒修斯是阿提卡地区的大英雄。忒修斯斩杀了沿路的巨人，歼灭了作恶的盗匪，使雅典人能够安居乐业。

人们对忒修斯的出身有不同的看法。有人认为，他的父亲是波塞冬。据说弥诺斯为了验证忒修斯是海王的子嗣，曾将一枚戒指扔进大海，忒修斯跟着跳了下去，不但找回了戒指，还得到了海后安菲特里忒赠予的黄金桂冠。不过，更广为流传的说法是，忒修斯的父亲是雅典国王埃勾斯，母亲是特罗曾城邦的公主埃特拉。在忒修斯出生之前，埃勾斯将埃特拉留在了特罗曾城，并把自己的宝剑和鞋子放在一块巨石下面。他对妻子说，如果孩子长大后能把巨石搬开，取出宝剑和鞋子，那么就可以去雅典找他了。

忒修斯沿路除害

忒修斯成长为一个胆大心细、勇猛过人的英雄少年。待他十六岁的时候，体格已经极为健壮了，轻而易举地搬开了巨石，高高兴兴地准备去雅典寻找父亲。他的母亲和外公一再劝说他走相对安全的海路，而且行程也比较短，

不过忒修斯却以赫拉克勒斯为精神榜样，决定选择十分凶险的陆路。

忒修斯在途中遭遇了六次大冒险。他首先遇到了巨人佩里弗特斯，那是赫淮斯托斯的儿子，常常拿着一根铁棍袭击过往的路人。忒修斯将巨人打倒后，拿走了他的铁棍。接着，忒修斯遇到了西尼斯，他常常强迫路人协助他扳下高高的松树，然后将路人的脑袋绑在树梢上，任由树梢猛地向上弹回去，令路人身首异处。忒修斯让这位巨人自食恶果。随后，忒修斯遇到了一头危害乡野的大母猪。有人说这头大母猪其实是一个恶名远扬的女人，因其恶贯满盈而被称为大母猪。忒修斯将她杀掉后，又遇到了巨人斯喀戎。这巨人守在一座峭壁的窄道上，窄道面朝大海，地势十分险恶。巨人喜欢抓住过路人给自己洗脚，然后趁机飞起一脚，把他们踢进大海里，喂一头大海龟。忒修斯这次如法炮制，把巨人踢进海里喂大海龟了。接下来，忒修斯战胜了一位喜欢摔跤的巨人，为当地除了一个大祸害。不久之后，他经历了此次行程的最后一次冒险，遇到了臭名昭著的普洛克路斯特斯。这个巨人强迫路人睡他的铁床，如果他们的身子比床长，就会砍掉他们的双腿，如果比床短，就会把他们拉到跟床一样长。忒修斯识穿了他的伎俩，一剑杀了他。

忒修斯拜见父亲

忒修斯在雅典城外用河水清洗了满身的血污，然后才

希腊罗马神话

进了城。他的异国装束和蓬头垢面引来一群建筑工人的哄堂大笑，他却不声不响地接过一辆装有硕大建筑石料的手推车，轻松地将石料堆放到了屋顶。到了王宫之后，尽管他还没有表明自己的身份，父亲的新妻子，也就是女巫美狄亚，已经通过巫术了解到他的来意。为了杀死忒修斯，美狄亚劝说埃勾斯邀请这位年轻人参加一个宴会，到时候递给他一杯毒酒。在宴会进行的过程中，忒修斯拿出宝剑切割席上的烤肉，埃勾斯当场就认出了那件熟悉的武器，于是一下扔掉了毒酒，紧紧地拥抱住自己的儿子。美狄亚又恨又怒又失望，只好召唤自己的龙车，灰溜溜地逃走了。

接着，埃勾斯大声宣布忒修斯为自己的继承人。

忒修斯宰杀弥诺陶洛斯

忒修斯一心渴望建功立业。他先是到马拉松平原，征服了赫拉克勒斯从克里特岛带回来的公牛，接着又主动请缨，自愿带着六个童男和七个童女去克里特岛进贡，而且承诺把他们安然无恙地带回来。关于雅典人向弥诺斯进贡的起因，大致如此：弥诺斯的儿子在多年前被雅典人杀害了，弥诺斯于是带兵为儿子报仇。正当雅典人准备起兵抗敌的时候，天神却把饥荒和瘟疫降在他们头上，使得雅典一片荒凉。神谕指示说，他们只有无条件地接受弥诺斯的任何要求，他们的灾难和众神的愤怒才能得到平息。雅典人只好请求弥诺斯息怒，并且答应每年将七对童男童女送往克里特岛，给弥诺陶洛斯享用。当船载着忒修斯和另外

阿提卡人

169

十三个牺牲品出发的时候，船上挂起了黑帆。临行前，忒修斯向父亲保证，要是他成功击败了弥诺陶洛斯，返航时一定会将黑帆换成白帆。

他们到了克里特岛后，弥诺斯的女儿阿里阿德涅对忒修斯一见倾心，悄悄地塞给他一团线，让他把线团的一端拴在迷宫的入口，然后边走边放线，这样他到时候就可以走原路出来了。她又交给他一把剑，这剑可以用来斩杀弥诺陶洛斯。忒修斯靠着这两件宝贝战胜了弥诺陶洛斯，顺利地走出了迷宫。他带着雅典人和阿里阿德涅一起乘船回家，在途经纳克索斯岛的时候，他将尚在熟睡的阿里阿德涅遗弃在了岛上。有人说，这是因为忒修斯另有所爱，急于摆脱阿里阿德涅；也有人说，神谕指示忒修斯将阿里阿德涅留在那儿，让她成为酒神狄奥尼索斯的妻子。不管怎么说，他都负了阿里阿德涅。或许正是这个原因，天神才会让他忘了之前对父亲的承诺，没有将黑帆换成凯旋的白帆。

埃勾斯自儿子离开后，每天守在海边的巨石上翘首相望。等他看到归来的船上挂着黑帆时，以为儿子已死，绝望地跳下巨石自尽了。

忒修斯成为雅典国王

忒修斯成为雅典的新国王后，大刀阔斧地进行各方面的改革，表现出治理国家的非凡才干。他放弃了身为国王的绝对权威，将原本是一盘散沙的阿提卡人凝合到一个城

邦里，组成了一个民主、自由的联邦国家。在此之后，他
又开始了冒险活动。

跟赫拉克勒斯一样，他也远征亚马逊国，掠走了她们
的女王安提奥佩。为了救回女王，亚马逊人反过来侵入了
雅典。只不过此时女王已经爱上了忒修斯，竟然协助忒修
斯抗击自己的子民。女王在混战中被杀死了，亚马逊人最
终也被赶走了。

拉庇泰人和肯陶洛斯人的纷争

拉庇泰人的国王庇里托俄斯久仰忒修斯的大名，很想
跟他一比高下，便故意偷走他的几头牛。忒修斯于是全副
武装地出去追击，但是当两位英雄撞见后，都欣赏对方的
英武和胆略，不约而同地放下了武器，伸出了友谊之手，
并发誓永远忠诚于彼此。

此后不久，庇里托俄斯举行婚礼，邀请忒修斯参加。
肯陶洛斯人也作为客人来了。婚礼在欢乐的气氛中进行，
大家尽兴地饮酒。肯陶洛斯人喝得醉醺醺的，竟然意乱情
迷地想要抢走新娘。在接下来爆发的战斗中，忒修斯坚定
地站在好友庇里托俄斯这边，将肯陶洛斯人打跑了。

忒修斯抢夺女色

忒修斯和庇里托俄斯后来又商量着要娶神的女儿为妻。
于是，忒修斯抢走了宙斯和丽达的美丽女儿海伦。彼时，
海伦尚且年幼，还没到可以成婚的年纪，忒修斯便把她送
到自己的母亲那儿。然而，在忒修斯回来迎娶海伦之前，

171

她的两个哥哥卡斯托尔和波吕丢刻斯早已赶来救她回斯巴达了。庇里托俄斯比忒修斯还胆大妄为，竟然怂恿忒修斯陪他去抢夺冥王哈得斯的妻子珀尔塞福涅。尽管忒修斯英勇无比，但还是不可能完成这项没有胜算的冒险之举。这对朋友失败后，被锁在了冥界。要不是后来大英雄赫拉克勒斯来冥界寻找三头狗刻耳柏洛斯时，遇见了他并解救了他，估计忒修斯的英雄伟业就要在冥界戛然而止了。忒修斯在赫拉克勒斯的帮助下返回雅典后，发现雅典人居然都反对他的统治，转而拥戴另一个人为国王。他只能选择隐退，到斯库罗斯岛居住，结果在那儿被人推下了悬崖。

忒修斯庙

雅典人相信，在马拉松平原战役中，有一位骁勇的大英雄全副武装地出现，率领兵士们击溃了波斯人的入侵，赢得了战争的胜利。这位突然冒出来的大英雄，就是忒修斯的灵魂。战争结束后，神谕指示雅典人到斯库罗斯岛取回忒修斯的遗骸，隆重地为他安葬。雅典人的领袖西门遵从神谕的指令，费尽千辛万苦找到了忒修斯的遗骸。雅典人在一片欢呼声中迎接忒修斯归来，为他建起了一座神庙。现在，雅典城内有一座保存完好的"忒修姆神庙"，它有可能就是当初为了纪念忒修斯而建的那座神庙，也有可能只是拼写相似，而真正的忒修斯神庙早已荡然无存。

底比斯人

卡德摩斯寻找欧罗巴

宙斯化身为一头健美的白色公牛将欧罗巴带走之后，她的父亲阿革诺尔急忙派儿子们外出寻找，并告诉他们，找不到妹妹就不准回来。阿革诺尔的一个儿子名叫卡德摩斯，从腓尼基出发后便东寻西找，足迹遍布各大岛屿和海岸，却始终打听不到妹妹的消息。年复一年之后，他觉得找到妹妹的希望实在是太渺茫了，就去德尔斐寻求神谕的指引。阿波罗指点他说，他是不可能找到自己的妹妹了，但是他可以跟着一头母牛，那母牛停下休息的地方，就是他命中注定要创建新城邦的地方。卡德摩斯刚走出神谕殿，就遇见了一头母牛。母牛领着卡德摩斯来到皮奥夏湾，惬

意地躺在附近的草地上。于是，卡德摩斯在此处建起了底比斯城。

创建底比斯城

为了向自己的保护女神雅典娜献祭，卡德摩斯派下人们去附近的战神之泉取水。这清泉由战神的儿子看守，他是一条巨龙，冲出来把下人们全都杀死了。卡德摩斯等了很久，实在是想不出下人们为何去了这么久还不回来，便决定亲自去取水。他到了事发地点后，只见下人们血淋淋的尸体横七竖八地躺在泉水旁，而那条巨龙正摇晃着三张嘴，每张嘴里都伸出犹如三叉戟的舌头。在雅典娜的指示下，卡德摩斯用一块大石砸死了巨龙，然后把巨龙的一颗颗大牙齿撒入泥土里。泥土下面很快就活动起来，一群全副武装的武士从泥土里站起来，他们比寻常人更健壮、更骁勇。接着，卡德摩斯朝他们中间扔了一块石头，他们相互厮杀起来，杀得难解难分，最后只剩下五个武士。这五人和解了，协助卡德摩斯建立了底比斯城，成为这座新城的五大家族的先祖。

哈墨尼亚的项链

为了弥补自己砸死阿瑞斯的巨龙所犯下的罪孽，卡德摩斯需要为阿瑞斯服务八年。八年期满后，雅典娜让他做了他所创建的城市的国王，宙斯则将阿瑞斯和阿佛洛狄忒的女儿哈墨尼亚嫁给他为妻。奥林波斯诸神纷纷下山庆贺他的婚礼，缪斯女神在阿波罗的带领下唱起了婚礼赞歌。

卡德摩斯将一条珍贵的项链送给了新婚妻子。有人说，是赫淮斯托斯亲手打造了这条项链，也有人说，是欧罗巴把宙斯送给她的项链转赠给了自己的哥哥卡德摩斯。不管这条项链出自何人之手，事实却证明它是不祥之物，会给它的拥有者招来厄运。

卡德摩斯的婚礼虽然极尽奢华，但之后厄运连连。他带着规避厄运的念头远走他乡，到伊利里亚定居，结果仍然没有躲过阿瑞斯对他的诅咒。最后，他绝望而又痛苦地宣称，既然诸神如此钟爱那条巨龙，如此锲而不舍地为他复仇，那么他倒是宁愿自己也变成一条巨龙。话音刚落，他的愿望就实现了，妻子哈墨尼亚也与他共命运，变成了龙。他们死后，人们在他们流亡的地方修建了坟墓，而他们的灵气则化成了两条大蛇守护着墓地。

另外，据说是卡德摩斯将字母表从腓尼基传到了希腊，因而功不可没。

卡德摩斯的后代

卡德摩斯的厄运追逐着他的子孙后代。卡德摩斯有四个女儿，第一个女儿塞墨勒，正如前面介绍她的儿子酒神狄奥尼索斯时所说，她让情人宙斯以真身出现，结果被雷电烧成了灰烬。卡德摩斯的另一个女儿生下了阿克特翁，也就是那位冒犯了阿尔忒弥斯而被自己的猎狗撕咬成碎片的可怜男子。第三个女儿是酒神的信徒，我们曾说到她在疯狂中将自己的儿子彭修斯残杀了。第四个女儿因为照料

175

姐姐塞墨勒的儿子狄奥尼索斯而被赫拉嫉恨，结果灾祸连连。

俄狄浦斯

这诅咒还通过卡德摩斯的儿子、孙子传递了下去，并且在拉伊俄斯这一代变本加厉。一则神谕说，拉伊俄斯将会死在他与表妹伊俄卡斯忒成婚后生下的儿子手里。虽然神祇给出了这样的警告，拉伊俄斯还是与伊俄卡斯忒结婚了。为了回避自己的厄运，拉伊俄斯下令将刚出生的儿子处死。一位牧羊人受命执行这一残酷的指令，但他可怜无辜的婴儿，并不愿意亲手杀死他，而是用钉子刺穿了他的双脚，再用绳索捆绑住他，将他遗弃在喀泰戎荒山中，以便让他自然死亡。巧的是，科林斯城国王的牧羊人正在那座山上放牧，救下了不幸的婴儿，把他带回科林斯城，交给了国王和王后。这对王室夫妻没有子嗣，心满意足地收养了婴儿，待他如同亲生子。

神 谕

他们给这婴儿取了名字，叫俄狄浦斯，希腊语"肿胀的脚"的意思。俄狄浦斯渐渐长大，相信自己就是科林斯国王的儿子和继承人。然而，有个人却很无礼地暗示他说，他的出生是有问题的。这个暗示折磨着他，促使他前往德尔斐，向阿波罗的神谕寻求真相。神谕并没有给他直接的答案，只说他将会"弑父娶母"。俄狄浦斯惊恐万分，因为他认定科林斯国王和王后是自己的生身父母，便转身朝着

希腊罗马神话

科林斯的反方向走去。他为了避免这则神谕的应验，决定在他们活着的时候，再也不踏上科林斯的土地。

神谕的应验

俄狄浦斯匆匆忙忙地沿着离开德尔斐的陡路行走，在十字路口迎面撞见了一辆来自底比斯城的马车。车把式非常傲慢地呵斥俄狄浦斯赶快让到一边去，一向养尊处优的俄狄浦斯自然受不了他的粗暴态度，更何况此刻他正被可悲的神谕搅扰得心情烦躁，所以一股怒火油然而生，莽撞地拒绝了他的要求。马车内的主人朝俄狄浦斯重重地打了一记，他于是火冒三丈，操起随身携带的剑，杀了马车主人和车把式。他此时并不知道，那位马车主人正是自己的生父——底比斯国王拉伊俄斯。

俄狄浦斯进入底比斯城之后，发现整座城市因为一个神秘的怪物而陷入极度的恐慌之中。这怪物长着狮子的身体，女人的脑袋，飞鸟的翅膀，被称为斯芬克司。怪物堵在路口，要求每一个过路人解答她的谜语："什么造物只有一个声音，刚开始用四只脚走路，接着用两只脚走路，最后用三只脚走路？"无人能解开谜语，也无人能通过这条道路，在她身边已经高高地堆积起了皑皑白骨。俄狄浦斯并没有被眼前的惨景吓破了胆，反而甘冒生命之险。他走上前去，回答说："谜底是人。人在幼年时用两条腿和两只手在地上爬行；等他长大成人，他就用两条腿走路；而到了年迈体衰的时候，就需要拄着拐杖行走了。"谜语被人猜出

来了，怪物羞愧难当，纵身从山岩上跳了下去，底比斯城也因此恢复了平静。

底比斯人感谢这位异乡人拯救他们于水火之中，推举他为新任国王，并让他与前国王的遗孀成婚。伊俄卡斯忒为他生下了四个儿女，先是一对儿子，然后是一对女儿。在很长一段时间里，俄狄浦斯生活幸福而富足，深得民众的爱戴。

神谕的揭晓

然而，惩罚的日子最终还是到了。瘟疫和饥荒降临到底比斯城，田地荒芜，人畜惨死。无计可施的人们派出一位使者前往德尔斐，请神谕指点灾难肆虐的根源。神谕说，只有找出杀死前国王拉伊俄斯的凶手，笼罩在城市上空的诅咒才能被解除。

俄狄浦斯显然没有料到自己在德尔斐的岔路上杀死的老人正是前国王。而且，唯一从那场混乱中逃回来的随从撒了个弥天大谎，说他们在路上被一伙强盗劫杀了。不知情的俄狄浦斯当众宣布，凡是知晓凶手真相的人，立即前来禀报；抓到凶手后，要么将他处死，要么将他流放。一位盲预言家被带到国王面前，起先他不愿说出真相，但是经不住背信弃义的指控，只得坦言说："陛下，您正是那位玷污了这座城市的凶手！"俄狄浦斯怒发冲冠，表示绝不相信这是真相。可是当他详细了解到前国王惨死的时间、地点，以及凶手的年龄、装扮后，他不由得不相信自己就是

那位凶手了。伴随着这件事情的逐步揭晓，他又顺藤摸瓜发现了更为残酷的事实：底比斯人和科林斯牧羊人的证词显示，一位婴儿当初被遗弃又被收养，而他就是那个婴儿，长大成人后杀死了自己的生身父亲拉伊俄斯，接着娶了生身母亲伊俄卡斯忒为妻。

伊俄卡斯忒先一步猜到了这悲惨的真相，径自走进宫殿的内室，悬梁自尽了。悲愤不已的俄狄浦斯赶到后，拔下她胸饰上的别针，刺瞎了自己的双眼，以此惩罚自己再也看不到青天白日。

俄狄浦斯之死

伊俄卡斯忒的兄弟克瑞翁接掌了王位，俄狄浦斯则在忠诚而孝顺的女儿安提戈涅的陪伴下，开始了流放生活。他的结局充满了神秘色彩。据说，他来到雅典城，在英明的国王忒修斯的庇护下安稳地生活。预感到自己的终极命运后，俄狄浦斯来到雅典附近的科罗诺斯，走进复仇女神的圣林，在一阵阵喧闹的雷声和奇异的景象中，倏地消失在众人眼前。

七雄征战底比斯

俄狄浦斯的死亡并没有终止这个家族遭受的诅咒。他的两个儿子，波吕涅克斯和埃忒奥克洛斯，将又老又瞎的俄狄浦斯弃之不顾。这不孝之举引来了厄运，兄弟俩同室操戈，为王位争得你死我活，最终埃忒奥克洛斯将自己的胞兄赶出了底比斯城。波吕涅克斯心有不甘，前往阿尔戈

底比斯人

斯向国王阿德拉斯托斯求助。阿德拉斯托斯帮他招兵买马，七位英雄豪杰统帅七路人马，浩浩荡荡地前去征战有七座大城门的底比斯。具有未卜先知能力的英雄安菲阿拉奥斯，其实并不愿意参与征战。他深知这场征战有违诸神的意志，而他自己将不可能活着回来。但是在他结婚之初，他答应过自己的小舅子阿德拉斯托斯，以后他俩之间若有任何争议，都由妻子厄里费勒，也就是阿德拉斯托斯的姐姐作主。于是，波吕涅克斯用哈墨尼亚传下来的那条项链贿赂厄里费勒，后者早就垂涎这根项链了，便狠心将丈夫推上了战场。

七位征战底比斯的英雄里，只有阿德拉斯托斯生还。波吕涅克斯和埃忒奥克洛斯兄弟俩在战场上狭路相逢，同归于尽。这正好应验了俄狄浦斯当初对他俩的诅咒，因为他俩曾对身陷困境、流放在外的父亲不忠不孝。

安提戈涅的牺牲

克瑞翁把埃忒奥克洛斯厚葬，并让底比斯人给予死去的国王应有的尊重，但是他却让波吕涅克斯曝尸荒野，不予安葬。在他看来，波吕涅克斯背叛了祖国，他的尸体应该任由狗撕鸟啄。安提戈涅是一个顾念兄妹之情的人，正如她始终铭记父女之情那样。她不顾妹妹的再三劝阻，甘冒生命之险去给波吕涅克斯举行了最后的葬仪。要知道，若没有这些葬仪，死者的亡灵只能在冥界的阿刻戎河畔无助地徘徊。作为惩罚，她被活埋了；她的情人，即克瑞翁

的儿子，在她墓前自杀了。安提戈涅的自我牺牲和悲惨结局，终于平息了卡德摩斯带给这个家族的漫长诅咒。

后辈英雄厄庇戈诺伊

在底比斯城前阵亡的那批英雄后继有人，他们的儿子长大成人后决定再度征战底比斯。他们被统称为厄庇戈诺伊，也就是"后辈英雄"的意思。他们攻下底比斯城后，让波吕涅克斯的儿子做了底比斯的国王。

底比斯人

阿耳戈英雄远征记

金羊毛

希腊北部的一个名叫阿萨马斯的国王，在妻子为他生下菲利塞思和海勒两个孩子之后，狠心地抛弃了自己的发妻，另结新欢。这位后妈，就像历史中的很多后妈那样，一心想要加害丈夫的前妻留下的孩子。她怂恿阿萨马斯把菲利塞思献祭给宙斯，而就在献祭仪式快要举行的时候，神使赫尔墨斯派了一头毛色金黄的公羊，让它把菲利塞思和他的姐姐海勒一起救走了。公羊背着两个孩子，一路飞奔。在穿越那条把欧洲和亚洲隔开的海峡时，海勒不小心跌下公羊的背，摔入海里淹死了，后来这条海峡就以她的名字命名为赫勒斯滂海峡。菲利塞思则被公羊安全地送到

了欧克辛思海岸边的科尔齐斯。在那儿，菲利塞思受到了国王埃厄特斯的善待。菲利塞思随后把公羊献祭给了宙斯，把金羊毛献给了埃厄特斯，后者则将金羊毛挂在阿瑞斯圣林中的一棵树上，让一条永不睡觉的龙看守。

伊阿宋

阿萨马斯的侄子珀利阿斯，是伊奥尔科斯城的国王。这位国王性情暴烈，为人卑鄙，阴谋篡夺了本该属于同父异母的哥哥埃厄宋的王位。为了除掉埃厄宋的儿子伊阿宋，珀利阿斯将还是婴儿的伊阿宋交到半人马喀戎的手中。与其他半人马不同的是，喀戎公正贤明，既是医术高明的医生，也是多才多艺的教育家，培养了很多英雄。在他的悉心栽培下，伊阿宋苗壮成长、英姿勃发，小小年纪就参加了围猎卡吕冬大野猪的壮举。伊阿宋不但英气逼人，还古道热肠。有一次，他见一位年迈体弱的老婆婆被困在山涧急流旁，便热心地背起她过了急流。这位老婆婆其实是赫拉伪装的，她试探了伊阿宋的人品，从此成为他强有力的朋友。

不久，珀利阿斯率领众人给海王波塞冬献祭，伊阿宋决定前去参加。途中，他的一只鞋子陷进泥淖里，怎么也拔不出来，只好光着一只脚继续赶路。珀利阿斯曾听到一则神谕，要他提防穿一只鞋子的人。因此，当他看到伊阿宋穿了一只鞋子出现在他面前时，心中大惊，筹谋着如何铲除他。伊阿宋心地单纯，直言不讳地要求珀利阿斯将本

阿耳戈英雄远征记

该属于他的王位还给他。珀利阿斯则佯作镇定地表示，只要伊阿宋去科尔齐斯取回珍贵的金羊毛，证明自己的胆识和能力，就能顺理成章地从他手中获得国王的权杖。在他看来，这是一件不可能完成的冒险活动，伊阿宋铁定会客死他乡。

阿耳戈英雄们

伊阿宋没有迟疑，火速向全希腊人发出英雄帖，召集英雄豪杰与他一起完成这件惊天动地的大事业。一个个威名远扬的英雄做出了回应，他们全都是神的子孙后代，聚集在一起，刚好是五十个。这其中最著名的当属赫拉克勒斯，他刚活捉了埃里曼托斯山的大野猪。除了他以外，还有技艺绝伦的音乐家俄耳甫斯、海伦的兄弟卡斯托尔和波吕丢刻斯、卡吕冬的墨勒阿格尔、珀琉斯和忒拉蒙（他们各自的儿子阿基琉斯和大埃阿斯，都是后来发生的特洛伊战争中的大英雄）。欧列图亚为北风之神玻瑞阿斯生下的儿子们也来了，他们扇动着羽翼丰满的黑色翅膀，风尘仆仆地从遥远的色雷斯急飞而来。彼时，忒修斯要不是被困在冥王哈得斯的地府，肯定也会赶来参加。菲利塞思的一个儿子阿耳戈斯，在雅典娜女神的帮助下，建造了一艘大船，这船便按照他的名字被称作"阿耳戈号"。雅典娜特地到宙斯的多多纳神殿前，从那棵神圣的橡树上锯下了一块可供占卜用的木板，将它安装在船的桅杆上，这样它便延续了之前的说话和预言的能力。

希腊罗马神话

全城的人都来送行。喀戎穿过丛林来到海湾边，向他的学生伊阿宋挥手告别。他还高举着刚刚托付给他照顾的小阿基琉斯，让他的父亲珀琉斯在临行前再亲眼看看自己的儿子。俄耳甫斯弹奏着竖琴，年轻的英雄们一起划动着长长的船桨，鱼儿们成群结队地围着"阿耳戈号"嬉戏，诸神们在天上赞许地看着这群骁勇的英雄扬帆起航。

海上征程

这次著名的远征活动，出现了很多冒险故事。有时候，海浪汹涌，差点儿吞噬了大船；有时候，他们靠岸后遇上了充满敌意的当地人，必须经过殊死搏斗才能保全自己的性命。他们途经雷姆诺斯岛时，岛上的那些刚刚杀光了丈夫和父亲的妇女们，为了让他们留下来，竟然甘愿接受他们的统领。拒绝了她们许诺的温柔乡后，英雄们继续航行。在战胜了一群六臂巨人后，他们在一座岛上靠岸休息，结果失去了队伍中最强壮的英雄赫拉克勒斯，以及另外两位英雄。具体情况是这样的：赫拉克勒斯走进岛上的密林，想要寻找一棵结实的树，用它劈削一把新船桨来代替已经被他弄破的旧船桨。他年轻的朋友和追随者许拉斯，则到泉边去取水。泉水仙女们见许拉斯模样俊俏，觉得他会是很不错的玩伴和舞伴，便伸出长长的白臂，一把将他拖入泉水深处。一位英雄听到了许拉斯最后一声绝望的呐喊，一边喊赫拉克勒斯帮忙，一边飞奔过去救人。于是，赫拉克勒斯和那位英雄四处寻找被劫走的许拉斯，其他英雄们

185

久候他俩不到，只得弃下了他俩，继续他们的冒险征途。

哈耳庇厄女妖和撞岛

伊阿宋率领众英雄穿越博斯普鲁斯海峡后，来到圣人菲纽斯居住的地方。这位菲纽斯具有预知福祸的能力，毫无保留地将他所知的一切告诉人类，因而遭到了宙斯的惩罚。宙斯让他双目失明，又派一群哈耳庇厄女妖去折磨他。半人半鸟的哈耳庇厄女妖象征着暴风雨和死亡，她们粗鲁地抢走菲纽斯面前的食物，再把剩下的那部分也悉数糟蹋了。阿耳戈英雄们的到来，给年迈体弱、骨瘦如柴的菲纽斯带来了希望。当众英雄摆下一桌丰盛的宴席时，哈耳庇厄女妖们贪婪地从空中直扑下来掠夺食物，北风之神玻瑞阿斯的两个儿子勃然大怒，抽出剑急速地追了上去。兄弟俩飞过重洋，几乎就要逮住她们、拧断她们的脖子了，彩虹女神伊里斯却突然出面阻止了他们。为了报答阿耳戈英雄们，菲纽斯将他们沿途会遇到的各种艰难险阻说了出来，尤其要他们注意危险的撞岛，也就是两座相互对撞的岛屿。

他们再度扬帆起航。不一会儿，他们看到前方浪涛翻滚，海水随着两座浮动岛屿的相互靠近而"哗哗"流动，便按照菲纽斯先前的嘱咐放出了一只鸽子。鸽子除了掉下几根尾部的羽毛之外，毫发无损地从两座几乎挤压到一块儿的岛屿间穿过了。这是一个好预兆。他们趁着山岩因碰撞力而反弹开去的间隙，齐心协力，拼命划桨，终于在山岩重新撞击之前穿了过去。当然，要不是雅典娜女神暗中

阿基琉斯大战赫克托尔
《特洛伊战争》插图

推了大船一把，又用双手撑开两座岛屿的话，他们绝对没有希望通过危机四伏的撞岛。从此之后，两座岛屿牢牢地撞在了一起，任何人也别妄图从它们中间穿过了。

征途上的其他见闻

第二天破晓前，他们在一座小岛靠岸。太阳神阿波罗正赶往"极北之人"居住的地方，刚好路过那座小岛。他顶着一头蜷曲的金发，手中握着光芒四射的宝弓，脚下的小岛因为他的到来而颤动个不停。众英雄见到他后，欣喜若狂，却又不敢直视他那熠熠生辉的双眼。在他走后，英雄们唱着赞歌，虔诚地向他献祭，并把那座小岛命名为"阿波罗的黎明圣岛"。

他们随后又经历了各种冒险活动，遇见了各类奇人异事。在避开了好战的亚马逊女人之后，他们航行到阿瑞斯岛附近的海域。一群鸟飞到大船上空，抖动着翅膀，一根根尖利的羽毛箭雨一般地落下来，英雄们赶忙举起盾牌，连成一片，这才躲过了猛禽的袭击。他们继续前行，看到高加索山峰远远地耸立在海面上。一只巨大的雄鹰展开强健的双翅，从大船上端飞过。一会儿，大家听到前方传来普罗米修斯痛苦的哀号声，那是雄鹰又一次啄食他的肝脏。坚韧不屈的普罗米修斯还要继续承受经年累月的折磨，因为赫拉克勒斯还要再过一段时间才会过来解救这位人类的朋友。

伊阿宋和美狄亚

大船航行到科尔齐斯附近的海域时，奥林波斯山上的赫拉和雅典娜忙着商议如何帮助伊阿宋达成所愿。她们唤来阿佛洛狄忒，劝她派自己的儿子厄洛斯去找埃厄特斯的女儿美狄亚，设法让美狄亚助伊阿宋一臂之力。爱神于是去找儿子，发现他正跟宙斯的小斟酒者甘尼米德玩骰子。厄洛斯正玩得开心，要不是爱神用一个金球贿赂他，恐怕就分派不了他了。

与此同时，阿耳戈英雄们已经靠岸，径直往埃厄特斯的宫殿走去。这座宫殿十分气派，殿前装点着火神赫淮斯托斯的杰作——四座常年流动的喷水池，分别喷出香油、酒、牛奶和水。埃厄特斯以王家礼仪热情款待众英雄，美狄亚坐在国王身旁，内心又爱又痛，因为厄洛斯的利箭刚刚射中了她。她顾不得箭伤，时不时凝视伊阿宋俊俏的模样。宴席正欢时，伊阿宋直言不讳地对埃厄特斯说，他们此番前来是为了取走金羊毛。埃厄特斯老谋深算地压制住心底的不满，表示只有真英雄才有资格取走金羊毛，所以他得先检验伊阿宋是否具有这样的资格。他对伊阿宋说，他若想证明自己的才干和胆识，必须先去制服两头生有铜蹄、鼻喷烈火的神牛，让它们给他的田地耕犁，然后再把雅典娜留下来的龙牙给播种了。如果他能够在一个白日里干完所有这些事，就可以去取金羊毛了。伊阿宋听后，心中无底，但事已至此，也只能硬着头皮答应下来了。

回到大船，众人都心事重重。这个时候，美狄亚也不好过：一方面，她魂牵梦系着伊阿宋，想要运用自己的魔法帮助伊阿宋，但这样势必要背叛自己的父亲了；另一方面，她又试图让自己狠下心肠，对伊阿宋的遭遇不理不睬。她辗转难眠，最后还是爱情占了上风。于是，她带上药草和药膏，跟伊阿宋约在城外的赫卡特神庙见面。伊阿宋前来赴约时，诸神施展神力，让他看起来更加英姿飒爽、神采奕奕，又让他说起话来娓娓动听、沁入心田。美狄亚更加迷恋他了，给了他一件跟普罗米修斯有关的魔药。说来话长，普罗米修斯被鹰啄食肝脏时，鲜血滴在了土地上，从中长出了一种花。美狄亚亲手采集了这些花之后，用魔法熬制成这魔药。接着，美狄亚指点伊阿宋在深夜供奉赫卡特女神，以神秘的仪式向她献祭。这样一来，只要伊阿宋把魔药涂遍全身和武器，就能安全地播种龙牙了。

美狄亚的热情相助点燃了伊阿宋的爱火，他承诺一定会永远爱她、感激她，还要将她带回家、娶她为妻。

伊阿宋制服神牛

接受挑战的日子到了，全城的人都赶来围观。

当鼻孔喷着烈焰的神牛突然出现，凶神恶煞地向伊阿宋冲过去时，围观的人吓走了大半，众英雄也大惊失色。不过，伊阿宋有神药护体，压根不怕神牛喷出的火焰。他镇定自若，瞅准时机猛地扑上去，一把抓住牛角，迫使它们跪在地上，再将牛轭套在它们身上。随后，他逼着倔强

189

的神牛拉犁耕田，播种下龙牙。一群身披战袍的武士很快就破土而出了，这场面跟卡德摩斯在创建底比斯城之初时播种龙牙武士的情形类似。伊阿宋想起美狄亚的建议，举起一块巨石扔到武士们中间。这些武士相互厮杀起来，伊阿宋则躲在一旁，到了最后时刻才拿起剑杀死了剩下的武士。

伊阿宋取走金羊毛

埃厄特斯并不愿意眼睁睁地看着伊阿宋取走金羊毛。他背弃了先前的协议，打算趁着英雄们熟睡的时候放火烧掉"阿耳戈号"船。美狄亚再一次出手相助。那天夜里，她带着他去寻找那棵悬挂金羊毛的树，让他把一瓶催眠药泼在龙的眼睛上，接着唱起魔幻歌让龙沉睡。取走金羊毛后，伊阿宋带着众人乘船离去。埃厄特斯得知他们不但带着珍贵的金羊毛连夜潜逃，还拐走了他的不孝女后，火冒三丈地带着大队人马不依不饶地追击。为了帮助伊阿宋逃离虎口，美狄亚做了一件极为可怕的事情。她把跟着她一起逃离科尔齐斯的弟弟杀了，将他的尸体分段投入大海。可怜的父亲在追赶途中发现了恶情，一段段捡起儿子的残骸，给儿子举行了葬仪，因而耽搁了，没能及时追上他们。

阿耳戈英雄们返航

阿耳戈英雄们在返航途中有很多险遇。他们就像后来的奥德修斯一样，也遭遇了各种各样的怪物和兽类的袭击，经过九死一生才回到家乡。他们上岸后，埃厄宋高兴地接纳了儿子和众英雄。珀利阿斯装出心满意足的样子，也接纳了他们。

多年来，埃厄宋一直过着忧心忡忡的生活，因而身体虚弱、老态尽显。伊阿宋很希望自己的父亲能够恢复青春的活力，美狄亚自然是想方设法为他圆梦。在九个月圆之夜，她乘坐龙车遍地寻找稀世的药草，以及施展魔法所需的各类东西。接着，她分别为赫卡特女神和青春女神设立了祭台，再虔诚地向冥界神祇祈祷和献祭。她为伊阿宋的老父亲净化了三次，先是用火，然后用水，最后用硫黄。做完这一切后，她把魔药、月光下的白霜、蝙蝠的肉和翅膀、狼的器官、牡鹿的肝脏、长寿乌鸦的头和喙放在锅里，慢慢熬、慢慢煮。她一边煮，一边用一根风干了的橄榄枝搅拌。那橄榄枝一拿出来，就变成了绿色，过了一会长出了枝叶。锅里的药液沸腾着溢到了地上，鲜嫩的青草从土中冒了出来。待到万事俱备，美狄亚割破了老人的血管，把血放出来。随后，她把锅里的药液灌入老人的嘴巴和伤口。老人的白色须发渐渐变成了黑色，瘦削的脸庞渐渐有了生气，虚弱的身体也渐渐伸直了，越来越强壮。

珀利阿斯的女儿们看到这一奇迹之后，央求美狄亚也为她们的父亲施展魔法，让他恢复青春。美狄亚假装同意，但这回只往锅里放了普通的药材和水，然后怂恿这些天真的姑娘亲手杀死了她们的父亲。

美狄亚的悲剧

珀利阿斯惨死后，伊阿宋和美狄亚不得不离开伊奥尔科斯城，前往科林斯城避难。

时光流逝，伊阿宋厌倦了他那性情多变、神秘莫测的妻子，转而喜欢上科林斯城的公主，并决定娶她为妻。美狄亚痛恨他的忘恩负义，但她小心隐藏起怒火，假意顺从了他。她送了一件华服给新娘作贺礼，可是当新娘穿上这件衣服后，就感觉衣服像烈焰般啃噬着她的肌肤。她的父亲冲上去想要帮助她，结果也跟着她死去了。美狄亚的报复行为并没有就此打住，她还要让变了心的伊阿宋老无所依、无子传承。为此，她咬紧牙关，强压住内心残存的母性，持刀杀了她为伊阿宋生下的两个儿子。

美狄亚随后乘坐龙车飞走了。她飞到雅典，与忒修斯的父亲埃勾斯成婚。在忒修斯成年后返回雅典时，她曾怂恿埃勾斯用一杯毒酒要了他儿子的性命。幸亏埃勾斯及时认出了儿子，才没有铸成大错。事情败露后，美狄亚再一次飞走了，永远地消失在神话故事里。

伊阿宋的结局

伊阿宋晚景凄凉，孤苦无依。他唯一的慰籍就是坐在"阿耳戈号"大船下，借此回忆他曾创下的丰功伟绩。一天，早已锈蚀腐坏的大船突然倒了下去，把这位可怜的英雄彻底埋葬了。

特洛伊战争

特洛伊的传说

令人荡气回肠又让人唏嘘叹息的特洛伊战争故事，以参与其中的英雄们的丰功伟绩和英勇事迹为主要内容，激发了古往今来无数希腊人的想象力。古希腊诗人荷马的《伊利亚特》是再现希腊联军围攻特洛伊城的最佳史诗，《奥德赛》则叙述了希腊英雄奥德修斯在攻陷特洛伊城后十年漂泊的归国历程。古希腊悲剧家们关注这场战争的某些冲突性阶段，或者聚焦于某些参战家族的历史。亚历山大大帝视英雄阿基琉斯为自己的楷模，甚至在远征途中偏离既定路线，特意到著名的阿基琉斯墓冢祭拜。关于特洛伊战争的故事源远流长，在罗马人中继续传诵不绝。古罗马

诗人维吉尔在其民族史诗《埃涅阿斯纪》中，叙述了特洛伊英雄埃涅阿斯在城邦被希腊联军攻陷后离开故土，历尽艰辛到达意大利，成为罗马人的先祖的故事。两千多年来，专家学者们一直在研究这则战争故事产生的历史背景。到了 19 世纪中期，一位富裕的德国商人决定将余生和财富都奉献给特洛伊遗址的发掘上。他深入土耳其的一个小村庄，在那里发现了特洛伊城遗迹以及另外三座城邦的废墟。我们从挖掘出来的残垣断壁可以判断出，它们都是荷马在其史诗中所描述过的往昔城邦。无论是历史事实还是神话传说，特洛伊战争都已经深深地铭刻进我们的文学作品和思想认识当中，参与那场戏剧性战争的主角们也与历史名人们的肖像一起出现在诸如图书馆的公共建筑墙上，成为历史遗产的重要组成部分。

围攻特洛伊城的希腊英雄们，是参与猎捕卡吕冬野猪、七雄征战底比斯、"阿耳戈号"远征等壮举的英雄豪杰们的子孙后代。在这些人当中，有三个家族与这场战争密切相关。

坦塔罗斯家族

希腊联军的统帅阿伽门农和墨涅拉俄斯是坦塔罗斯的后裔。这位坦塔罗斯是宙斯的儿子，深得诸神的眷顾，常受邀参加诸神的宴会，分享他们的琼浆玉液和美味仙肴，甚至不用回避他们的谈话。然而，他最终还是失去了天上的福祉，遭到了严酷的惩罚。关于他受罚的原因，历来有

不同的看法。有人说，他从诸神的宴会上偷取了琼浆玉液和美味仙肴，分给他的凡人朋友们享用，惹怒了诸神。有人说，他泄露了宙斯的秘密，罪孽深重。也有人说，他变得骄傲自大，为了试探神祇们是否通晓一切，把自己的儿子珀罗普斯杀了做成菜肴招待诸神，因而罪有应得。关于他受到的惩罚，也有不同的说法。一种说法认为，他站在哈得斯的地府，头顶上吊着一块大石头，随时会掉下来将他砸得粉碎。而我们在之前的相关章节中提到过另一种说法，即他没办法吃到眼前的食物或是喝到面前的水，永远处于饥饿和干渴的状态。

　　他的儿子珀罗普斯虽然被做成了菜肴，但很快就被赫尔墨斯救活了，只不过肩膀上缺了一块，那是因为思女心切的黛墨忒耳心不在焉，恍惚之中尝了一口坦塔罗斯呈上的菜肴。为此，她用象牙补做了一块肩膀给珀罗普斯。后来，这位历经磨难的少年喜欢上了希波达弥亚，在赛战车场上赢了她的父亲才成功娶到了她。据说，珀罗普斯在赢得比赛后，背信弃义地将岳父的车手米尔提鲁斯扔进了大海，招致了家族的厄运，深刻地影响了后续的三代人。珀罗普斯的两个儿子阿特柔斯和堤厄斯忒斯，联手杀死了他们父亲最宠爱的小儿子，因而被驱逐出境。他们流亡到迈锡尼，在欧律斯透斯死后掌握了王国的统治权。阿特柔斯发现堤厄斯忒斯想要独揽大权后，假意希望达成和解，实则杀了他的儿子，炖熟之后端给他吃。阿特柔斯的两个儿

子阿伽门农和墨涅拉俄斯，一个是迈锡尼的国王，称霸希腊南部伯罗奔尼撒半岛的大部分地区和周边岛屿，另一个是斯巴达的国王，娶了宙斯的美丽女儿海伦为妻。

埃阿科斯家族

阿基琉斯是以公正贤明著称的埃阿科斯的后代。埃阿科斯的母亲埃癸娜，是河神的女儿。宙斯垂涎于她的美色，化作一只雄鹰把她劫走，带到雅典附近的一座岛上，该岛因此得名为埃癸娜岛。赫拉痛恨这座岛屿接纳了她的情敌，降下瘟疫将岛上居民全部杀死，只留下埃癸娜为宙斯生下的儿子埃阿科斯。埃阿科斯在孤独寂寞中恳求父亲赐予他子民。宙斯应允了这一要求，把岛上的蚂蚁变成了人，从此便有了"密耳弥多涅人"（即"蚂蚁人"）。鉴于埃阿科斯生前的公正和虔诚，他死后成了冥府的三位判官之一。

埃阿科斯的儿子珀琉斯，率领密耳弥多涅人迁居到塞萨利的弗提亚地区。他年轻的时候，参与了猎捕卡吕冬野猪、"阿耳戈号"远征等壮举，后来娶了海中仙女忒提斯为妻。宙斯本来看上了忒提斯，但有预言说她将诞下一个比父亲更强大的人。谨慎的宙斯当然不希望出现一个危险的竞争对手，只好放弃了忒提斯。最终忒提斯嫁给了珀琉斯，为他生下了阿基琉斯。忒提斯预先得知自己的儿子将会死于战争中，于是在他还是婴儿的时候就握住他的脚踵倒浸在威力无比的冥河水中，使他除了未沾到冥河水的脚踵外，周身刀枪不入。在做完这件事之后，忒提斯离开了自己的

丈夫和儿子，回到深海中她父亲涅柔斯的身边。阿基琉斯
从小接受半人马喀戎的悉心栽培，成长为一个身强力壮的
帅小伙。他身手敏捷，在打猎时可以不用猎狗或者长矛，
赤手空拳地生擒猎物。

特洛伊王族

　　宙斯的儿子达耳达诺斯，是特洛伊王族的先祖。他在
小亚细亚西北角的伊达山腰上创建了一座城。他的孙子特
洛斯继承了王位后，这个城邦的人开始被称为特洛伊人。
特洛斯的儿子甘尼米德，被宙斯抢去做了斟酒者，另一个
儿子伊洛斯将城邦迁址到伊达山和赫勒斯滂海峡之间的伊
利阿姆，也就是后来被称为特洛伊的地方。他的儿子拉俄
墨冬继位后，被赶出天庭的波塞冬和阿波罗为这位专横的
国王修筑了城墙。后来，赫拉克勒斯带人侵入了特洛伊城，
杀死了拉俄墨冬，王位由拉俄墨冬唯一健在的儿子普里阿
摩斯继承。普里阿摩斯为人正直，敬畏神明，在位期间将
特洛伊城治理得井井有条，恢复了昔日的繁华。他拥有五
十个女儿和五十个儿子，其中数赫克托尔最英勇，而不祥
的帕里斯则导致了特洛伊的毁灭。

战争的起源

　　不和女神扔在珀琉斯和忒提斯婚宴现场的那只金苹果，
引起了众神的纷争，不但使得宙斯与他的妻子赫拉、两个
女儿雅典娜和阿佛洛狄忒出现了间隙，还成了希腊人与特
洛伊人十年战争的导火索，导致特洛伊城的覆灭和无数英

197

雄的死亡。说来话长，三位女神各认为自己理所应当得到那只金苹果，宙斯拒绝做裁判，而是交给特洛伊王子帕里斯裁决。帕里斯王子那时还只是个牧羊人，他把金苹果判给了阿佛洛狄忒，认为她是最美丽的女神，同时也得到了女神的许诺——他将拥有世间最美丽的女子。那个时候，最美丽的女子是宙斯与丽达所生的女儿海伦。希腊各城邦的王子们纷纷向她求婚，而她的继父则把她许配给了斯巴达国王墨涅拉俄斯。阿佛洛狄忒按照许诺，唆使帕里斯乘船到墨涅拉俄斯的王宫。墨涅拉俄斯谨记宙斯为人类定下的法则，热情款待了远方的来客。他在自己宫殿里大摆宴席，让帕里斯等人宾至如归。然而，帕里斯趁着墨涅拉俄斯外出的当口，背信弃义地怂恿海伦离开丈夫，跟他一道回特洛伊。他掳掠了墨涅拉俄斯的大批财宝，带着海伦返航了。

希腊诗人们似乎并没有像我们那样谴责海伦。一方面，他们认为她是受到了爱神阿佛洛狄忒的唆使，自然也是受害者；另一方面，他们觉得她那无与伦比的美貌可以抵消任何过错。不过，帕里斯就要倒霉很多，他的行为历来受到人们无情地唾弃。

召集英雄

海伦的美貌曾引得希腊各位王公贵族前来求婚。他们立下誓言，会跟有幸选中的新郎结成同盟，共同反对任何企图加害于海伦或者她的丈夫的人。这样一来，当墨涅拉

希腊罗马神话

俄斯发现妻子被帕里斯拐走后，便与他的兄长阿伽门农，即迈锡尼的国王，一起召集曾经追求过海伦的人，提醒他们履行当初宣立的誓言。

阿伽门农作为希腊诸国最有权势的首领，被选为联军的统帅。他最为信任的贤明长者内斯特，成为他的顾问。这位内斯特在年轻时豪情万丈、战功显赫，谦恭的王公贵胄们都极为尊敬他。堤丢斯的儿子狄俄墨得斯响应了征战号召，他来自阿尔戈斯，是除了阿基琉斯以外最为骁勇善战的希腊人。忒拉蒙的儿子大埃阿斯，带着追随者从萨拉密斯岛浩浩荡荡地赶过来，为自己赢得了"亚加亚人最坚强的壁垒"的称号。

最终集结在一起的大船，按照荷马的说法，足足超过了一千二百艘。每艘船都由强壮的水手划桨，乘坐的勇士大约为五十到一百二十人不等。

所有人都希望伊萨卡国王奥德修斯也能参战，他以过人的胆识、狡猾的谋略和机智的口才著称。然而，奥德修斯刚与妻子佩内洛普结婚不久，诞下儿子忒勒玛科斯，一家人其乐融融，因而不愿意同行。当阿伽门农的使者前来召集他的时候，他装疯卖傻，把挽具套在一头驴和一头公牛身上，一边歪歪扭扭地耕地，一边把盐撒在田里。聪明的使者看出了他的伎俩，把他的儿子忒勒玛科斯放在田里，奥德修斯果然从儿子身边绕了过去。这样一来，他不得不承认自己是假疯，只能履行当年的誓约，加入到希腊联军

特洛伊战争

的远征。

奥德修斯刚一加入他们的联盟，便迫不及待地协助他们去召集年轻的阿基琉斯参战。阿基琉斯的母亲，即海中仙女忒提斯，预先得知自己的儿子会死于特洛伊战争，所以将儿子藏在斯库罗斯岛的宫殿里，让他身穿女装，做公主的侍从。奥德修斯装扮成商贩的模样来到宫殿，在各类丝绸锦缎和珠宝首饰中藏了一把剑。公主和女侍们兴高采烈地试着耳环和面纱，只有阿基琉斯一眼看到了那把藏匿其中的剑。他兴奋地抽出剑，举在头上一阵挥舞。奥德修斯于是撕掉伪装，轻而易举地就说服阿基琉斯参战了。阿基琉斯是最强健、最骁勇的英雄，集英俊、力量和高贵于一身，是希腊人心目中的理想英雄。与阿基琉斯同行的还有帕特罗克洛斯，他俩情同手足、患难与共，情谊不亚于圣经故事里的大卫和约拿单。

伊菲格涅娅成祭品

希腊联军的战船在希腊的东部海湾奥里斯集合。阿伽门农此前射杀了阿尔忒弥斯的神鹿，遭到了女神的报复。她让海湾一直刮逆风，船只根本没办法开出去。要平息女神的愤怒，他只能让女儿伊菲格涅娅过来与阿基琉斯订婚，再作为祭品献给女神。当献祭的宝刀正要触及少女的身体时，阿尔忒弥斯及时出现把她摄走了，让她到陶里斯神庙做她的祭司，刀下的祭品被换成了一头鹿。这件事之后，奥里斯海湾刮起了顺风，战船畅通无阻地向特洛伊航行。

正如古希腊悲剧家欧里庇得斯所言，再没有比伊菲格涅娅声声祈求她的父亲更痛彻心扉的悲剧了，而她在得知只有将自己献祭才能让希腊人战事顺利的实情后，甘愿充当祭品的最终决定，又是那么的高尚无私、那么的感人肺腑。

战事前期

希腊人刚到特洛伊海岸的时候，又发生了一桩自我牺牲的事情。英雄普罗忒西拉奥斯在得知第一个踏上海岸的人必死的预言后，率先跳下了船，献出了自己的生命。他忠贞的妻子拉俄达弥亚祈求诸神让她的丈夫回来见她一面，诸神准许了。在丈夫第二次死去后，拉俄达弥亚纵身跳入他火葬的柴堆，与他共赴哈得斯的冥府。

围攻特洛伊城的战争打响了。诸神活跃在这场战争中，积极支持和保护他们各自的子嗣或者他们喜欢的英雄，在某些场合，他们甚至亲自参与了战事。站在特洛伊人一边的有阿佛洛狄忒、阿瑞斯和阿波罗，站在希腊联军一边的有赫拉、雅典娜和波塞冬。宙斯权衡着战争的进展，一会儿答应了这边神祇的恳求帮助特洛伊人，一会儿又帮助希腊人，但自始至终都将特洛伊人必遭毁灭的终极命运记在心里。战争打了九年，各有损伤。不过，总体而言，希腊人占了上风，因为他们把特洛伊人赶进了城墙之内，将城墙外的各个邦国洗劫一空。

阿伽门农和阿基琉斯的争执

在一次劫掠行动后，阿伽门农将阿波罗祭司的女儿克

律塞伊斯收为战利品。这位祭司带着大量财宝来赎女儿，结果受尽羞辱。他只好向阿波罗寻求帮助：

> 他这样向神祈祷，福玻斯·阿波罗听见了，
> 他心里发怒，从奥林波斯岭上下降，
> 他的肩上挂着弯弓和盖着的箭袋。
> 神明气愤地走着，肩头的箭矢琅琅响，
> 天神的降临有如黑夜盖覆大地。
> 他随即坐在远离船舶的地方射箭，
> 银弓发出令人心惊胆颤的弦声。
> 他首先射向骡子和那些健跑的狗群，
> 然后把利箭对准人群不断放射。
> 焚化尸首的柴薪烧了一层又一层。[①]
>
> ——荷马·《伊利亚特》

　　阿波罗乱射一通后，又使希腊军士患上瘟疫。到了第十天，阿基琉斯在赫拉的提点下，召集军中大会，要求卡尔卡斯揭示神祇发怒的原因。卡尔卡斯说出真相后，阿伽门农大发雷霆，扬言要惩治这位预言家。因为阿基琉斯护着预言家，阿伽门农便迁怒于阿基琉斯，表示若想让他交出克律塞伊斯，阿基琉斯就得用他的女俘布里塞伊斯来弥

---

　　① 荷马：《荷马史诗·伊利亚特》，罗念生等译，人民文学出版社2006年版，第3页。

补他的损失。阿伽门农和阿基琉斯于是有了争执，愤怒的阿基琉斯拒绝再出战，这一举动致使无数英勇的希腊将士奔赴了黄泉路。

失去了布里塞伊斯，同时权力又遭到了粗暴践踏，这对阿基琉斯来说是严重的羞辱。他一直留在帐篷里，不参与任何战事，也不让他的密耳弥多涅人出去。不但如此，他还呼唤深海中的母亲忒提斯，伤心地抱怨着自己遭到的不公正待遇。忒提斯"如同一阵薄雾从灰蒙蒙的海中升起"，慈祥地安慰自己的儿子，答应向宙斯投诉阿伽门农的傲慢无礼，让他降罪于他。忒提斯飞到奥林波斯山，紧挨着天父宙斯坐下，挽住他的膝盖恳求他帮助自己的儿子。宙斯微微颔首示意，答应在阿伽门农向阿基琉斯赔礼道歉前，先让特洛伊人胜利。

荷马在史诗《伊利亚特》中着重描写了这场"将帅失和"及其后果。

特洛伊人烧毁战船

虽然宙斯延误了他的承诺，但最终还是想起了他答应过忒提斯的事情，便下令众神不得再干预战事。与此同时，赫克托尔召集众将士，将希腊人杀回了他们的战船。双方各有输赢，遍地都是死于非命的尸骸和身受重伤的将士。有一段时期，阿伽门农带领着希腊军士占了上风，看起来似乎是战无不胜，可惜最后负伤退下了。他的兄弟墨涅拉俄斯受伤了，狡猾的奥德修斯受伤了，其他英雄们也受伤

了。赫克托尔趁机率领特洛伊人袭击希腊人帐篷外的围墙，阿波罗不惜违逆宙斯的意旨出现在特洛伊军队的前列，将那城墙推倒，如同"一位少年将海边的沙堆推散"。一把火扔向了希腊联军的战船，要不是大埃阿斯坚守在海湾，顽强地抵抗特洛伊人的话，恐怕希腊人所有的战船都要毁于一旦了，他们也甭想再乘船回家了。

帕特罗克洛斯之死

在这危机时刻，帕特罗克洛斯深深地为战友们正在遭受的灾难忧心。他走到阿基琉斯帐篷内，表示若阿基琉斯仍然放不下内心的愤懑，不愿意出战的话，那么就让他穿着他的铠甲，带领密耳弥多涅人去迎敌。阿基琉斯的铠甲闪闪发光，众人皆知，他认为只要自己穿上他的铠甲，就可以误导特洛伊人，让他们心生畏惧。阿基琉斯勉强答应了，同时再三嘱咐帕特罗克洛斯只要救下他们的战船、将特洛伊人击退就可以了，千万不能恋战，更不能追到特洛伊城墙那里去。

帕特罗克洛斯穿着阿基琉斯的铠甲出现在战场后，打得正酣的战斗出现了逆转，希腊人将特洛伊人逼退了。所向披靡的帕特罗克洛斯忘记了朋友的警告，一直追击到特洛伊城墙。这时候，要不是阿波罗突然出现在城墙上伸出援手，将帕特罗克洛斯率领的密耳弥多涅人击退的话，他们很有可能就要攻进特洛伊城了。阿波罗袭击了帕特罗克洛斯，打掉了他的头盔，折断了他的长矛。赤手空拳的帕

特罗克洛斯随后被赫克托尔击倒，丢了性命。在临死之际，他威胁说敌友分明的阿基琉斯一定会替他报仇雪恨。墨涅拉俄斯和大埃阿斯守护着他们刚刚倒下的战友的尸体，坚决抵抗着特洛伊人的凶猛攻击。他们保住了阿基琉斯的战车和战马，无奈他的铠甲已经被赫克托尔抢去了。荷马在《伊利亚特》中描述过阿基琉斯的战马：

> 有如一块墓碑屹立不动，人们把它
> 竖在某位故世的男子或妇女的墓前，
> 它们也这样静默地站在精美的战车前，
> 把头低垂到地面，热泪涌出眼眶，
> 滴到地上，悲悼自己的御者的不幸，
> 美丽的颈部的长鬃被浑浊的尘埃玷污，
> 垂挂下来露出车轭两侧的软垫。①
>
> ——荷马·《伊利亚特》

阿基琉斯返回战场

阿基琉斯坐在战船边，一心等待挚友归来，没想到等来的却是挚友的死讯。他听到噩耗后，"陷进了痛苦的黑云，用双手抓起地上发黑的泥土，撒到自己的头上，涂抹自己的脸面，香气郁烈的袍褂被黑色的尘埃玷污"。忒提斯

---

① 荷马：《荷马史诗·伊利亚特》，罗念生等译，人民文学出版社 2006 年版，第 409 页。

听到了他的失声恸哭，赶忙从海中升起，飞奔到他的身边，坐在一旁安慰他。她答应马上去赫淮斯托斯的作坊，拜托火神给他打造一套更威武、更强悍的铠甲，好让他重返战场，为友报仇。忒提斯去找火神后，赫拉派了彩虹女神伊里斯给阿基琉斯传信，让他在没有铠甲的情况下，至少去战壕对特洛伊人露露面。

> 雅典娜把带穗的埃吉斯神盾罩住他强壮的肩头，又在他脑袋周围布起一团金雾，使他的身体燃起一片耀眼的光幕。

阿基琉斯站在那里放声大喊，特洛伊人闻声丧胆，纷纷掉头撤退。希腊人在尸横遍野的战场中找到了帕特罗克洛斯的尸体，将他带回到阿基琉斯的帐篷。

与此同时，忒提斯正在履行她对儿子的承诺。她进入火神的作坊时，虽然见他忙得不亦乐乎，还是提出了自己的请求。火神立马放下手中的活计，赶紧先为阿基琉斯打造了一套与之匹配的精美铠甲。那盾牌制作精良，盾面中心"绘制了大地、天空和大海，不知疲倦的太阳和一轮望月满圆，以及繁密地布满天空的各种星座"。盾面第二层绘制了两座人间城市：一座城市正处于和平时期，有人举办婚庆，有人欢聚跳舞，有人聚在法庭前等候裁决；另一座城市正处于战争时期，诸神也参与到战事之中。盾面第三

层绘制了肥沃的耕地、丰收的庄稼、繁茂的葡萄园、遭受狮子攻击的牛群和悠闲的羊群。盾面第四层绘制了一个跳舞场，年轻的小伙子和姑娘们载歌载舞。盾面最外围绘制了‘大洋之流’”。

阿基琉斯从母亲手里接过铠甲后，虽然急不可耐地要与特洛伊人大战一场，向赫克托尔报仇，但还是先走到了大营前，与阿伽门农和解了。他的出现让希腊众将士大受鼓舞，阿伽门农尤为高兴。他恰如其分地承认了之前犯下的错误，并尽力做出了必要的补偿。如此一来，宙斯答应忒提斯的事情已经办到了，他旋即召集诸神，允许他们参与战事，凭喜好各助一方。

阿基琉斯激战

战争已经进入了最为惨烈的阶段。阿基琉斯满腔怒火，宛若神祇般势不可挡。他冲入敌阵，一个个特洛伊将士倒在他的面前，包括普里阿摩斯的两个儿子。当他杀到克桑托斯河，致使特洛伊人的尸体拥堵了河水的流向时，河神化成人的模样从水流中站起来，一直追击他到平原上，扬言要用自己的滚滚波涛淹没了他。这时，要不是赫拉让儿子赫淮斯托斯出面，用熊熊大火逼退河神掀起的波涛的话，阿基琉斯很有可能壮志未酬地淹死在那儿了。河神退回河里后，阿基琉斯重新又穷追不舍他的敌人们，一直将他们驱赶到特洛伊城下。

普里阿摩斯站在城墙的塔楼上，看到自己的子民节节

207

败退，纷纷逃窜，便吩咐守城士兵打开城门，让特洛伊人撤回城内。阿基琉斯尾随着特洛伊人几乎就要攻入城内了，阿波罗在那千钧一发之际，激励一位奔逃的特洛伊人站定了，阻止阿基琉斯继续前进。随后，当阿基琉斯快要杀死那位鲁莽的特洛伊人时，阿波罗一把将他带走了，然后化作那人的样子，引阿基琉斯朝着城门的反方向追逐。

赫克托尔之死

当其他人都已经逃进城内的时候，英勇的赫克托尔却站在城门外。虽然他的父亲和母亲都喊他退回城内，但他决定与阿基琉斯决一死战。在他看来，是他下令让臣民们投入了战争，是他导致了这么多人的死亡，若此刻他逃避跟阿基琉斯单打独斗的话，定会遭到他们的责备。因此，阿基琉斯在追赶阿波罗无功而返后，看见赫克托尔勇猛地站在城门外等候他。不过，赫克托尔的勇气很快就烟消云散了。阿基琉斯渐渐靠近，铠甲随着他的跑动闪闪发光，长矛举过头顶挥舞有声。赫克托尔一见就气馁了，拔腿就跑。阿基琉斯在后面迅速追赶，他们一个跑一个追，绕着城墙跑了足足三圈。

当他们一逃一追第四次来到泉边，
天父取出他的那杆黄金天秤，
把两个悲惨的死亡判决放进秤盘，
一个属阿基琉斯，一个属驯马的赫克托尔，

他提起秤杆中央，赫克托尔一侧下倾，

滑向哈得斯，阿波罗立即把他抛弃。①

——荷马·《伊利亚特》

　　然后，特洛伊城的敌人雅典娜出现了。她化身为赫克托尔兄弟的模样，激励他别再逃跑，转身迎战阿基琉斯。赫克托尔上了当，照做了。他将长矛投向阿基琉斯，结果投偏了。当他想从兄弟那里拿长矛的时候，却发现他已经消失了。这时，赫克托尔明白自己已被诸神抛弃，死到临头了。他拔出剑，冲向阿基琉斯，做最后一搏。结局已经注定，高贵的赫克托尔倒在了阿基琉斯面前，正如帕特罗克洛斯当初倒在赫克托尔面前那样。"死亡降临，把他罩住，灵魂离开肢体前往哈得斯的居所，留下青春和壮勇，哭泣命运的悲苦。"

　　阿基琉斯用绳子捆紧赫克托尔的双脚，把他倒挂在战车后，然后驱赶战车，拖着他的尸体在城墙前来回驰骋。他为了替挚友报仇，残忍地对待已经倒下的敌人。普里阿摩斯和赫卡柏夫妻俩把此情此景看在眼里，为他们最杰出的儿子所受到的侮辱心痛不已。那年迈的国王急着冲出去抢回儿子的尸体，人们差点儿没把他拉住。悲悼声传到赫克托尔的妻子安德洛玛克的耳朵里，她当时正坐在家里等

候丈夫归来。她预感到厄运降临，马上跑到了城墙边，一看到那恐怖的景象，就跟着众人陷入了绝望的恸哭之中。

取回赫克托尔的尸体

阿基琉斯心满意足地带着胜利回到营地，为帕特罗克洛斯举行了隆重的安葬仪式。他们砍下珍贵的树木，堆起高高的木柴，又杀猪宰羊，将祭供的牲口堆在木柴周围，帕特罗克洛斯的尸骸就卧趟在柴堆中央。在烈火焚烧之后，阿基琉斯含着泪收起挚友的骨灰，装在一只金瓮里，然后埋进一座大坟。等到这一切都完毕，希腊人举办了盛大的殡葬赛会，包括赛战车、拳术、摔跤、掷长矛等竞赛活动。阿基琉斯拿出丰富的奖品，作为对胜者的奖励，众英雄纷纷参赛。

这时，宙斯派彩虹女神伊里斯到普里阿摩斯的城里，通知普里阿摩斯去阿基琉斯的帐篷，用赎金换回他儿子的尸体。当普里阿摩斯驾着马车前往时，赫尔墨斯出现在他面前，护送他穿过哨兵的防卫，一路通行无阻地抵达目的地。阿基琉斯已经接到母亲忒提斯的指令，知道普里阿摩斯的到来是宙斯的旨意，因而善待了这位老人。与此同时，须发皆白的普里阿摩斯令他想起远在希腊的父亲，而且知道自己再也不可能见到他了，顿时动了恻隐之心。他把老人从地上扶了起来，温和地答应了他的请求。随后，他走出帐篷，命人给赫克托尔清洗尸体，涂抹香油，穿上华服，并亲自把尸体抱上一张搁床，抬到已经准备好的战车上。

接着，他大摆宴席，盛情款待了普里阿摩斯，收下了巨额赎金。

普里阿摩斯带着儿子的尸体返回特洛伊，城里的男女老幼统统涌出来，想要再次看看他们的英雄。他们悲伤难抑，纷纷为赫克托尔的葬礼做准备。阿基琉斯已经答应停战十一天，好让他们风光大葬赫克托尔。

阿基琉斯之死

在史诗《伊利亚特》中，荷马讲到赫克托尔的葬礼就结束了。不过，我们整合其他各方面资料，还是可以拼凑出这场战争的后续故事。

赫克托尔死后，由于有了两队强有力的盟友的支持，特洛伊人又燃起了希望。一个盟友是彭忒西勒亚率领的亚马逊女战士。彭忒西勒亚是亚马逊城邦的女王，她和她的女战士们作战英勇，一度解除了特洛伊城的危机，只可惜女王最后死在了阿基琉斯的剑下。据说，当阿基琉斯俯身看到头盔已除的女王尸体时，发现她是那样美丽而勇武，很后悔自己杀了她。另一队盟友是梅农率领的埃塞俄比亚人。梅农是黎明女神的儿子，埃塞俄比亚的王子，最后也倒在了阿基琉斯面前。

阿基琉斯辉煌的一生最终走到了尽头。命运向他打开了死亡的大门，帕里斯王子在阿波罗的引导下放出了致命的一箭，那箭射中了阿基琉斯唯一的弱点——脚踵。希腊人抢回了他的尸体，为他举行了隆重的葬仪，将他的骨灰

放进一只金瓮里，与他的挚友帕特罗克洛斯合葬在一座高大的坟丘里。直到如今，一座名为"阿基琉斯之冢"的山丘依然矗立在达达尼尔海峡的岸边。至于阿基琉斯的英灵，早已与其他大英雄的英灵一块幸福地生活在伊利斯乐土。

战争尾声

阿基琉斯死后，一场大埃阿斯和奥德修斯之间的争斗上演了。他们都声称自己最有资格得到阿基琉斯的铠甲，雅典娜女神决定将铠甲判给奥德修斯。大埃阿斯愤怒地冲出营帐，去报复奥德修斯和他的追随者们，结果被雅典娜剥夺了理性，转身去捕杀无辜的羊群。他恢复理智后，羞愧难耐，拔剑自刎了。

接着，诸神通知希腊人，如果不将菲洛克泰提斯从莱斯博斯岛接回的话，他们就不可能攻陷特洛伊城。菲洛克泰提斯是赫拉克勒斯最后岁月里的朋友，大英雄在临死之际把自己的弯弓和毒箭送给了他。他在一开始就参加了攻打特洛伊城的远征军，但意外地身受重伤，被伙伴们留在了莱斯博斯岛。希腊人费劲千辛万苦重新找到他，规劝他重返联军。在他的伤势得到控制之后，帕里斯王子成了他的致命毒箭的第一个牺牲品。

此时，希腊人仍然需要完成两件事，才能获得诸神的帮助，最终攻陷特洛伊城。第一件事是从希腊召集阿基琉斯的儿子涅俄普托勒摩斯，让他代替他的父亲领军作战。第二件事是取走帕拉丢姆神像，也就是雅典娜女神的雕像。

希腊罗马神话

据说，这神像是很久以前从天上掉下来的，一直守护着特洛伊城。奥德修斯和狄俄墨得斯化装成特洛伊人，趁夜混进了城里，成功从祭坛拿走了雕像，带回了希腊军营。

木马计

最终攻陷特洛伊城的良谋奇策，还要归功于雅典娜女神的引导。希腊人建造了一匹硕大的空心木马，里面装满了全副武装的希腊勇士，然后将大木马留在特洛伊城墙外。其他希腊将士纷纷上船，驶离港口，就好像他们要返回希腊似的，而实际上却藏在了邻近的忒涅多斯岛后面，只待信号一出就前来攻城。天真的特洛伊人打开城门，为能解除围困、重获自由而欣喜若狂。他们惊讶地围住大木马，不知道这木马是干什么用的，也不知道该怎么处理它。正在这时，一个狡猾的希腊人西农博取了特洛伊人的信任，口口声声说这个木马是用来祭祀雅典娜女神的；他们之所以要建得这么大，是为了防止特洛伊人把它拉进城里，因为预言家说过，如果特洛伊人占有了这木马，就会给特洛伊人带去神的赐福。

阿波罗的祭司拉奥孔却站出来质疑希腊人的动机。他强烈建议把木马推入大海，并且拿起武器刺了木马。这时，两条大蛇突然出现在海上，穿过平滑如镜的海面，一直朝海岸游过来。它们上岸后，扑向拉奥孔和他的两个儿子，很快就把他们缠死了。特洛伊人于是认为，拉奥孔表现出对木马的不敬，因而遭到了神祇的惩罚。他们不再犹豫，

213

决定将木马拉进城里。不过，木马实在是太高大了，比城门还要高，他们只好把城墙拆开了一段，这才热热闹闹地把木马迎了进去。

特洛伊的沦陷

那天深夜，正当特洛伊人沉浸在睡梦中时，那位希腊间谍西农悄悄地潜近木马，拉开栓子，把藏在木马中的希腊勇士一个接着一个地放了出来。他们点燃火把，给忒涅多斯岛那儿的船只发出了约定的信号。然后，他们小心翼翼地摸向城门，迅速打开了城门，隐蔽在附近的大批希腊将士如潮水般涌入特洛伊城。尽管手无寸铁的特洛伊人在仓惶之中奋力抵抗，但终究是无力挽回残局。普里阿摩斯的一位名叫卡桑德拉的女儿，具有占卜和预言的能力，被硬生生地从雅典娜神殿前拐走，成了女战俘。赫克托尔的妻子安德洛玛克也难逃命运的乖张，她眼睁睁地看着赫克托尔一直呵护着的儿子被希腊人扔下塔楼，却什么也做不了。普里阿摩斯活着看到了自己王国的覆灭，最后被砍死在宫殿的祭坛前。

希腊罗马神话

奥德修斯的漫游

众英雄返航

攻陷特洛伊沦城后，希腊众英雄及其追随者们启程返航。但是在那个时候，即使从小亚细亚到希腊这段行程较短的航线也是危机四伏，更别提一些英雄在漫长战争历程中已经得罪这位或那位神祇了，因而在返航时阻碍重重。那些幸存的特洛伊人，经过长途跋涉，在陌生的海岸建立起新的城邦。那些希腊联军的人，或是葬身鱼腹，或是遭遇了野蛮人和怪兽的袭击而丢了性命，即便侥幸回到家的，也难逃被谋杀的命运。"最善忍耐的奥德修斯"（他的罗马名尤利西斯更广为人知），在经历了十年特洛伊战争之后，又经历了十年海上历险才回到家中，与阔别了二十年的忠

贞的妻子佩内洛普团聚。荷马在史诗《奥德赛》中详述了这段故事。

奥德修斯遇食莲人

奥德修斯及其追随者们乘船返航。他们畅通无阻，一路顺风顺水航行到希腊南部，距离目的地伊萨卡岛只有几天的行程了，却突遭狂风袭击，偏离了航向。船队在海上漂泊了整整九天，最后在食莲人的岛屿靠岸。食莲人盛情款待了他们，还让他们吃莲子。岛上的那株莲花具有神奇的魔力，任何人只要吃了它的果实，就会立马忘了过去的生活和对未来的追求，心里只剩下在岛上醉生梦死的念头。奥德修斯费了好大的劲，才把那些吃了莲子的人带回船上，甚至不得不把他们绑在船头。等到莲子的魔力消退后，他们才如梦初醒。

奥德修斯遇独眼巨人

接着，奥德修斯等人来到了一座怪石嶙峋的岛屿。岛上住着野蛮的独眼巨人，他们每个人的额头上仅有一只眼睛。奥德修斯将船队停靠在另一座岛上，然后带了一些人在独眼巨人的岛上靠岸。他们见岛上似乎没有野兽或怪物在活动，便大着胆子上了岛，四处考察。他们发现了一个巨大的山洞，里面贮藏了丰富的牛羊制品，比如牛奶、奶酪。这些东西勾起了他们的食欲，正当他们吃得开心时，一位名叫波吕斐摩斯的独眼巨人回来了。他赶着羊群走进山洞，然后用一块巨石堵住了洞口。波吕斐摩斯发现陌生

人闯入自己的领地后，便询问他们的来历。狡猾的奥德修斯不假思索地回答说，他的名字叫"无人"，小心谨慎地隐藏起自己的真实名姓。随后，奥德修斯要求波吕斐摩斯按照希腊人热情好客的传统来款待他们，但这位凶悍的巨人显然并不把宙斯及其定下的规则放在心上。他不作声，却伸手抓起奥德修斯的两个随从，将他俩塞进嘴里吞食了。美餐一顿后，他仰面躺在山洞里，酣睡过去。

第二天早上，那巨人又抓起两人吃了，然后赶着羊群出了洞，临走之前不忘再用巨石堵住洞口。奥德修斯等人只好继续留在山洞里。换做是常人的话，恐怕就要坐以待毙了，但奥德修斯显然并不甘愿成为愚蠢而野蛮的波吕斐摩斯的盘中餐。他一直在盘算着如何才能为死去的人报仇，以及如何才能成功地带着幸存的人逃出去。傍晚时分，波吕斐摩斯赶着羊群回到山洞里。奥德修斯机智地跟他套近乎，然后取出随身携带的香醇烈酒，邀请他喝。这位巨人平时都是喝羊奶下饭，这次趁机做了新尝试——喝着酒，吞了两个奥德修斯的随从。吃饱喝足之后，他仰面躺下睡着了。奥德修斯等人在白天的时候已经准备了一根结实的长棍，把它削尖了，又放在火上烤了一阵，让它变得更为坚硬。此刻，他们合力搬出木棍，直直地戳进巨人的独眼里。受伤的巨人大声咆哮着跃了起来，疯狂地呼叫周围洞子里的独眼巨人来帮忙。然而，当那些巨人云集过来问他被谁所伤时，他只能回答："'无人'谋杀我，'无人'奸诈

地干这种勾当。"于是，他们对他说，既然没有人伤害他，那么就是神祇所为了，他就得一个人受苦了。他们让他好好向他们的父亲波塞冬祈祷，随后一哄而散。

翌日早晨，又到了放牧时间。瞎了眼的巨人摸索着来到洞口，一边呻吟着一边搬开了洞口的巨石，然后就坐在了洞口。他不时地伸出一只手，摸摸看是否有人趁机溜走。奥德修斯将羊群三只三只地并排拴在一起，让他的伙伴们一个个地倒挂在中间那些羊的肚子底下。这样一来，他们受到两边的羊的保护，顺利离开了山洞。等其他人离开后，奥德修斯给自己挑了羊毛浓密的头羊，藏在它身下穿过山洞。倒霉的巨人摸了摸羊背，虽然觉得它落单了很奇怪，但并没有发现奥德修斯。

奥德修斯等人就这样回到了船上。离开岸边有一段距离后，奥德修斯冲动地朝着岸上喊话，奚落波吕斐摩斯的愚蠢。这鲁莽之举差点害刚脱离险境的伙伴们再一次陷入危机，因为愤怒的巨人冲到海岸，搬起巨石，顺着喊声朝他们的大船扔了过去。要不是他瞎了眼没办法瞄准的话，奥德修斯的船队肯定会船毁人亡。无助的巨人向波塞冬祈祷，请求他为自己报仇。因此，海王在这件事之后就跟奥德修斯一行人杠上了，让他们一直在海上漫游，就是没办法回到家乡。

风王岛

　　　　他们在海上漂泊了一段时间后，来到了风王埃俄罗斯

女妖斯库拉的袭击
《奥德修斯的漫游》插图

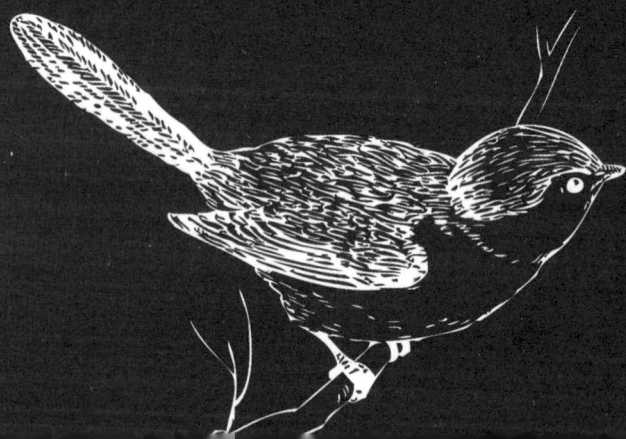

的浮岛。风王对奥德修斯等人很友善，临别时送给奥德修斯一只大袋子。风王把所有危险的风都装进了袋子，只剩下温柔的西风朝着他们家乡的方向猛吹。他们在顺风的情况下连续航行了九天，几乎就要到伊萨卡了，甚至还能看见岛上的家乡人在山上活动。到了此刻，精疲力竭的奥德修斯才第一次放宽了心，倒在甲板上美美地睡上一觉。船上的人趁他酣睡的时候，纷纷猜测那只大袋子里藏着何种稀世奇珍。他们认定了里面一定有金银财宝，也想分得一部分。于是，他们打开了袋子。说时迟，那时快，所有的风争先恐后地从袋子里冲出来，船队一下子被吹离了航线，又回到了风王岛。埃俄罗斯听完奥德修斯的陈述后，觉得像他这么倒霉的人肯定是受到了神的诅咒，一顿臭骂赶走了他们，拒绝再一次提供帮助。

喀尔刻

奥德修斯等人的下一场历险是在拉斯特利格尼人居住的地方。那些人一见船队靠近，就发动进攻，将航行在前头的十一艘船都击沉了。奥德修斯带着剩下的人拼死抵抗，才勉强驾着最后一艘船逃出了他们的包围圈。他们为失去那么多同伴而哀恸，但也只能拥挤在唯一剩下的船上继续前行。他们一个劲地划船，来到了女巫喀尔刻居住的岛上。鉴于之前的种种冒险经历和不幸遭遇，奥德修斯不敢让所有人上岸，只让一个可信的随从带领一半人员上岸侦察，其余人则留在岸边守候。

　　上岸的一行人在穿过树林时，忽然遭遇了一群狮子和狼。那些猛兽并没有攻击他们，而是慢慢地围拢住他们，谄媚似地摇动着尾巴。因为猛兽并不伤人，他们便重新鼓起勇气，继续向前走，来到了一座宫殿前。宫殿里传出柔和的音乐声，一个甜美的女声正在歌唱。他们见并没有什么危险，就走了进去。喀尔刻放下纺织的工具，起身迎接来客们，很快就为他们备上了美酒和佳肴。这些高尚的希腊人实在是饥肠辘辘，没有注意到女主人已经在酒里滴入了魔汁。正当他们开心地用餐时，她挥动了一下魔棒，他们一个个地倒下了，全都变成了粗鲁的猪，"哼哼"着涌入了猪圈。

　　不过，他们的领队并没有进入宫殿。他在宫殿外等候多时，迟迟不见他们回来，就飞快跑回船只停靠的地方，将内心的担忧告诉奥德修斯。奥德修斯决定独自去一趟，看看能不能解救自己人。正当他大步流星地赶路时，赫尔墨斯突然出现了，在告诉他即将面临的危险之后，送给他一种可以抵制喀尔刻巫术的药草。奥德修斯进入宫殿后，喀尔刻也友好地招待了他一番，就像之前招待他的伙伴们那样。然后，她举起魔棒，命令他到猪圈去。但是，奥德修斯有药草护身，并没有变成猪。他一把抓住她，威胁要杀了她，除非她立刻将他的伙伴们变回人形。喀尔刻意识到眼前这人定是有神祇的眷顾才能抵制她的巫术，同时也被他的聪明才智和强健有力所吸引，于是答应了他的所有

请求。她还派人将船上的其他人都请了过来，盛情款待了他们整整一年。最后，喀尔刻见他们所有人都思乡了，便对奥德修斯坦言说，他先得经历一个严峻的考验，才能回到家乡伊萨卡。这严峻的考验意味着，奥德修斯作为一个活人，必须走访地下的亡灵世界，向预言家提瑞西阿斯询问回乡的路线。

寻访冥界

奥德修斯虽然一想到冥界之行就心惊胆颤，但还是按照喀尔刻的建议出发了。他们航行到世界的尽头——水流深急的"大洋之流"，那是西米里族人的领地，从来没有一丝阳光照射到那儿，只有死寂的黑暗和薄雾笼罩在大地之上。奥德修斯沿着河岸一路行走，找到了珀尔塞福涅的小树林。那是通往地下世界的其中一个入口，冥界的"火河"（邱里普勒格顿河）和"哀河"（科赛特斯河）在那儿流入"怨河"（阿刻戎河）。

奥德修斯一刻也没耽搁，立即挖了一个坑，洒下祭酒给亡灵。然后，他宰杀了两头黑羊献祭，把它们的血滴入坑里。他在做这些事的时候，亡灵们哀号着围拢过来，想要尝饮祭供的鲜血。他们当中，有的是少年的亡灵，有的是少女的亡灵，有的是在战场壮烈牺牲的将士的亡灵。奥德修斯拔出剑，将他们挡开，等候预言家提瑞西阿斯的亡灵出现，以便他第一个喝下祭供的鲜血，告诉他未来的路途。提瑞西阿斯果然来了。他饮下鲜血后，说奥德修斯最

终能够安全回到家乡，只不过有些傲慢无礼的人正在他家里挥霍着他的家产，他将把他们统统杀掉，然后过上快乐、富足的生活，年迈之后心平气和地死去。他还告诉奥德修斯，他之前弄瞎了独眼巨人波吕斐摩斯的眼睛，已经惹怒了他的父亲波塞冬，因而还要在海上继续漫游几年。他警告奥德修斯，在经过特里纳克西亚岛时，千万不要去伤害太阳神的牛群，否则会遭遇灭顶之灾。

预言家提瑞西阿斯离开后，奥德修斯看到了自己母亲的亡灵。她饮下祭供的鲜血，认出了自己的儿子。她讲了自己因为过度思念奥德修斯而死，并讲了他的老父的情况，以及他的妻子佩内洛普和儿子忒勒玛科斯的情况。奥德修斯听得颇为震动，伸出手想要拥抱自己的母亲，可是她却像梦中幻影般消失不见了。接着，他看到了一些著名女性的亡灵：海伦、卡斯托尔和波吕丢刻斯的母亲丽达，赫拉克勒斯的母亲阿尔克墨涅，忒修斯曾遗弃在纳克索斯岛的阿里阿德涅……他看到了在特洛伊与他并肩作战的英雄们：阿伽门农说了自己被谋杀的悲惨遭遇，阿基琉斯则如同生前般卓尔不群。他还看到了前辈英雄们的亡灵，比如伟大的赫拉克勒斯的亡灵——当然，仅仅是他的亡灵，因为他本人已经成为奥林波斯神的一员了。除了这些亡灵，奥德修斯还看到弥诺斯正襟危坐，俨然是一个严明的判官，看到坦塔罗斯、西绪福斯等触犯了神祇的亡灵正在遭受永世的惩罚。

塞壬女妖

世上没几个活人安全地出入过冥界，奥德修斯实属幸运。他返回地上世界后，与伙伴们重访了喀尔刻的岛屿。喀尔刻优礼款待了他们一日，警告奥德修斯前程有险，并且告诉他防范的方法。随后，他们扬帆起航，又投入了征途。

他们远远地看见前方有一座岛屿，塞壬女妖们正坐在绿色的海岸上唱着动听的魔歌。奥德修斯赶忙按照喀尔刻之前的教导，用蜂蜡塞住伙伴们的耳朵，然后让他们捆住他的手脚，牢牢地绑在船的桅杆上。当船接近海岛时，塞壬女妖用歌声召唤他挣脱开束缚，同她们一块儿生活，还说她们知道过去和未来，能够给他幸福。奥德修斯果然受到了蛊惑，拼命挣扎着想要离开船，跳到海岸上去。他还不停地向伙伴们示意，让他们放了他。幸亏伙伴们没有理会他的要求，坚持划啊划，才脱离了险境。

斯库拉和卡律布狄斯

离开塞壬女妖的小岛后，他们很快看到前方有两座悬崖，分别矗立在意大利和西西里岛的两岸。女妖斯库拉藏在其中的一座悬崖里，她的十二条腿伸出潜伏的洞外，六颗脑袋朝着不同的方向张望，伺机吞食过往的船只。海峡另一边的悬崖稍微矮一些，崖顶有一棵无花果树，树下坐着女妖卡律布狄斯。她每天三次大量吞入海水，再把海水吐回海中，造成巨大的漩涡。他们遵照喀尔刻的提点，尽量让船远离女妖卡律布狄斯。不过，这样做就没办法躲过

女妖斯库拉的袭击了。她伸出长长的脖子，每一张血盆大口都叼走了一个人。那六个可怜人在女妖的牙缝间挣扎扭动，就像不小心上钩的鱼儿般。他们在被吞食前，绝望地喊奥德修斯救他们，可惜他只能眼睁睁地看着这一切发生，帮不上任何忙。船上的其他人吓得直打哆嗦，拼命划桨离开了这条危险的海峡。

太阳神的牛群

黄昏时分，奥德修斯看到前方就是太阳神的特里纳克西亚岛。他想起了预言家提瑞西阿斯和女巫喀尔刻的嘱咐，命令伙伴们继续向前划，绕过这座岛屿。然而，他们刚刚遭遇了女妖斯库拉的袭击，已经身心俱疲，很想在岛上休息一晚，奥德修斯只好满足他们的要求。然而，第二天早上刮起了逆风，这一刮就是整整一个月。他们被困在岛上，消耗了船上所有储备的物资。为了不至于饿死，他们乘奥德修斯熟睡之际，宰杀了岛上的几头神牛，美美地大吃了一顿。奥德修斯醒来后，惊恐万分地察觉到他们的所作所为，预感到大难临头了，因为牛皮居然在地上爬动起来，牛肉在烧烤时自动顺着叉子往下滑。

不久之后，风变得和顺些了，他们启程离开特里纳克西亚岛。他们哪会知道，太阳神早已向宙斯抱怨了他们的亵渎罪行，还威胁说若不惩罚偷牛的人，他就把太阳车驾入冥界，再也不给大地输送光明了。因此，他们的船没走多远，就遇到了暴风雨。海浪铺天盖地倾倒下来，船上的

人一个个沉入海中淹死了，只有奥德修斯紧紧地依附在残破的船上，孤身一人随波逐流。他被海浪径直推送回了女妖卡律布狄斯的领域，而她正大口地喷出海水，接着大口地吞食海水和他的破船。在那千钧一发的时候，奥德修斯纵身往上一跳，抓住了悬崖上的无花果树的树枝。他在卡律布狄斯制造的漩涡上空悬挂着，直到她重新吐出海水和破船时，才抓住时机跳回到船上。船体变得又窄又小，奥德修斯用双手当作船桨，在海水中快速划动，终于逃离了卡律布狄斯的威胁。

卡里普索岛

死里逃生之后，孑然一身的奥德修斯被海水冲到了卡里普索的岛上。这位仙女是阿特拉斯的女儿，她友好地接待了奥德修斯，还爱上了他。奥德修斯与美丽的仙女共度了八年美好时光，整日饮酒欢宴，享受奢华富足的生活。但是，奥德修斯并没有忘记自己的家乡和妻儿。他每天都要走到海边，眺望家乡的方向。正如他自己所说：

> 任何东西都不如故乡和父母更可亲，
> 如果有人浪迹在外，生活也富裕，
> 却居住在他乡异域，离开自己的父母。[①]

> ——荷马·《奥德赛》

[①] 荷马：《荷马史诗·奥德赛》，王焕生译，人民文学出版社2008年版，第153页。

雅典娜女神一再为自己宠爱的英雄说情，认为对他的阻碍实在是太长久了。最后，宙斯让赫尔墨斯吩咐卡里普索放人。

卡里普索十分不情愿地服从了天神的旨意。她给奥德修斯准备了工具和材料，让他制作木筏和船帆。等船造好后，她在船上储备了大量食物、美酒、衣物和贵重礼物，依依不舍地给他送行。

奥德修斯顺风顺水航行了一段日子，不料被海王波塞冬看见了。海王仍然为波吕斐摩斯受到的伤害心存怨恨，于是在奥德修斯面前降下暴风骤雨，吹断了他的船帆，打散了他的木筏。这位孤苦无依的航海者漂浮在一片茫茫无际的汪洋之上，似乎已经被他的神祇们遗忘了，随时就会奔赴冥王的府邸。可就在那时，海中仙女看到了他，十分同情他的遭遇。她从汹涌的海浪中升起，飞到他的面前，交给他一条披肩，诚心诚意地鼓舞他。

奥德修斯虽然满腹狐疑，但还是接受了仙女的建议，相信那条披肩具有神奇的魔力。他围上披肩，在木筏彻底碎裂之前纵身跳入了大海，整整游了两天两夜，终于瞅见一道海岸线。浪涛仍然激烈，高高地打在岸边的礁石上。奥德修斯还没来得及作出反应，就被浪头掀上了岸滩。他刚想伸出手抓住一块岩石，一道回头浪又把他拖回了大海。后来，他漂到了小河流的入海口，找到了一处温和的水流，费尽了九牛二虎之力才爬上了岸。他精疲力竭地一头栽在

海岸上，四肢都已经麻木无感了。他躺在岸边的灌木丛中，沉沉地入睡了。

瑙西卡

奥德修斯所在的这座岛，是淮阿喀亚人的国度。这个民族本性善良，安居乐业，深受诸神的眷顾。就在奥德修斯被冲上岸的那个晚上，国王的女儿瑙西卡做了一个梦。在梦中，雅典娜女神提醒她去岸边洗衣服，为即将到来的婚礼做准备。一觉醒来后，公主想到父亲还没有决定选择哪位求婚者成为她的丈夫，便不好意思提出筹备婚礼的事情。不过，她不愿意忤逆女神的意思，就问父亲要了一辆牛车，说是要跟侍女们到海岸边为兄弟们洗衣服。她父亲满口答应，命人备好了牛车。王后还在车上放了一大篮面包、蜂蜜、美酒等食物。公主坐到牛车上，在侍女们的陪同下前往海岸。她们洗完衣服后，将衣服一件件地晾在岸上，接着就坐在岸边的草地上，享用王后提供的美食。吃完后，她们折起裙角，开始玩抛球的游戏。她们玩球的场地，刚好在奥德修斯沉睡的地方附近，喧闹声将一直昏睡的英雄吵醒了。

当胡子拉碴、犹如野人的奥德修斯突然出现在姑娘们面前的时候，她们一个个惊慌失措地喊叫起来。这时，只有瑙西卡镇定地站在原地，打量着眼前的陌生人。奥德修斯慢慢地靠近她，恳请她的帮助，乞求吃的和穿的。瑙西卡礼貌地回应他，在各个方面满足他的请求。她给他香油，

227

让他涂抹在伤痕累累的四肢上，又给他换上刚刚洗晒完的兄弟们的衣服，然后提议他跟她回城，说她父亲肯定会款待他的。瑙西卡不但心善，还很谨慎。在快要进城的时候，她想到人们见她同这样一位英俊潇洒的陌生人（香油和新衣已经让奥德修斯焕然一新了）一起回来，可能会说三道四，所以还是不让他坐在牛车里比较好。

淮阿喀亚人的宫殿

奥德修斯漂泊多年，已经很久没有接触过文明人的日常生活了。在向王宫走去的一路上，他兴致勃勃地打量着宽阔的码头、繁忙的船只和整洁的城邦。城里的街道四通八达，房屋错落有序，百姓丰衣足食，眼前的景象令奥德修斯无限向往自己的那座秩序井然的城邦。他进入王宫后，国王和王后盛情接待了他这样一位异乡人，可见淮阿喀亚人的淳朴民风果然名不虚传。他们先是招待他洗了热水澡，随后为他准备了丰盛宴席、歌舞表演以及体育竞技活动，并在适合的时机恰如其分地表达了他们对于他的来历和经历的好奇。于是，奥德修斯毫无保留地陈述了他在特洛伊战争之后的种种遭遇，末了诚恳地向他们求助，希望他们提供一艘船和一些水手给他，让他得以漂洋过海返回伊萨卡。他们欣然答应了，还送了丰厚的礼物给他，比他在特洛伊战争中得到而后又失去的战利品还要贵重得多。

淮阿喀亚人将他送上了船，水手们划桨启程了。疲惫的奥德修斯很快就陷入了香甜美梦之中，淮阿喀亚人的水

手们不敢惊扰他，只是将他和礼品抬到伊萨卡的岸上，就默默无声地起航回去了。然而，在返程途中，这些慷慨好客的淮阿喀亚人却遭遇了不幸的回报。当他们进入科孚岛附近的海域时，海王波塞冬突然从波浪中跳了出来，将他们连同船只固定在海中，全都变成了石头。如今，我们在科孚岛附近还能看到一座岩石林立的小岛，即"尤利西斯岛"，向我们述说着往日的故事。

佩内洛普的织物

奥德修斯已经离家二十年了。他的臣民和妻儿都对他的生死忧心忡忡，也为他的命运痛苦不安。自从特洛伊城沦陷后，幸存的希腊王公都已经相继回到自己的城邦了，而奥德修斯却是杳无音信。人们都传言他死了，伊萨卡和临近岛国的达官显贵们一直在追求他的妻子佩内洛普。武勒玛科斯尚且年幼，不足以帮助母亲规避那些求婚者们的无礼纠缠，也没办法阻止他们野蛮霸占父亲的宫殿。日复一日，年复一年，他们在国王缺席的宫殿里肆意挥霍，死皮赖脸地瓜分不属于他们的财富。

忠贞的佩内洛普，仍然望穿秋水地盼望着丈夫回来，想方设法打发这些无赖的求婚者。她想出了一条拖延妙计，堪与奥德修斯的狡猾相提并论：她宣称，在她为公公织完一匹做寿衣的布料后，就改嫁他们中的一个。而实际上，她白天在侍女们的陪伴下静心织布，晚上则在四下无人的时候把织好的部分拆掉；她就这样织了又拆，拆了又织，

骗了求婚者们整整三年。可是现在，他们已经看穿了她的缓兵之计，因而比以往更急迫地逼她做出决定。

忒勒玛科斯寻父

与此同时，忒勒玛科斯渐渐长大。他眼睁睁地看着那些求婚者肆无忌惮地挥霍他的家财，恬不知耻地逼迫他的母亲，虽然愤慨不已，却无计可施。他还没有强大到可以将求婚者们赶出宫殿、打消他们的无礼念头的地步。在奥德修斯回到伊萨卡前不久，一直庇佑奥德修斯的雅典娜女神出现在了忒勒玛科斯身边。她让他勇敢地正视自己对求婚者们的厌恶，出去寻找自己的父亲。在她的指引下，他先后去了内斯特和墨涅拉俄斯的王宫，两位英雄都热情友好地接待了昔日伙伴的儿子。内斯特并没有关于奥德修斯的消息可以相告，墨涅拉俄斯则从具有预言能力的老海神普洛透斯那里听到了一些事情，知道奥德修斯被困在仙女卡里普索的岛上。忒勒玛科斯听说自己的父亲仍然健在后，勇气倍增，立即踏上了回家的旅程，要与那些卑鄙的求婚者们抗争到底。

然而，早在忒勒玛科斯整装离家、外出寻父之际，王宫里的求婚者们就开始忌讳他表现出的决心和胆识。他们筹谋埋伏在他返航的海域，想要他的性命。

在牧猪人的茅草屋

话说奥德修斯在伊萨卡的海滩上醒来时，因离家久远而不认识故土了。雅典娜女神及时出现，告诉他已经身在

朝思暮想的故乡了，同时还告诫他警惕仍将面对的危险。为了进一步保护他，女神把他变成了一个衣衫褴褛的老乞丐。奥德修斯在这层伪装之下，走进忠诚的老牧猪人欧迈俄斯的茅草屋内，向他乞讨食物和住处。老牧猪人秉承了他那位离乡多年的主人的好客传统，友好地接待了眼前的陌生人，尽一切可能款待他，同时向他倾述了岛上的种种事件和目前的危险境况。他的话语间充满了对曾经的主人奥德修斯的尊敬，同时也对他的生死未卜感慨不已。

正当他们说话的时候，刚刚躲过埋伏的忒勒玛科斯上了岸，碰巧也去了牧猪人的茅草屋。奥德修斯见儿子长得人高马大、英气勃勃，内心很是欢喜。年轻的忒勒玛科斯谦恭有礼地对待老乞丐模样的奥德修斯，充分表现出一位高尚的希腊人对老者的敬意。奥德修斯一直压抑着激动的心情，待到欧迈俄斯奉命出去之后，才趁着单独相处的时机表明了自己的真实身份。父子俩一起商议了处死那些无赖的求婚者的方法，而奥德修斯在欧迈俄斯赶回来之前又恢复了之前的伪装。

奥德修斯的胜利

在阔别故土二十年之后，奥德修斯并不是以受人尊敬的英雄形象凯旋归来，而是以又年迈又可怜的乞丐身份出现在众人面前，乞求大家的施舍和怜悯。但即便他伪装得很好，还是有两个忠诚的朋友认出了他。一个是奥德修斯的老猎狗，它躺卧在宫门外的垃圾堆上。当他从旁经过的

时候，它凭着常人难以理解的狗的直觉，一下子认出了主人。尽管虚弱无力，它仍然拼命竖起耳朵、摆动尾巴，最后一次讨好主人，然后心满意足地死去了。奥德修斯的妻子并没有认出他。虽然佩内洛普命人将他叫到跟前，询问他在旅途中获悉的关于她丈夫的一切讯息，她也只是将他当成异乡人看待。另一个认出奥德修斯的人是他的老女佣欧律克勒阿。在佩内洛普的吩咐下，欧律克勒阿给这位异乡人洗脚，认出了他腿上自少年时期就留下的一道伤疤。要不是奥德修斯示意她保持镇定的话，她可能立即就把他的真实身份说出来了。

那些傲慢的求婚者整天待在王宫大殿里饮酒欢宴，没一个人瞧得起新来的老乞丐。他们一起嘲讽挖苦他，不愿施舍一丁点儿东西给他吃。宙斯曾为人类订立了热情好客的律法，希望人类能够和睦相处，可是现在，这些人竟敢肆意践踏神祇的意旨，在别人的宅子里如此颐指气使，如此恃强凌弱！忒勒玛科斯义正言辞地指责他们的无礼，一些良心未泯的求婚者也开始附和忒勒玛科斯，奥德修斯才终于躲过了他们的粗暴行径。

在雅典娜的促使下，佩内洛普取出奥德修斯当年留下的大弓，走到求婚者们面前，宣布她要通过一场技能比赛来解决选夫问题。她表示，若有人能够拉开大弓，让箭矢射过并排放置的九柄斧子的耳孔的话，她就嫁他为妻。求婚者们一个个自信满满地上来尝试，结果连大弓都拉不开，

更别提拿它射箭了。

这时，老乞丐站了起来，请求一试。在众求婚者的嗤笑和抗议声中，老乞丐从佩内洛普的手中接过大弓，轻而易举地拉满弓弦，箭矢"嗖"地一声飞了出去，不偏不倚地穿过了九柄斧子的耳孔。他扯下伪装，显露出英雄本色，一会儿把箭射向这个求婚者，一会儿又把箭射向那个求婚者，将他们一个个射倒在地。而就在技能比赛的前一晚，忒勒玛科斯已经命人将大厅里的所有武器移走，并吩咐忠诚的牧猪人和另一位忠诚的牧牛人守在大厅的出口处。如若不是一个不忠的奴仆偷偷运进了刀剑和盾牌给尚未倒下的求婚者的话，奥德修斯父子俩将不费吹灰之力宰杀了所有求婚者。虽然出现了叛徒，遭遇了抵抗，他俩在雅典娜女神的帮助下，最终取得了胜利，让求婚者及其追随者们悉数死在了大厅。

血腥搏杀之后，奥德修斯向妻子表明了身份。宫殿洗刷一新，而奥德修斯在经历了二十年颠沛流离的生活后，开启了温馨富足的人生新篇章。

阿伽门农及其家族

克吕泰涅斯特拉和埃癸斯托斯

阿伽门农为了替兄弟墨涅拉俄斯遭受的侮辱报仇，率领希腊联军长途跋涉，前去讨伐特洛伊。临行前，他把照顾孩子和管理王国的重任交给了妻子克吕泰涅斯特拉。攻陷了特洛伊城后，他虽然没有像奥德修斯那样历经磨难才返航归家，但是在他离家的这些年里，一场血雨腥风的报应正在粉墨登场，并最终在他归家的时刻上演。他所经历的灾难实在是惨无人道，成为他那始终伴随着罪恶和凶杀的家族里最惊心动魄的黑暗一幕。

他的堂兄弟埃癸斯托斯，那时正是克吕泰涅斯特拉的奸夫，与她一同掌管着王国的大小事宜。埃癸斯托斯的父

亲堤厄斯忒斯，曾参加他的兄弟阿特柔斯招待的一场宴会。在宴会上，阿特柔斯骗他吃了一道用他两个亲生儿子的肉做成的菜肴。这种残酷至极的恶行点燃了堤厄斯忒斯唯一幸存的儿子埃癸斯托斯的熊熊怒火，他一直等待时机向阿特柔斯的儿子阿伽门农报仇，重新挑起存在于他们父辈之间的惨烈纷争。

克吕泰涅斯特拉之所以想要谋害自己的丈夫阿伽门农，除了她已经不可自拔地爱上了埃癸斯托斯之外，还有别的原因。早在阿伽门农吩咐克吕泰涅斯特拉把女儿伊菲格涅娅送到奥里斯海湾，假意让女儿与阿基琉斯订婚，实则把她献祭给阿尔忒弥斯女神的时候，克吕泰涅斯特拉的内心就已经埋下了仇恨的种子，所以才会心甘情愿地与埃癸斯托斯密谋除掉阿伽门农。

阿伽门农的结局

克吕泰涅斯特拉和埃癸斯托斯在宫殿的城墙上设立了烽火哨，哨兵年复一年地守在那里，在等了足足九年多的时间之后，才看到特洛伊沦陷和国王凯旋的烽火。哨兵急忙走下城墙，汇报了烽火点燃的信息，这意味着阿伽门农即将回国了。他们准备了隆重的礼节迎接他的归来，欢天喜地的人们纷纷聚集到城门口，庆贺他的胜利。阿伽门农带着幸存的将士们以及女俘卡珊德拉，浩浩荡荡地进入城内。

这位卡珊德拉，是普里阿摩斯的女儿，阿波罗在爱上

她之后赐予了她预言的能力，但因为她回绝了他的爱，便对她施加了一条诅咒，让她说出的预言永远不被人采信。当阿伽门农的马车行驶到宫殿门前时，大门开启了，克吕泰涅斯特拉身穿节日的华服迎上前去，虚情假意地恭贺他的丰功伟绩，将他引入宫殿。在大门关上的那一刹那，坚持留在马车内的卡珊德拉发出了悲鸣，用不可思议的语言提醒众人悲剧即将上演。她看见眼前的宫殿笼罩在一片血腥和罪恶之中，而紧随其后发生的事情将更为惨烈。然而，没有人听得懂她的预言，直到紧闭的大门内传出一阵阵痛苦的喊叫声时，人们似乎才理解了她刚才的话。

阿伽门农想要在为他接风洗尘的欢宴之前沐浴更衣，便毫无防备地卸下铠甲和武器，踏进澡盆里，不料却被乱刀砍死。傲慢的克吕泰涅斯特拉毫不掩饰这场残酷的杀戮，任凭宫门大开，将伤口处仍然在淌血的尸体暴露在众人面前。随后，克吕泰涅斯特拉受嫉妒驱使，把卡珊德拉也杀死了。

俄瑞斯忒斯为父报仇

按照那个时代的法理观念，身为儿子，理应承担起为父报仇的责任。克吕泰涅斯特拉和埃癸斯托斯深知这一点，所以想要除掉阿伽门农年幼的儿子俄瑞斯忒斯。要不是他的姐姐厄勒克特拉及时将他交给一个心腹仆人，安排他们出城的话，恐怕就没有后续的故事了。这件事之后，厄勒克特拉被迫嫁给了一个地位低下的仆人，从而压根不具备

奋起反抗那对谋杀者的能力。她能够做到的，也只是一天天地祈祷远在他乡的弟弟快快长大，回来履行他为父亲报仇的责任。

这一天终于到来了。俄瑞斯忒斯带着挚友皮拉得斯回到故土，在父亲的墓前与姐姐相认，为摆在他们面前的艰巨任务达成了共识。在克吕泰涅斯特拉和埃癸斯托斯举行宗教祭仪的时候，俄瑞斯忒斯突然出现，将他俩杀了个措手不及。

俄瑞斯忒斯的疯癫与净化

俄瑞斯忒斯就这样把亲生母亲杀了。虽然他是遵奉为父报仇的古老法则行事，但弑亲行为仍然是一种渎神，招致了神祇的愤怒。三位复仇女神作为惩戒罪行的神圣代表，步步紧逼俄瑞斯忒斯，让他陷入了疯癫状态，并把他从一个地方驱赶到另一个地方。在他到处流浪的过程中，忠诚的朋友皮拉得斯始终陪伴着他、看护着他。

最后，他们按照神的旨意，前往陶里斯人的岛屿，去取阿尔忒弥斯女神的神像。多年前，正当阿伽门农的另一个女儿伊菲格涅娅在奥里斯海湾被献祭的险要关头，阿尔忒弥斯女神救下了她，并把她送到了陶里斯岛。自那以后，伊菲格涅娅就在陶里斯岛住下了，成为岛上的阿尔忒弥斯神庙的女祭司。当地有一个野蛮习俗，要把每一个上岸的异乡人献祭给阿尔忒弥斯女神。行使这一陈规陋习的人，恰恰是伊菲格涅娅。当俄瑞斯忒斯及其挚友皮拉得斯即将

被献祭的时候，身为女祭司的伊菲格涅娅得知了他们的身份。她利用自己在岛上的地位和影响力，帮助他们取走了女神像，跟他们毫发无损地离开了陶里斯岛。

　　直到此刻，俄瑞斯忒斯的罪孽仍然没有得到净化。他被复仇女神驱赶着来到阿瑞斯山的阿瑞奥帕戈斯，即雅典的最高法院。在法庭上，复仇女神以原告的身份出现，控诉俄瑞斯忒斯弑母的恶行。俄瑞斯忒斯则为自己辩护，说他是在阿波罗的许可下才去为父报仇的。当法院投票表决时，两边的票数正好相等。决定的一票握在雅典娜女神手上，她赦免了俄瑞斯忒斯。复仇女神只得放弃驱逐俄瑞斯忒斯，而他通过洗脱自身的罪名，结束了这个家族自珀罗普斯开始的一系列诅咒。

罗马神话的源头

埃涅阿斯

罗马人从神话传说和传统文化中追溯他们悠久的民族历史，认为他们民族的起源时期远比历史文献中记载的时间要早，而埃涅阿斯——维纳斯（爱神阿佛洛狄忒的罗马名）为安喀塞斯生下的儿子，就是他们这个民族的缔造者。在特洛伊战争中，埃涅阿斯以显赫战功证明了自己是特洛伊将士中最骁勇、最英明的领袖之一，或许是特洛伊人中仅次于赫克托尔的英雄。在他与狄俄墨得斯决斗的时候，他的女神母亲情急之下出面干预，救下了他的性命。他还参与争夺帕特罗克洛斯的尸体，甚至勇敢地抵抗战无不胜的阿基琉斯的袭击。古希腊诗人荷马已经为我们讲述了很

多细节，但完整地记述埃涅阿斯的丰功伟绩和漂泊历程的人是古罗马诗人维吉尔。他以埃涅阿斯为中心人物，写出了罗马民族最伟大的史诗《埃涅阿斯纪》。

埃涅阿斯逃离沦陷的特洛伊

特洛伊人无视拉奥孔的忠告，将庞大的木马拉进了城内。那晚，他们轻信希腊人已经撤离，卸下长久戒备的心房，重温久违的睡眠和休息。正当埃涅阿斯睡得香甜时，他的堂兄赫克托尔的英魂将他喊醒。那英魂顾不得阿基琉斯重创他的累累伤口仍然在往外渗血，急迫地命他快快起来，看看正遭受灭顶之灾的特洛伊。他醒来后，急忙冲到屋顶上，发现整座城市已经被敌人占领了。为了拯救正在沦陷的特洛伊，他不顾个人安危，带领一群特洛伊勇士展开了最后的殊死抗争。他们且战且退，最后被逼入了普里阿摩斯的王宫。在那里，老国王已经惨遭杀戮，尸体横陈在他自家的祭坛前；他的小儿子死在他的身旁；他的女人们绝望地挤作一团。不过，埃涅阿斯命不该绝，他注定不能死在火光冲天的特洛伊，而是要去台伯河岸缔造一座规模更大的新城。

维纳斯出现在她儿子面前，"取下那遮挡凡人视线的面纱"，向他证实特洛伊沦陷是神祇的意旨。埃涅阿斯因此放弃了抵抗，飞速赶回家中，保护他的家人。他让老父安喀塞斯揣好家神们的神像，然后把他扛在自己的肩上，一把抓起年幼的儿子阿斯卡尼俄斯的手，让妻子克瑞乌萨紧跟

在他身后，一起逃出去。他们避开火焰，穿过阻碍，逃到了城墙外的安全之地。可惜的是，直到穿过了城墙大门，埃涅阿斯才发现妻子在混乱中被人群冲散了。他惊慌失措地到处寻找她，结果只看到她的亡灵出现在他的面前。她是特意来告诉他，神祇要把她留在这片土地上，而他注定要在没有她的陪伴下远行。在随后的几天里，其他侥幸存活下来的特洛伊人也陆陆续续赶来，加入到他们位于山川和海洋之间的藏身处。他们在那里住了一段时间，建造了十二艘大船。等到第二年春暖花开的时候，大家扬帆出海，去寻找新的家园。

埃涅阿斯的漫游

在这之后，埃涅阿斯就像尤利西斯（奥德修斯的罗马名）的漫漫海上历险之旅一样，也开始了一段危机四伏的海上漫游。他们的船队首先在色雷斯登陆。埃涅阿斯本希望在那座岛上建立新城，但一棵灌木出现了奇怪的征兆。当他们拔起那棵灌木的时候，树的根部居然流出了血，随后出现了普里阿摩斯那位被谋杀的儿子波吕多洛斯的声音，他让他们离开这已遭亵渎的土地，去寻找更吉祥的安身之处。

他们随后航行到得洛斯岛，向阿波罗寻求指引，神谕指示他们去古老的故土。他们根据流传下来的古老故事，断定他们的祖先来自克里特岛，便决定驶向那儿。他们一到克里特岛，就着手建造自己的城市，但人群中突然爆发了严重的瘟疫，谷物枯萎，人畜病死，境况十分惨淡。这

时，家神托梦给埃涅阿斯，告诉他阿波罗神谕指的故土其实是一片叫做赫斯佩里娅的西方国度（也就是现在的意大利），因为他们的始祖达耳达诺斯就是从那儿出来的。

他们虽然人数锐减，悲伤不已，但仍然充满希望地开始了西方之旅。沿途中，一场猛烈的暴风雨将他们的船队吹离了航线，迫使他们停靠在斯特洛法登岛。这是一块声名狼藉的不毛之地，阿耳戈英雄们遇到过的哈耳庇厄就盘踞在那里。又饥又渴的特洛伊人摆开食物，准备美美地吃上一顿，不料贪婪的女妖们从空中俯冲而下，将餐桌上的食物席卷一空。正当特洛伊人操起武器追逐她们的时候，她们中的领袖发出了可怕的预言，说他们的海上历程既漫长又凄苦，一场可怕的饥饿将会降临到他们头上，使他们不得不啃食自己的餐桌。

离开斯特洛法登岛后，船队沿着伊庇鲁斯的海岸线向北航行，经过了尤利西斯的多石岛屿伊萨卡和淮阿喀亚人的海域，最终停靠在北部的海湾。他们上岸后，惊喜地发现这里的城市以特洛伊城为模版建造，而普里阿摩斯的儿子赫勒诺斯正统治着这座岛屿。赫克托尔的遗孀安德洛玛克，虽然在特洛伊城沦陷之后落到了阿基琉斯的儿子涅俄普托勒摩斯的手中，现在却是赫勒诺斯的妻子。特洛伊人上岸时，她正巧站在她那尊贵的第一任丈夫的空坟前，忙着为他举行祭祀仪式。见到远道而来的故乡人后，她与赫勒诺斯以最友善的态度款待了他们。不过，埃涅阿斯认为他们必须按照神祇的意

旨，继续他们的缔造新城之旅，而不应该逗留此地。赫勒诺斯夫妻俩只得往他们船上装了很多礼物，并告诫他们前方的险境，然后依依不舍地为他们送行。

　　他们一路向西，远远地看到了意大利，但是这片意大利南部的城镇实际上是希腊人的领域，所以他们只能避开，继续前行。当航行到西西里附近的海域时，他们看见恐怖的斯库拉女妖正盘踞在悬崖的山洞里，而海水在卡律布狄斯制造的漩涡里飞溅。不过，比较幸运的是，他们不必像尤利西斯那样在二者之间进退两难。他们绕过那危险的海域后，航行到西西里岛的南岸，正是独眼巨人波吕斐摩斯的活动区域。不明就里的特洛伊人上了岸，准备在此休息一晚上，但活跃的埃特纳火山喷发着火焰，发出震耳欲聋的声响，使得他们睡意全消，一直保持戒备之心。

　　到了清晨，一位披头散发、瘦骨嶙峋的野人出现在他们面前，可怜兮兮地乞求他们带他离开这座可怕的岛屿。原来，这是个希腊人，是尤利西斯的朋友。当年，尤利西斯用巧计骗过了独眼巨人，使大家免遭被吞食的厄运，但是在仓皇逃走的时候，丢下了那个希腊人。虽然他是仇人，但考虑到独眼巨人的惨无人道，特洛伊人决定不计前嫌，收留这个不幸的希腊人。在他们准备离开的时候，碰巧波吕斐摩斯走下海岸，想用波浪冲洗自己还在流血的眼眶。他听到了划桨的声音，大喊起来，其他独眼巨人们纷纷顺着他的声音奔跑过来，像一座座参天大树般围聚在海岸边，

243

威胁着要让他们船毁人亡。

　　他们奋力划桨，远离了西西里岛。没过多久，埃涅阿斯遭遇了一场毫无防备的锥心之痛：他那出身尊贵的老父安喀塞斯，在跟随着他经历了这么多年的风雨飘摇之后，不幸去世了，而且不得不葬身在异乡的土地中。西西里岛距离他们命中注定的意大利很近，但是在他们为安喀塞斯举行完隆重的葬礼后再度出海时，对特洛伊人宿怨已深的朱诺（天后赫拉的罗马名）拜托风王埃俄罗斯放出破坏性极强的风，将船队吹得七零八落，偏离了原来的航线。船队被吹往南边后，好不容易在非洲的一个小海湾找到了安全的停歇之处。那儿坐落着一座新城迦太基，埃涅阿斯带着亲信阿赫提斯去侦察陌生的土地。他的母亲维纳斯装扮成一位女猎人的模样现身，指引他们进城。

狄多善待埃涅阿斯

　　迦太基虽然建在非洲的海岸边，但其实是淮阿喀亚人的一座城市，由淮阿喀亚国王的一个名叫狄多的女儿创建。在她那心肠歹毒的哥哥杀了她的丈夫之后，她带着一大群追随者悄悄离开了故土，在迦太基创建了新城。她对特洛伊城的故事非常了解，也熟悉埃涅阿斯的名字，所以盛情接待了这群不幸的异乡人，甚至邀请他们共享她的新城和财富。女王对埃涅阿斯如此善意，多半是由埃涅阿斯的母亲推动的，因为她命自己的那个力量强大的儿子丘比特（小爱神厄洛斯的罗马名）化成少年阿斯卡尼俄斯的模样，

朝寡居的女王射了一箭，让她疯狂地爱上了这位尊贵的异乡人。埃涅阿斯对女王的热情也做出了回应，与她秘密结合在一起，甚至打算就此在迦太基住下，安享这里的无忧无虑的快乐生活。天帝朱庇特（天帝宙斯的罗马名）看到这一切后，派遣墨丘利（神使赫尔墨斯的罗马名）去告诫埃涅阿斯千万别沉迷在温柔乡里，而应该肩负起创建罗马王国、使罗马民族成为世界的主宰的神圣使命。

正直的埃涅阿斯听从了神祇的意旨，将个人感情放在了一边，将他对慷慨的女王妻子的感激与敬意深埋在心底，将注意力重新转移到自己的崇高使命上。他加紧准备了船队，择日扬帆起航。这样一来，因女神的插手而陷入不明智的恋情的狄多，便痛苦难耐了。她的激情仍然像烈火般熊熊燃烧，而敬畏神祇的爱人却选择离她而去，这对她来说无疑是致命的打击。她命人在宫殿里堆起高高的柴薪，然后爬到上面，一边诅咒着她那背信弃义的爱人，一边用他留下的宝剑自杀了，并与那堆柴薪一起焚为灰烬。红色的火光直冲云霄，刚刚离开港口驶向未知前方的特洛伊人将这悲惨的一幕看得清清楚楚。

船队着火

一场风暴将船队吹回了西西里岛。在那儿统治一方水土的阿刻斯忒斯国王，与特洛伊人有血缘关系，因而热情接待了他们。他们在岛上稍作停留，为埃涅阿斯的先父安喀塞斯举行了迟到的献祭仪式和殡葬赛会。正当男人们忙

于这些活动时，怒气未消的朱诺派遣她的神使伊里斯下凡，引诱特洛伊妇女们烧毁他们的船只，从而让他们放弃命定的责任，结束海上漂泊的生活，就此在梦寐以求的西西里岛安居下来。事实上，他们在之前的风暴中已经损失了几艘船只，现在又被大火吞噬了几艘船只，剩下的寥寥船只根本不可能承载所有特洛伊人继续前行。无奈之下，那些年迈体弱的特洛伊男人，以及正为刚才的冲动行为后悔的女人，被留在了阿刻斯忒斯的王国，埃涅阿斯则带着人数锐减的追随者们再次出航。

维纳斯恳请尼普顿（海王波塞冬的罗马名）保持大海平静，以便埃涅阿斯顺利地完成最后一段航程。海王答应了，但提出要一条人命，他就给所有人放行。于是，熟练的舵手帕里纽勒斯成了牺牲品。他在掌舵的时候被睡神袭击，跌入了大海，伙伴们遍寻不到他。他的尸体被海浪冲到意大利西部的一个海角上，而今那海角仍然以他的名字命名。

库迈的西比尔

友好的赫勒诺斯国王是一位预言家，他曾经劝告埃涅阿斯，让他在抵达目的地、创建新城之前，先去拜访库迈的女预言家西比尔，然后在她的指点下去冥府一趟，向他的父亲寻求关于未来事业的建议。于是，埃涅阿斯将伙伴们留在了距离那不勒斯几英里远的海岸上，独自去寻找西比尔居住的山洞。那山洞有一百个黑暗幽深的洞口，坐落在神秘的阿佛纳斯湖附近。据说，那湖水是冥河溢流出来才形成的，与通往地下的入口相隔不远。埃涅阿斯要寻访

的女预言家西比尔，是阿波罗的神谕者，她在他的启发下说出种种预言。

埃涅阿斯找到她后，虔诚地做了一番献祭，然后祈求她的帮助。西比尔吐出了一连串预言，有警告，也有鼓舞：

> 你们特洛伊人将进入拉维尼姆（位于现今的意大利），这是你们毋庸害怕的，可是你们来了是会后悔的。我看见未来战争带来的一切恐怖景象。我看见台伯河翻滚着血液……你们不要屈服于困难，而要更加勇敢地往前冲。
>
> ——维吉尔·《埃涅阿斯纪》

勇敢的埃涅阿斯毫无惧色，他只希望西比尔指引他通往地下世界的道路，让他得以像其他神祇的子嗣（比如赫拉克勒斯、忒修斯、俄耳甫斯）那样深入恐怖的冥府，见到先父的亡魂。西比尔回答说：

> 下阿佛纳斯湖的路并不难走；每日每夜冥王的门户都敞开着；可是，从原路回到地上世界就困难了。这是一件苦差。①
>
> ——维吉尔·《埃涅阿斯纪》

---

① 译者为了配合杰西·塔特洛克的《希腊罗马神话》的原文，参照杨国翰先生所译的《埃涅阿斯纪》略作调整。具体可参见维吉尔：《埃涅阿斯纪》，杨国翰译，译林出版社1999年版，第141、143页。

西比尔指示埃涅阿斯去林子里寻找一棵树，把树上的金枝折下来献给普罗塞耳皮娜（冥后珀尔塞福涅的罗马名）。于是，埃涅阿斯进入茂密的树林。多亏他的母亲派了两只鸽子给他引路，要不然他恐怕是很难发现那棵长有金枝的奇异之树了。

地下之旅

埃涅阿斯用黑羊向冥界的神祇献祭后，西比尔带他沿着一条幽暗的道路穿过深洞，走向冥王的地府。在地府的门口，"痛苦"、复仇的"牵挂"、苍白的"疾病"、忧郁的"老年"、可怕的"恐惧"、讨厌的"饥荒"、可耻的"欲望"、死神的孪生兄弟"睡神"以及制造死亡的"战争"全都挤在门槛处。进入大门之后，他们看到了复仇女神的铁屋，还有那位用一根根血淋淋的发带绑住蛇发的不和女神。在中间的开阔之处，一棵庞大的榆树枝繁叶茂，叶子上挂满了各种各样具有欺骗性的"梦"，树下则聚集了半人马、喀迈拉、喷火兽、蛇发女妖、鸟身女妖等怪物。埃涅阿斯本想提起宝剑冲上去厮杀，结果被西比尔喝住了。他这才知道他们只是没有实体的幽灵，自己的宝剑压根伤不了他们。

西比尔引导他向下走，来到黑色的阿刻戎河岸边，恶劣的摆渡人卡戎正守候在破船上。岸边云集着很多尸体没有得到妥善安葬的亡灵，"多得就像深秋第一场霜冻后森林里的落叶"。摆渡人只选取一部分亡灵上船，其余亡灵无望

地在岸边徘徊，要飘荡上一百年才能被渡过河，前往幽暗的彼岸。这时，舵手帕里纽勒斯的亡灵飘到埃涅阿斯面前，恳求他回到地上世界后，去海岸边找到他的尸体，将他好好安葬了。摆渡人卡戎一开始拒绝让一个活人上他的破船，但西比尔说了一番话，又亮出了金枝，他只能让船上的其他亡灵让出一点空间给这位活人英雄，送他们过河。

他们上了岸后，遇到了三头狗刻耳柏洛斯，西比尔用一块蜂蜜蛋糕制服了他。随后，他们进入了死亡之区，首先映入他们眼帘的是婴孩和死于错判的亡灵，接着是自我了结性命的亡灵。然后，他们进入了哀者之区，那里游荡着饱尝爱情辛酸的亡灵。埃涅阿斯在那些亡灵中辨认出了不幸的狄多，她前不久才在自己命人搭建的柴薪上火焚了。伤心的埃涅阿斯想要上前拦住她，向她解释当初离开她的真正原因，可惜她默默地远离他，飘到她的第一任丈夫的亡灵旁了。

他们继续往前走，进入了勇士之区。希腊人纷纷避开这位特洛伊英雄，但他的朋友们以及家乡人都围聚到他身边，跟他说话，向他询问地上世界的现状。他们再往前走，看到了被称为"火河"的邱里普勒格顿河。这条燃烧的河流将塔尔塔罗斯深渊坚不可摧的高墙团团围住，而复仇女神就在岸边守卫。深渊内传来一阵阵呻吟声、鞭笞声、铁器碰撞的哐当声，那里关押着提坦神、造反的巨人、亵渎神祇的人以及违背自然规律的人。埃涅阿斯自然是没办法

去参观深渊内的惨状，但西比尔一边走着一边细细描述给他听。

与塔尔塔罗斯深渊的凄苦相比，伊利斯乐土呈现出截然不同的景象。那地方有一个专属的太阳和星群，英雄们、神的子嗣们呼吸着自由的空气，所见的一切都笼罩在紫色的光晕中。他们以各种方式自得其乐，有的参加竞技活动，有的齐声欢唱，有的翩翩起舞。埃涅阿斯见到了特洛伊民族的先祖达耳达诺斯、伊洛斯等人，他们在这儿过着美好的生活。

在远处的一个被隔开的翠绿山谷里，埃涅阿斯找到了自己的父亲安喀塞斯，他正在检视一群排成长队的亡灵。这些亡灵已经在地下世界待得够久了，喝了足够多的忘川水，将要转世投胎，回到地上世界去。他们将成为埃涅阿斯的子孙后代，组建光荣的罗马民族。这其中包括罗马城的创建者罗穆卢斯在内的七位罗马君王，扩大罗马帝国疆域的统治者们和将帅们，以及奥古斯都之前的所有名人（维吉尔在奥古斯都统治时期写下了这部伟大的史诗）。安喀塞斯在向儿子解说罗马民族的未来荣光和他将面临的诸多困难时，还将他带到了"梦幻门"跟前：穿过角门的那些梦都将成真，穿过象牙门的那些梦只起到迷惑凡人的作用。

埃涅阿斯告别了父亲之后，原路返回地上世界。

登陆意大利

埃涅阿斯回到船队，沿着意大利的西海岸向北航行，在台伯河的入海口靠岸。在那里，夹杂着沙砾的黄色河水滚滚涌入大海。饥饿难耐的特洛伊人仓促地准备了一顿饭，不但狼吞虎咽着食物，还将盛饼的垫子都塞进嘴巴里了。看到这情景，年轻的阿斯卡尼俄斯喊着说："看哪，我们真的在吃桌子了！"埃涅阿斯一听这话，就知道那位哈耳庇厄女妖的预言有惊无险地应验了，而他们也最终抵达了命定之地。他们谢天谢地，敬拜当地的神祇。

这片土地的统治者是拉丁努斯，他的女儿拉维尼亚正被邻邦的统治者图尔努斯追求。虽然拉丁努斯夫妇都很乐意看到女儿嫁给图尔努斯，神祇却警告他们拒绝这门婚事，因为拉维尼亚命中注定的丈夫应该是一个漂洋过海而来的英雄，他们俩结合将产生一个征服世界的民族。因此，当埃涅阿斯派人去面见拉丁努斯时，这位国王立马意识到自己的未来女婿就在这批特洛伊人中，高高兴兴地表示愿意合作，还准备把女儿出嫁。

可是，朱诺仍然难以原谅特洛伊人。她召唤了一位复仇女神，让她去挑起拉丁努斯的王后和图尔努斯对特洛伊人的厌恶。这位复仇女神不负所托，在这群外乡人和当地牧人之间挑起了纷争。最后，两面神雅努斯的神庙大门被打开了，各个城邦纷纷加入到对付特洛伊人的战争之中。

一天夜里，台伯河的河神从水中升起，对正躺在河岸

251

边沉睡的埃涅阿斯说话，让他沿着河流往上走，去找善良的国王伊万德。埃涅阿斯醒来后，立即执行友善的提示。他逆流而上，第二天正午走到了伊万德的领土。只见一座座简陋的房子错落在七座山丘之间，谁又会想到这个城镇后来发展为规模宏伟的罗马城呢！埃涅阿斯正是在这片孕育了后世荣光的土地上，受到了伊万德的友好接待，并且与他达成了互助协定。在这位新盟友的建议下，埃涅阿斯北上伊特鲁里亚城，与那里的国王也结成了盟友。事实上，伊特鲁里亚的国王与图尔努斯结怨已久，自然是愿意帮助特洛伊人。

埃涅阿斯带着结盟的好消息回到台伯河边的营地，与图尔努斯纠集的势力展开了激战。尽管图尔努斯及其盟友英勇善战，而且在人数上占有绝对优势，特洛伊人还是击溃了他们。埃涅阿斯亲手杀死了图尔努斯，维吉尔的史诗也就到此为止了。我们可以推断，埃涅阿斯战胜所有敌人之后，娶了拉维尼亚为妻，还根据她的名字将自己创建的城市命名为"拉维尼姆"。

罗穆卢斯和雷穆

埃涅阿斯的儿子阿斯卡尼俄斯在阿尔本山的缓坡上创建了阿尔本龙加城。在他去世之后，他的子孙后代继续统治着这片区域。他们经历了很长时间的国泰民安，但到了国王努米托掌权的时候，却发生了重大变故。邪恶的弟弟阿穆利乌斯不但谋权篡位，而且为了免除后顾无忧，杀了

努米托唯一的儿子，让国王唯一的女儿雷娅·西尔维娅做贞女，侍奉维斯塔女神（灶神赫斯提亚的罗马名）。马尔斯（战神阿瑞斯的罗马名）爱上了这位贞女，与她结合，使她生下了一对双胞胎。阿穆利乌斯仍然不肯放过可怜的母子，命人将尚在襁褓中的双胞胎扔到河里淹死。他俩顺水而下，一直漂流到台伯河。在神祇的引导下，水流将他俩冲到河岸上，让他俩安全地躺在巴拉丁山的一棵无花果树下。那时，刚巧有一只母狼路过，听到了他俩的哭声，便像对待自己的狼崽子那样哺育他们。据说，还有一只啄木鸟（战神阿瑞斯的圣鸟）叼来食物，喂养他们。

过了一阵子，一位好心的牧羊人看到了这对几乎成了野人的小双胞胎，将他们带回自己位于巴拉丁山的茅草屋内，与妻子一起悉心抚养，还给他们取名为罗穆卢斯和雷穆。他们长大后，成了远近闻名的牧羊人首领，带领年轻的牧羊人们共同抗击野兽和强盗。一次，雷穆与努米托的牧人们发生了冲突，误打误撞被扭送到努米托跟前，后者惊喜地发现他就是自己的外孙。孪生兄弟身世大白，他们联手杀死了罪有应得的阿穆利乌斯，帮助外祖父恢复了王位。

他俩对儿时嬉戏玩闹的山野怀有一份独特的感情，因而辞别了外祖父，带着一群年轻人回到台伯河岸，想要在那里创建新城。然而，他俩在选址问题上产生了争议，一个说巴拉丁山更合适，另一个却倾向于巴拉丁山对面的阿

文丁山。最后，他们一致同意由神祇做最后的裁定。雷穆站在阿文丁山翘首期盼吉兆，当他看到六只秃鹰飞过来时，以为自己得到了神祇的眷顾，岂料罗穆卢斯在巴拉丁山看到了十二只秃鹰。这样的结果令雷穆失望透顶，他决定戏弄一下自己的兄弟。在罗穆卢斯建好了城墙之后，雷穆故意从城墙上跳了过去，借此嘲弄新城的建设。罗穆卢斯经不起他的挑衅，一怒之下当场杀死了亲兄弟。

新城吸引了周边的村民，越来越多的人涌入到这座城市，为它的发展壮大贡献绵薄之力。新城也充分展现了热情好客的风尚，积极为各类逃难、避难的人提供庇护。现在，摆在他们面前只有一个问题——女人太少了。罗穆卢斯为解决这个难题绞尽脑汁，在各种较为稳妥的方法都宣告失败之后，无奈之下只得采用一条颇为凶险的计策。他假意举办祭神的赛会，邀请周边的拉丁人和萨宾人携妻带女前来参观新城，但是当这些客人疏于防备的时候，罗马的小伙子们便冲上去抢走萨宾女人们，然后蛮横地将萨宾男人们驱逐出去。不甘心的萨宾男人们集结武装力量，浩浩荡荡地回来讨要自己的女人们。一场激战由此打响，就发生在后来成为罗马广场的地方。事实上，萨宾女人们已经爱上了那些年轻而鲁莽的劫掠者们，但同时也深为关切同胞们的安危。在战争打得如火如荼的时候，她们冲到前线，让双方达成了和解。于是，萨宾人就在卡匹托尔山和奎里纳勒山一带住了下来，与罗马人组成了一个联邦。两

个民族各自依山而居，若是遇到公共事务需要处理，便在交接山谷内的集会广场商议解决。

罗穆卢斯是一位英明的君主。在他的有效统治下，新城急速扩张，一次次成功击退了敌人的入侵。一天，他正在城墙外的马尔斯广场检阅军队，突然天气骤变，狂风大作，天空黑沉沉地吓人，紧接着就发生了日食。广场上的将士纷纷逃之夭夭后，马尔斯驾着战车狂奔而来，将他的儿子罗穆卢斯接到了天庭。从此以后，人们尊称罗穆卢斯为奎里纳斯，虔诚地敬拜这位新神祇。他们在其他神祇的庙宇旁修建了奎里纳斯神庙，同时完好地保留了他还是牧羊人时居住的茅草小屋。继罗穆卢斯之后的六位君主，各有各的异彩纷呈的冒险经历；不过，关于他们的故事就不再属于神话的范畴了，而更应该是罗马民族传奇历史的组成部分。

译者后记

希腊罗马神话——"健康的儿童"与伟大的传统

　　神话是每个民族在儿童时期的代表作品。我们而今回忆起那些作品时，会发现每个民族是不同的：有的儿童正襟危坐，实足是个小大人；有的儿童永远长不大，几千年来不曾发生过根本变化；有的儿童率真活泼，七情六欲坦露无遗。如果我们硬要进行归类的话，那么希腊罗马神话肯定位列"健康的儿童"，从中体现出的系统化、人性化、开放性和哲理性等特点，是其他民族的神话很难兼顾的。为此，马克思曾赞美说，希腊罗马神话是人类童年时代的美丽的诗，具有永久性的魅力。

希腊罗马神话为我们呈现了一个充满奇幻色彩和独特魅力的人神混在的世界。在那个世界里，地球是扁而圆的，就像一个圆盘，其中心位置就在希腊。地球的最北面居住着幸福的"极北之人"，那里永远都是鲜花盛开的春天。地球的最南面居住着无忧无虑的"埃塞俄比亚人"，他们受到诸神的眷顾，日子也过得很美好。这个不太大的地球被一条名为"大洋之流"的大河环绕着，人们只见泱泱大河奔流不息，却永远也望不到河的对岸。这样我们看到，古希腊人除了对他们周边的地区有所了解以外，对其他民族所知甚少。他们用丰富的想象和生动的构思填补了他们对未知领域的好奇，同时这种神话地理观念并非全然天马行空，而是与希腊三面环海的地形特征有着密切联系。

太阳和月亮被认为是从地球最东边的"大洋之流"中升起。黎明时，太阳神驾着太阳车横穿天国，一众时序女神、季节女神随驾在侧，到了傍晚太阳车就乖乖地停靠在最西边的"大洋之流"，此刻该轮到月亮女神驾着月亮车执行任务了。可是，太阳神和月亮女神都有新老一代的更替，若是不指名道姓的话，便很难猜到究竟指的是哪一位神祇。这就涉及到古希腊人的神话伦理观念了。他们相信，自然世界生生不息，即使他们顶礼膜拜的神祇，也有更早期、更基本的存在形式。在他们的想象中，"混沌"是最古老的神，他孕育了大地女神、爱神、黑暗之神和黑夜女神。从此以后，神的家族香火鼎盛，渐渐形成了谱系，先后经历

257

了乌拉诺斯、克罗诺斯和宙斯三位天帝的统治。宙斯是经历了一系列的斗争和考验，才最终确立了世界新秩序，形成了奥林波斯诸神、陆地诸神、水域诸神、亡灵世界、怪物异类、人类起源等体系完备的神的故事和英雄传说。这些关于世界起源、神祇更替、人类生活演变的故事，绝大部分是寓言性质的，比如白昼从黑夜中产生，天空和大地是各种自然力的父母；它们的内在发展线索，总是从低级走向高级，从自然的混乱无序走向自然经由思维、公义和美干预后的井然有序。

根据希腊人的想象，宙斯成为新一代天帝后，命火神赫淮斯托斯在奥林波斯山上为众神建造了居住和生活的天空之城。宙斯作为最高统治者，经常召集众神到黄金大殿商议要事或者饮酒作乐，俨然如同人间君主号令群臣一样。然而，他虽然拥有至高无上的权力，却也常常遭到其余奥林波斯神的非难甚至是反对：调皮捣蛋的厄洛斯会恶作剧地乱射一通，令天帝颜面扫地，像个痴情汉般盲目地追逐爱情；天后赫拉想尽一切办法阻止天帝拈花惹草，因而就有了卡丽丝托变成熊、伊娥变成小母牛、塞墨勒化为灰烬的故事；海王波塞冬和太阳神阿波罗曾联手挑战天帝的权威，因而被罚往人间服役一年；人间国王坦塔罗斯和柏勒洛丰都骄傲自大地藐视过天帝，因而招致了厄运……在这些故事里，"诸神和人类之父"的宙斯同样要受到环境的制约，不可能完全地任意妄为，更别提较为次要的神祇了。

希腊罗马神话

由此我们看到，在等级森严的神话世界里，诸神喝的是琼浆玉液，吃的是美味仙肴，摆脱了生命的自然羁绊，却并没有脱离日常生活的极限或局限。或许我们可以说，当古希腊人虔诚地抬头眺望那亘古巍峨、祥云缭绕的奥林波斯山时，他们将人类生活的幻想境界投射到了那高不可及的山巅，从而创造了一个永生的人类生活场景。

希腊罗马神话中的神祇具有顽童之心、凡人之性。他们并非高高在上、完美无缺，而是具有人类的体魄和感情，有时还代表了人类各种典型的心理特征或心理倾向，比如虚荣、善妒、好色、猜疑、傲慢、强烈的报复心、膨胀的权力欲，等等。天帝宙斯曾因为喜欢人间的特洛伊王子甘尼米德，不由分说地将他掳掠到天庭，做自己的斟酒者，后来知道自己理亏，就送了特洛伊国王几匹宝马了事。太阳神阿波罗为了在人间的玩伴雅辛托斯而荒废了德尔斐神谕殿。月亮女神阿尔忒弥斯为了人间美男子恩狄弥翁而一度无心驾驶月亮车。丰产女神黛墨忒耳为了女儿被冥王哈得斯劫掠而无暇顾及地上万物的生长。海王波塞冬和智慧女神雅典娜曾争相做雅典城的保护神，要不是众神出面调停，恐怕是要争执不休了。天后赫拉、智慧女神雅典娜、爱与美之神阿佛洛狄忒曾为了争当"第一美人"而埋下了特洛伊战争的根源，从而致使各路英雄豪杰十年征战特洛伊城。

这些永生的神祇或饮宴作乐，或与人偷欢，或帮助自

259

己喜欢的人类，有时候甚至直接参与人间的纷争，活脱脱一群游手好闲、无事生非的家伙。或许正是因为希腊诸神的人化特点，才使得希腊神话里的命运变得不那么残酷无情了。无所不在的命运支配了人的一切，有时甚至连神祇也无法规避，但是正是因为神祇具有与人类共通的情感特征和道德感受，阿伽门农的女儿伊菲格涅娅才以其自我牺牲的高贵品格感动了女神阿尔忒弥斯，躲过了命运的捉弄，并在多年等待后重归故土，而她的弟弟俄瑞斯忒斯虽然为了替父报仇杀了亲生母亲，却得到了智慧女神雅典娜的理解和宽恕。这些命运逻辑里的突变情节，一方面说明了希腊神话在初创之时随着人类社会生活的发展而发生的必要改变，另一方面也体现了希腊诸神鲜明的人本位特质。

在一个神祇活跃和命运乖张的世界里，凡人似乎成了生活的客体，不再具备创造自我生存价值的可能性，但是希腊罗马神话又通过一些大英雄的生命抉择给予我们不朽的希望。赫拉克勒斯曾在十字路口遇到了两个女人，她们一个是"责任"，另一个是"快乐"，都拿出礼物送给赫拉克勒斯，争相做他的引路人。虽然"快乐"提供的礼物很诱人，我们的英雄只选择了"责任"提供的礼物，从而走上了一条"责任"之路。他在主动承担了人世间的各种艰苦卓绝的考验之后，荣升为奥林波斯山上的神祇。另一位登上荣誉巅峰的英雄当属阿基琉斯。在特洛伊战争前夕，他从神祇母亲那儿得知，自己要么在战场上英年早逝，但

会流芳百世，要么在家中默默无闻，但会寿终正寝。阿基琉斯义无反顾地跟着奥德修斯参与了征战特洛伊的希腊联军，在战场上所向披靡，以至于特洛伊人一听到阿基琉斯的声音、一看到阿基琉斯的铠甲就吓得魂飞魄散。他对自我命运的选择、对个人荣誉的追求和对自我尊严的捍卫，一直以来都被认为是希腊民族精神和民族性格的绝佳体现。这些英雄的选择告诉我们，虽然命运女神编织的网络不可更改，但我们人类仍然具有创造价值的可能，这种可能根源于我们人性的内在，比如美德、勇气、责任、尊严，等等。正是在这个意义上，"人的作为不是有限的，也不是无限的，而是无定限的"，短暂的岁月与崇高的追求相结合，才是一场华美的生命盛宴。

值得注意的是，大英雄阿基琉斯在冥界的一番话颇具时代特色——"我宁愿为他人耕种田地，被雇受役使，纵然他无祖传地产，家财微薄度日难，也不想统治即使所有故去者的亡灵。"阿基琉斯不怕死，但他厌恶冥界的生活，哪怕在冥界具有呼风唤雨的崇高地位，也宁愿在人世间为奴为役。不难看出，古希腊人很注重现世生活，即便是天上的神祇和故去的亡灵，也都千方百计地牵挂着世俗的生活。一个相信命运和神谕的民族，却对人类生活抱有如此明确的热爱和肯定，难怪西方的"及时行乐"主题从这儿源远流长下去，也难怪美国古典文学研究家汉密尔顿在其《希腊精神》中盛赞了他们的乐观精神。快乐的古希腊人，

懂得将现世生活融合于更高层次的伦理观念，因此在文化上征服了那个以武力征服他们的罗马民族，几千年来一直影响着西方人的文学艺术和文化生活，成为绵延不绝的伟大传统。

蔡海燕

于浙江财经大学

希腊罗马神话

图书在版编目(CIP)数据

希腊罗马神话 / [美]塔特洛克著;蔡海燕译.—杭州:
浙江大学出版社,2014.1
(想经典:想象力完全解决方案)
ISBN 978-7-308-12353-2

Ⅰ.①希… Ⅱ.①塔… ②蔡… Ⅲ.①神话-作品集
-古希腊 ②神话-作品集-古罗马 Ⅳ.①I17

中国版本图书馆 CIP 数据核字 (2013) 第 240079 号

希腊罗马神话
[美]塔特洛克 著　蔡海燕 译

责任编辑		谢　焕
装帧设计		臻玛工坊
出版发行		浙江大学出版社
		(杭州市天目山路 148 号　邮政编码 310007)
		(网址:http://www.zjupress.com)
排　版		杭州林智广告有限公司
印　刷		杭州杭新印务有限公司
开　本		880mm×1230mm　1/32
印　张		8.5
插　页		6
字　数		156 千
版印次		2014 年 1 月第 1 版　2014 年 1 月第 1 次印刷
书　号		ISBN 978-7-308-12353-2
定　价		24.80 元

任务本说明

一 什么是任务本？

任务本是由书中人物发起的，需要你利用各种知识和技能来完成。每本任务本的名目各自不同，但都包含十二个任务，你只需按照你的能力与爱好完成其中的几种，而不必一定全部完成。任务本的设定除了有助于开发你的各项智能之外，更重要的是，它将引导你进入"古火界"，并在其中获得更多的经验值以及勋章。

二 什么是"古火界"？

在人类还未出现的远古时代，"古火界"就已经存在。据说在"古火界"里，蕴藏着突破人类能力极限的惊天秘密。自古埃及时代以来，图坦卡蒙、奥德修斯、哥伦布、郑和……人们一直在探寻这片神秘的土地，但始终没有成功。今天，"罗杰·培根使团"终于找到了"古火界"的入口。然而，"古火界"里云遮雾罩，仅仅凭借使团之力，根本无法参透其中的奥义。因此，使团最新一任首领将"古火界"的入口映射到互联网上，建立了一个和真实的"古火界"同步的平台，希望能结集最有才能的人士一起来揭开这个旷世秘密。

三 什么是"罗杰·培根使团"？

在古往今来寻找"古火界"的人群之中，诞生于中世纪英国的罗杰·培根是其佼佼者。他素有"奇异博士"之称，他凭借一己之力探测"古火界"的位置，几近成功。然而，就在他即将找到入口时，却神秘死亡了（但据他的一名学生声称，罗杰·培根并没有死,而是通过入口进入了"古火界"）。他的十二位学生继承了他的遗志，以"罗杰·培根使团"为名，一直从事着这项事业，一代又一代，薪火相传，从未中断。这个世代的使团由一些作家、设计师、学者、教师、评论家等高智商人士组成。他们将负责审核每一位来到"古火界"的参赛者的作品，并给予相应的评价。使团的评价将被视为公平权威的判定。

四 什么是经验值？我能拿经验值做什么？

凡是将完成的任务上传到"古火界"平台的选手，"罗杰·培根使团"都将根据其作品的质量提供相应的经验值。"古火界"将实时对挑战者的经验值进行排名，以挑选最优秀的选手进入下一个环节的竞赛。每一季结束后，排名靠前的选手还将获得丰厚奖品。不久之后，经验值还能在"古火界"兑换各种道具，这些道具将在你的解谜之旅中提供帮助。

五 什么是勋章？它有什么用？

凡是将完成的任务上传到"古火界"平台的选手，都有机会获得使团颁发的各种勋章。通过积累勋章，你将发掘出自己最强大的能力，并据此来确定自己在"古火界"的身份。这些勋章都具有其相应的功能。其普通功能是可以由持有者随时发动的，而其特殊功能则将由"罗杰·培根使团"不定期在"古火界"平台上发布，因此具有时效性。请各位冒险者时时关注发布的信息。

六 "古火界"现在有哪些机构？

为了选拔更有希望破解"古火界"之谜的精英团队，"罗杰·培根使团"先期设定了十个机构：太史府、圆桌骑士团、五禽园、竹林居、纵横院、裂山军、画师班、观星亭、宗王殿、御史台。其分别对应着首期颁发的十种勋章。每个机构在"古火界"都有着不同的功能和设定，都会在破解谜团的过程中发挥作用。取得勋章者，最终将根据自己的能力和爱好，做出进入哪个机构的选择，这将决定着你在"古火界"的成长路径。

七 我应该怎么做？

首先，请进入"古火界"平台（www.guhuojie.com）。注册你的信息后登录平台。在二十个入口处进行选择，然后上传你完成的任务。使团将在第一时间完成作品的评价，并为你颁发勋章和经验值。你可以与你的亲友互加好友，观摩对方的作品并进行评价。"古火界"将会实时播报所有选手的经验值排名。在积累了一定的经验值和勋章后，你可以利用它们发起好友之间的挑战，取得更多的经验值和勋章。在每一季结束时，"罗杰·培根使团"将根据经验值排名提供给优秀者相应的奖励。

其他强大功能将不断推出。

亲爱的朋友，你好！

　　我是赫拉克勒斯，伟大的宙斯的儿子，十二项苦差的完成者。说实话，我并不觉得那些都是苦差，对我来说，这些任务都是非常有意义，也能发挥我最大能力的工作。所以，当我的父亲，天空与大地的主人宙斯命令我接受新的任务时，我毫不犹豫答应了下来。

　　但从以往的经历我也明白了一个道理，有人结伴的旅行要远远好过一人独行。所以，简单说，我需要一个助手。如果你收到了我的这封招募信，那毫无疑问，你将会有资格陪同我一起奔赴下一个重要的任务。不过，你必须向我证明这一点，我的朋友。下面是你需要完成的事，就像我曾经的苦差一样，也是十二件。希望你不要把它们当做苦差。

　　祝你成功，我盼望着有你这个好旅伴。

你的朋友

赫拉克勒斯

As we look around us and above us, we seem to stand at the very center of a circular plane, vaulted by the sky, across whose spacious arch the sun travels by day and the moon by night.

MISSION 1

　　你可能已经知道了神明的家族是庞大的，但他们是我们必须要了解的。所以，你的第一件重要的任务就是神谱研究。没错，你必须把书中所记载的各种神明列出来，整理出谱系，换句话说，你要说得清楚这些神之间的关系。

　　奖励：完成神谱整理并上传到古火界的人，可以获得10—100经验值，整理特别仔细和出色的作品将被"罗杰·培根使团"授予"文书勋章"。

当我们环顾四周或者抬头远眺的时候，会觉得自己似乎处在环形的中心，头顶是一片蓝天，而在其无限苍茫的穹顶，白日里太阳出现了，到了晚上就换成了月亮。

文书勋章

- 持有资格：具有较强的文字理解力和组织能力，能够通过想象力的发挥写出精彩文章。
- 身份解说：文书勋章的持有者是古火界最大的群体，他们将有机会进入太史府。史官以上层级的选手可以主动策划任务和挑战。而最终古火界的秘密的揭开，必须有太史的参与，因为只有他能将这段历史载入史册。
- 升级路径：文书❖一级文书❖史官❖太史

Day springs from night; heaven and earth are the parents of the powers of nature. It is all a development from the lower to the higher, from unordered forces of nature, to nature ordered by thought, justice and beauty.

我的朋友，在加入我的队伍之前，我们更想了解一下你过往的事迹。你曾经做过什么了不起的事？告诉我吧，我会做出判断，看看你是不是真的拥有我们需要的智慧与勇敢。

奖励：请将你的作品上传，"罗杰•培根使团"将为你评分，并提供给你5—50个经验值，优秀的作品毫无疑问将获得"文书勋章"，如果你的行为足够勇敢，你还会被授予"勇士勋章"。

白昼从黑夜中产生，天空和大地是各种自然力的父母。这些故事的内在发展线索，总是从低级走向高级，从自然的混乱无序走向自然经由思维、公义和美干预后所呈现的井然有序。

勇士勋章

- **持有资格**：具有勇毅精神，不畏艰难，能够独立面对困境。
- **身份解说**：勇士勋章持有者有可能成为圆桌骑士团成员。骑士团的团长将会获得决定任意一名选手生死的能力。这对所有参赛选手都是一个机遇和挑战。但是，走火入魔的骑士团成员将有可能成为恶灵骑士，将无节制随机消灭比他层级低的选手。
- **升级路径**：勇士➡奇侠➡巨灵➡神威➡团长
- **走火入魔**：恶灵骑士

In the Age of Gold mortal men lived like gods, knowing neither sorrow nor toil. The generous earth bore fruit of herself, and there was neither numbing frost nor burning heat to make shelter necessary. Men and nature were in perfect harmony.

✂ —

我知道你们凡人有时候对神明非常不满，说实话，我也不是很看得惯他们的一些做法。来吧，不要害怕，在我这里，你就尽管发表你关于神明们的看法和评论吧，好的坏的都行，我会替你撑腰的。

奖励：在你的作品上传古火界后，将得到5—50个经验值，出彩的评论将有机会获得"澄心勋章"和"文书勋章"。

MISSION
3

那时，人类像神灵一样生活，没有忧愁，也没有劳苦。丰饶的大地结出各种果实，既不会出现严酷的冷，也不会有灼人的热。人类与大自然融为一体，无需筑建庇护所。

澄心勋章

- **持有资格**：具有良好的道德感和价值观，能够指出书中的不良观念。
- **身份解说**：获得"澄心勋章"的人即为澄心大使，将有可能进入御史台，其成员负责审查参赛选手的道德品格，但初阶成员只能对其他选手提出建议、质疑，只有在坚信主教以上层阶的成员有权力将审查不合格的选手或走火入魔的人直接开除出古火界。而最高阶的圣光裁决者可以使任意选手获得任何类别的勋章或地位（除御史台本身和宗王殿之外）。
- **升级路径**：澄心大使➹黑面判官➹坚信主教➹圣光裁决者

Ambrosia was the food and nectar, poured into the cups by Hebe, the goddess of youth, nourished the ichor flowing in the gods' veins. The nostrils of the feasters were filled with the rich odor of sacrifices offered on earth, and their ears charmed by the songs the Muses sang to the accompaniment of Apollo's lyre.

宙斯现在正在核对记载所有英雄事迹的档案，我需要有一个人给我整理报告，朋友，就烦 **MISSION 4** 请你我把我经历的一件苦差用比原来更吸引人的方式重写一篇，好让我的形象变得更加高大光辉，顺便说一下，添油加醋是没关系的，相信没有人会介意的。

奖励：上传作品后即可获得5—50个经验值，出色的、具有想象力的文章将会获得"文书勋章"。

他们吃的是美味仙肴，喝的是琼浆玉液。青春女神赫柏时不时地为他们斟满酒杯，滋养他们身体里流动的灵液。人类供奉的祭品阵阵飘香，令他们心旷神怡。阿波罗用他的竖琴弹奏美妙的曲子，缪斯女神们则合着节拍吟唱。

文书勋章

- 持有资格：具有较强的文字理解力和组织能力，能够通过想象力的发挥写出精彩文章。
- 身份解说：文书勋章的持有者是古火界最大的群体，他们将有机会进入太史府。史官以上层级的选手可以主动策划任务和挑战。而最终古火界的秘密的揭开，必须有太史的参与，因为只有他能将这段历史载入史册。
- 升级路径：文书➤一级文书➤史官➤太史

Her did Zeus the counselor beget from his holy head all armed for war in shining golden mail, while in awe did the other gods behold it. Quickly did the goddess leap from the immortal head, and stood before Zeus, shaking her spear, and Olympus trembled in dread beneath the strength of the gray-eyed maiden, while earth rang terribly around, and the sea was boiling with dark waves.

考虑到我们即将到来的征途，我想我们最好有一面旗帜，出行的时候也够威风，你得帮忙设计一下。

MISSION 5

奖励：将你的设计作品上传展示后，你会获得10—100个经验值，由"罗杰•培根使团"的专业设计师评出的优秀作品将会获得"画师勋章"。

她（雅典娜）从主谋神宙斯神圣的头颅中站起身，全副武装，金光照人，众神充满敬畏地看着她的出现。她一下子就跳出了宙斯的头颅，立在宙斯面前，挥舞着长矛，整个奥林波斯山在这位灰眼睛的少女的威严面前颤抖，大地发出惊恐的回响，大海卷起黑色的浪涛。

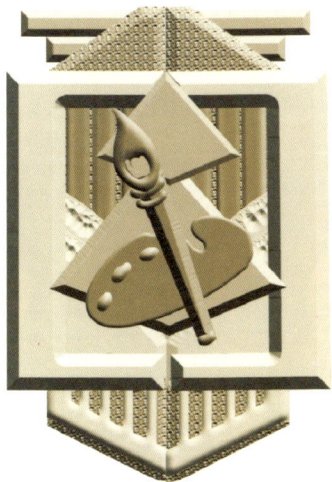

画师勋章

- 持有资格：具有勇毅精神，不畏艰难，能够独立面对困境。
- 身份解说：勇士勋章持有者有可能成为圆桌骑士团成员。骑士团的团长将会获得决定任意一名选手生死的能力。这对所有参赛选手都是机遇和挑战。但是，走火入魔的骑士团成员将有可能成为恶灵骑士，将无节制随机消灭比他层级低的选手。
- 升级路径：画师➡➡画匠➡➡画圣➡➡画神
- 走火入魔：酒神

The Three Fates held in their hands the thread of life, and when man's allotted life was spun, the shears of the fates cut it off. Their names are given in the little verse from Lowell's: "Spin, spin, Clotho, spin! Lachesis, twist! And Atropus, sever!" They tell of the past, present and future.

MISSION

7

如果你可以与天神一样长生不老，永葆青春，你会有什么感想？或者说，你想在这漫无尽头的人生中去做什么事？

奖励：把你的作品上传后，你将会获得5—50个经验值，我们将给出色的作品授予"智者勋章"以及"文书勋章"

命运女神共有三位，她们掌管着人类命运的丝线，当一个人命数将尽时，她们就用剪刀剪断那个人的命线。洛厄尔曾在一首小诗里写下了她们的名字："纺线，纺线，克罗索，纺线！拉齐西斯，搓线！阿特洛波斯，剪断！"她们知晓过去、现在和未来。

智者勋章

- 持有资格：具有相当的哲理性思维，能够准确判断事物的价值。
- 身份解说：拥有智者勋章的选手将有可能进入竹林居，而达到苏格拉底状态的智者可以说服任何人（除拥有王者之剑和帝玺者之外）做任何事。整个古火界只有一个人能达到无界状态，他将得到将思想化为现实的能力。但是智者有时候也会走火入魔，成为放浪形骸的散人，他们会迷惑人心，诱使其他人走火入魔。
- 升级路径：智者状态➠第欧根尼状态➠苏格拉底状态➠无界状态
- 走火入魔：散人状态

He had the gift of prophecy, and would tell the future if one could catch and hold him. But, like the sea itself, he continually changed his form, and when one had seized him as a roaring lion, he glided away as a serpent, or if one still held to that slippery form, suddenly he was a flame of fire, or as running water, he slipped through the hands.

MISSION 8

天神们具有各种强大的能力，包括：随意变形、隐身、飞翔、力大无穷、发射雷电、翻江倒海、召唤怪兽，等等，我一时也无法全部罗列。如果让你选择的话，你最希望获得的天神们的哪种能力，如果你言之有理的话，或许我可以让宙斯赐予你这种能力，这样对我们的征程是很有好处的。

奖励：把你的选择以及理由上传后，我们将给你5—50个经验值，最天才的想法将会获得"谋士勋章"。

他（普洛透斯）有预言的能力，若是有人能抓住他，便能从他口中获悉关于未来的点滴。但是，他如大海般千变万化，这会儿你逮到他时是一头咆哮的狮子，而瞬间他就变成了一条蛇逃走了，若是你重又抓住了他滑溜溜的蛇身，那么他可能会化身为一簇火焰或者一股流水，再一次从你手中消失得无影无踪。

谋士勋章

- 持有资格：机智灵活，能够制订有效的战略规划、作战计划。
- 身份解说：谋士勋章的持有者最终将形成一个负责进行整体战略规划的群体——纵横院。他们将向宗王殿提供规划措施和决策建议，是整个古火界中最富有计谋的群体，对揭开古火界的秘密起到关键作用。
- 升级路径：谋士⇒谋略师⇒军师⇒国师

To this gloomy land, the soul, wherever it was, when it left the body, journeyed under the guidance of the god Hermes. Though the body of the dead might lie upon his bed in his own home, or upon the battle-field, the soul joined the great throng of shades that were always unhappily waiting on the shores of the river Acheron.

MISSION

9

我们的队伍还需要一些伙伴加入，请你从书里选一两个英雄，可以是半神，也可以是凡人，但不能是天神，因为天神肯定不愿意听我这个半神的指挥。讲出你的理由，如果我觉得有道理的话，我会亲自去邀请他们。

奖励：把你的想法写成文字后上传，将获得5—50个经验值，让人信服的理由将会为你赢的"伙伴勋章"。

无论一个人活着的时候居住在哪里，在他死去之后，他的灵魂都要由神使赫尔墨斯引领着前往幽暗的冥界。这些人的尸体可能还躺在家中的床上，或是横陈在硝烟弥漫的战场，但是他们的灵魂已经在冥界的阿刻戎河岸边排起了长队，周围全都是等待渡河的愁容满面的亡灵。

伙伴勋章

- 持有资格：对于伙伴关系有着深刻的理解，能够认清伙伴的价值并能维护好友谊。
- 身份解说：持有伙伴勋章的人将有机会加入裂山军。随着等级的提升，达到将军阶段的选手将拥有挑战宗王殿的成员的权力，若在竞争中获胜，则可取代失败的宗王殿成员的地位。而元帅则可以拥有麾下任意10个人的能力来达到自己的目的。但是每一个相应的阶段都要求你招募到足够多的同伴。
- 升级路径：伙伴▶队长▶将军▶元帅

Atlas was changed into a mountain; his beard and hair became trees, and his bones, rocks; his head towered high among the clouds, and the sky with all its stars rested upon his shoulders.

希腊人总是欣赏悲

MISSION 10

剧，如果你能选择书中你认为最感人的故事并且与你的伙伴加以演绎，朗诵或对话表演都行，那我相信，我们在旅途中是一定不会感到寂寞的。

奖励：将你朗诵或表演的视频上传古火界，将获得20—200个经验值，令人感动的演技无疑将会为你挣得"表演家勋章"。

阿特拉斯庞大的身躯瞬间变成了山石，他的须发变成了树林，他的骨头变成了石头，他的头颅变成了山峰高耸入云，他的双肩扛起了天空和繁星。

表演家勋章

- 持有资格：拥有出色的表演天赋或朗诵能力，具有强烈的感染力。
- 身份解说：表演家勋章的持有者将有机会进入五禽园，表演能力的提高可以使选手逐步掌握提升士气的能力和以间谍行为偷取机密的能力，到了最高阶的绝世巨星阶段，他可以让其表演的场景变为现实。因此，争取到绝世巨星的帮助，这对参赛选手是非常有利的。
- 升级路径：表演家➡明星➡超级明星➡绝世巨星

It is told that once at cross-roads Heracles met two women, Duty and Pleasure, and that each offered him gifts and asked him to take her as his guide. Notwithstanding the enticing offers Pleasure made him, the hero chose Duty and followed her through life.

每一部书都难免有缺陷，按照作者的意图，一些不公正或令人感到遗憾的事情被美化成理所应当的，这时常令我感到不快。你觉得这部书的故事中有 **MISSION 11** 没有什么特别不合情理的，应该被重新审视的？你可以写一篇翻案文章，我会提交给天庭，要求重新改写这部书。

奖励：把你的文章上传，我们将根据你作品的质量提供5—50个经验值，并且给特别有启发性的作品以"澄心勋章"和"文书勋章"。

据说，小赫拉克勒斯有一次在十字路口遇到了两个女人，一个是"责任"，另一个是"快乐"。她俩都拿出礼物送给小赫拉克勒斯，争相做他的引路人。虽然"快乐"提供的礼物很诱人，我们的英雄只选择了"责任"的礼物，决心走"责任"之路。

澄心勋章

- 持有资格：具有良好的道德感和价值观，能够指出书中的不良观念。
- 身份解说：获得"澄心勋章"的人即为澄心大使，将有可能进入御史台，其成员负责审查参赛选手的道德品格，但初阶成员只能对其他选手提出建议、质疑，只有在坚信主教以上层阶的成员有权力将审查不合格的选手或走火入魔的人直接开除出古火界。而最高阶的圣光裁决者可以使任意选手获得任何类别的勋章或地位（除御史台本身和宗王殿之外）。
- 升级路径：澄心大使▶黑面判官▶坚信主教▶圣光裁决者

"What is it that, though it has one voice, is four-footed, and two-footed, and three-footed?"
"It is man, since in his babyhood he goes on hands and feet, in his manhood he walks upright, and when old supports himself with a cane."

在你的国度里，在神话或民间传说中，有没有一个和我类似的英雄？他虽然有着一些缺点，但却是一个不折不扣的英雄，整天斩妖除魔，最后也得到了善终。你跟我讲讲他们的故事吧。这是你最后的一个考验 **MISSION 12** 了。

奖励：上传你的作品后，你将会获得5—50个经验值，出色的作品将会被授予"文书勋章"。

"什么造物只有一个声音，刚开始用四只脚走路，接着用两只脚走路，最后用三只脚走路？"

"谜底是人。人在幼年时用两条腿和两只手在地上爬行；等他长大成人，他就用两条腿走路；而到了年迈体衰的时候，就需要拄着拐杖行走了。"

文书勋章

- 持有资格：具有较强的文字理解力和组织能力，能够通过想象力的发挥写出精彩文章。
- 身份解说：文书勋章的持有者是古火界最大的群体，他们将有机会进入太史府。史官以上层级的选手可以主动策划任务和挑战。而最终古火界的秘密的揭开，必须有太史的参与，因为只有他能将这段历史载入史册。
- 升级路径：文书➡️一级文书➡️史官➡️太史